# 老婆急急如律令 3

文創風 666

白糖 著

風 文創 666

# 目錄

# 第五十八章

天氣越發炎熱，宮中迎來皇后的壽辰，與壽辰一道擺宴的是這金榜題名時的杏花宴。季府出了兩個當屆進士，又因季六娘子被賜婚七皇子的緣故，收到闔府同請的帖子。這皇后娘娘壽辰，乃是比長公主府中的賞花宴還要熱鬧的宮宴，朝中無人敢怠慢。一到申時，各家各戶的人坐上馬車，一路來到曲江邊，入園子參加杏花宴。

曲江邊，天光水色如夢如幻，宴席一桌接一桌，男眷與女眷只隔了一道石榴花夾道。小娘子的巧笑倩兮，男兒郎的高談闊論，全數能落入每個人的眼中。

榜下捉婿還從未像此次一樣，如此相近，杏花宴這樣一辦，日後勛貴人家的花會只怕都要有樣學樣。

到了酉時，隨著太監尖聲尖氣的「皇上、皇后到——」，眾人跪在地上恭敬迎接。石榴花夾道上的宮燈被點燃，夕陽餘暉映紅半邊天，這燭火與霞光中，盛裝的皇帝與皇后並肩行至龍棚中而坐。

「今日杏花宴飲，賀天下士子金榜題名，你們日後皆為大昭國之棟梁。今又恰逢皇后壽誕，朕欲雙喜同樂，諸位不必拘謹，當為家宴，以尋常之禮待之便可……」

皇帝站在龍棚中，舉杯而飲。

皇后隨後一道飲盡杯中酒，底下所有人不敢遲疑，口吐慶祝皇后壽誕的話語，而後舉杯齊飲。

敬酒之後，就是各皇子、大臣呈壽禮時刻。

這次大宴，個個皇子也是卯足了勁。玉琤首先和太子妃一起上前呈壽禮，是一株紅珊瑚，這珊瑚高約四尺，真是前所未見，群臣譁然。

季雲流坐在下頭，抬眼看的卻是太子妃。

這個蘇大娘子和蘇三娘子倒是有幾分相似，不過更端莊、嚴肅一些，容貌確實也比不得蘇三娘子。

表哥不喜歡端莊的表妹，表妹不喜歡好色的表哥，這悲劇大約也就這般開始了。

太子與太子妃之後，便是景王與景王妃。

景王妃今日穿了一身櫻紅錦緞宮裝，配紅寶石頭面，比太子妃更顯雍容華貴。兩人中規中矩，送的是玉如意。

五皇子、六皇子、七皇子也齊齊上前獻禮。

皇帝抬眼看玉珩，朗聲道：「七哥兒，你媳婦呢？怎地沒有一道來替你母后賀壽？」

玉珩跪地道：「大約是羞澀緣故。」

皇帝哈哈大笑，吩咐一旁太監。「去，去把季府六娘子喚過來，與七皇子一道向皇后賀壽！」

說著轉首向皇后笑道：「朕就喜歡看這小倆口黏黏糊糊的模樣！」

皇后笑道：「皇上也不怕在眾人面前壞了體面。」

「若是朕賜婚的一對對都同他倆一樣感情好，朕又何來煩惱事，哪裡有什麼壞了體面之說？」

皇帝意有所指，皇后也聽明白了。這是說太子與太子妃之間一直不和，如今兩人還膝下無子的事呢。「皇上說得是，若是一對對都同七哥兒與六娘子這樣，倒是省下咱們許多心思。」

玉珩聽在耳中，眉目也動了動。皇上這是不會怪罪自己以後與季雲流更親近一些？

五皇子道：「父皇，您賜婚給了七哥兒，我和六弟都還未娶親呢！」

今日皇帝高興，順口就道：「嗯，這喜事得一道，今日皇后也留意留意。」

皇子們齊齊謝恩。

不一會兒，太監帶著季雲流到了龍棚中。

太監出龍棚往小娘子們所在之處而去時，群臣目光都鋥亮地盯著，看見他停在季雲流面前，所有目光全停在她面上，竊竊私語。

未成親的季六娘子是要同七皇子一道給皇后娘娘賀壽了？看來皇帝與皇后確實喜愛季六娘子，日後他們得跟季府親近一些！

季雲流跟在太監身後上龍棚臺階時，玉珩當著皇帝的面，伸手一拉，拉住她的胳膊，讓她站在自己一旁，低聲道：「父皇讓妳同我一道向母后賀壽。」

皇帝再次哈哈笑，調侃了兩人幾句。

玉珩這次送的壽禮是一個匣子，裡頭是一個黃色荷包。

皇后看著荷包，不打開，目光微動。「七哥兒，這是……」

「六娘子當日在宮中與兒臣一道在御花園中巧遇秦羽人，六娘子請求秦羽人替母后請一道平安符，兒臣借花獻佛，特地留與今日當成壽禮，還請母后切莫怪罪。」

皇后怎會怪罪，便說道：「你倆都是好孩子。」

皇帝亦頗為欣慰。位高權重，還是這類的平安符最合心意，直接手一揮，開了金口賞賜。

龍棚熱鬧結束，就是一些助興節目的開始。

太子妃與玉琤出了龍棚便沒好臉色，連帶景王妃亦是沒有好臉色給玉琳。

景王妃出身董家，董詹事上次因科舉試題洩漏之事被革職，她在王府中還受了軟禁，除了內宅，哪兒都去不得，心中怎會高興？

助興節目過至一半，景王妃聽見一旁丫鬟低聲道：「王妃，太子妃尋您過去聊聊話。」

同時，太子妃這兒亦是被人稟告。「太子妃，景王妃尋您去霧亭聊聊話。」

太子妃本不想去，但見玉琤盯著翩翩起舞的一個歌姬目不轉睛，沈了臉色，起身往霧亭過去。

景王妃與玉琳成親才幾個月，與太子妃交情不深，本也不願去，只是一轉目，不知道什麼時候不見了玉琳的人影，輕哼一聲，站起來，帶著丫鬟沿路往霧亭而去。

「那第三排，個子小小的舞伎名什麼？」玉琤喜愛美人，看得前頭正跳飛仙舞的舞伎入了神，直問身旁太監。

太監輕聲道：「奴才也不知曉，奴才這就去找教坊司的人問問？」

「去去去，現下就去問問。」太子向太監擺手間，看見那舞伎媚眼如絲地向自己拋了一眼過來，渾身都酥了，癱在椅上。今晚就要教坊司把人送到東宮來！

莊若嫻一入園中，雙目便直盯季雲流，等到皇后的祝壽宴開始，季雲流被請到龍棚內，莊若嫻坐在自己位子上，暗暗咬著牙，呸了一聲。

張元詡被奪功名之後，在男眷中受了薄待，他一身落寞又孤寂地站在已落花的杏花樹下，等著玉琳派人來告訴他，此次尋他來杏花宴是有何吩咐。

如今他唯一能指望的只有二皇子了！

謝飛昂看見了，得了玉珩吩咐的他，低首對園中小廝道：「張二少爺等急了，你快些把信送過去吧。」

片刻後，張元詡收了一個口信。「爺說戌時，霧亭相見。」

張元詡瞧了瞧天色，理了理衣裳，趁眾人不注意，就往霧亭去了。

玉琳在園中兜了半圈，見侍衛朝他頷首，示意四周沒人，彎身鑽進曲江邊一座頗大的假山中。

一看見穿著黃道袍的楚道人，他擰過身，揮手讓張禾在假山外頭守著，自己朝楚道人問：「如何了？」

楚道人面前設有道壇，上頭各種道家法器一應俱全。他執起桃木劍，豎於身後，朝玉琳行禮。「殿下，貧道上次被秦羽人道法所傷，只怕此次作法恐怕沒有十成把握——」

天網恢恢，疏而不漏。楚道人之前在高山上作法要取季雲流性命，先是遇到了比他道行高深的季雲流，反噬一招；後又遇秦羽人，道法直接被破解，反噬修為，險些就命喪當場。提著最後一口氣回來休養一月有餘，終於恢復一些元氣，卻又被玉琳拉過來借運，實在有苦難言。

玉琳出聲截住他的話。「楚道人，當日可是你說的，皇宮龍氣沖天，有仙家庇佑，不能作法，又說皇帝乃真龍之命，亦不可作法借運。好了，太子是儲君，也不可作法，連帶七哥兒身帶紫氣同樣不行！」他手指外頭，語氣不容置疑。「如今人出宮了，真龍之類的，本王通通聽你的，不讓你去借運，若你再推三阻四，小心本王削了你腦袋！」

楚道人顫聲想再解釋。「皇后娘娘同樣貴為鳳體，就算出了宮，亦是貴人，若作法借運，貧道、貧道只怕有礙大昭國運啊……」

放在眼前的利益才叫利益。玉琳一甩袖子，冷冷一哼。「事到如今，你竟然跟本王說大昭國運？莊氏一個女人家怎麼就關乎國運了！你可莫忘了，從皇宮正門抬進來的皇后，只有我母后容皇后！」

楚道人無法說動玉琳，只好請他走出假山洞，自己作法。

但這次玉琳不出去了，非要站在一旁親自盯梢不可。

皇后被借了運道，莊四嫁了張元詡，把莊家弄得一團亂……玉珩日後沒了助力，就像小鳥被剪斷羽翼，飛不起來。

想到這些，玉琳就高興了。

太監羅祥很快從教坊司那兒探到了信，回來低聲朝玉琤回稟。「殿下，那舞伎名叫蓮花。適才奴才去時，正好遇上蓮花姑娘，奴才……」他摸著袖子中從蓮花那頭得來的一疊銀票，低聲笑道：「蓮花姑娘邀殿下去霧亭中一敘呢。這般好的天色，殿下可要去會一會佳人？」

玉琤一想到適才美人直勾勾看自己的那一眼，猴急道：「好好好，在這裡坐著本宮覺得頗炎熱，去江邊走走，吹吹風最好！」

羅祥道：「殿下，蓮花說，她待會兒身穿櫻紅色衣裳等您呢！」

玉琤「嗯」了一聲，快步從席案後頭出來，朝霧亭走。

莊若嫻坐在席上等了等，眼見天色越來越黑，卻遲遲不見過去賀壽的季雲流回來，自個兒喚了丫鬟，按之前信上的內容，就往霧亭去了。

天色越發黑暗，園中的燈火大亮，人影綽綽，就算明亮燈火，隔得遠了，還是瞧不出誰是誰來。

今日為十六，十五月兒十六圓。

季雲流坐在席上，抬眼看天空，奇怪道：「今日為何會有下雨之兆？」

玉珩瞧著太子妃、景王妃還有玉琤先後離去，唇瓣勾了勾，用手指輕輕敲擊桌面，計算著時辰。

好戲等會兒是不是就該開場了？

正想著，忽聽到季雲流說等會兒會下雨的話語，玉珩眉心輕蹙。「怎麼了？可是有何不對之處？」

季雲流右手放在桌下，在暗中掐了一卦。天干、地支……

片刻之後，得了一個「赤口」。赤口，多爭執，事有不和。

玉珩就坐她一旁，見她神色越發凝重，剛傾身過去，就被季雲流抓住手。「七爺，今日有事不吉，是凶兆！」

玉珩心思也驟然收攏。「妳可知是誰不吉，又是誰會犯凶？」

這話一出，事情似乎不是自己所想的那樣。季雲流目光一動，凝視著玉珩，問得極輕。「莫非七爺您也藉此酒宴，在底下做了什麼不成？」

季雲流的聲音在玉珩聽來，就如一汪乾淨的清泉，他頷首回答，絲毫不隱瞞。「正是。前日青草去脂粉鋪時說的話，我全數知曉了。玉琳這般不仁不義，行事如此陰狠，我又何必顧念什麼兄弟情分？便去尋了妳父親還有寧慕畫……今日杏花宴，禮部主理，侍衛營負責裡頭治安，若他們辦事，即可神不知鬼不覺，我要讓太子與二皇子因為女人反目成仇，咬個你死我活！」

季雲流的心情有點微妙，感覺玉珩反捏住自己的手摩挲了幾下，心裡的感覺就更微妙了。

前兩日，自己剛剛說讓太子與二皇子抗衡，今日就搞出要讓對方因為女人反目這麼……狗血的事情。

玉珩反正已經向季雲流講了自己的計劃，見席中人三三兩兩站起來，又聚眾在一起，自己也帶起她。「走，咱們也去瞧瞧霧亭中的大戲。」

「七爺讓人帶兩把傘，怕是等會兒有雨。」

曲江這邊本就是只為科舉進士設宴的地方，內府的小娘子們哪裡來過，尋個霧亭，一般都要有人引路才行。

人。

景王妃由站在一旁的丫鬟帶路，不過片刻，到了亭中。此刻天色已晚，涼亭中卻沒有一

景王妃身旁的大丫鬟萍兒環首一圈，問道：「太子妃呢？為何不見人？」

丫鬟福身道：「奴婢不知曉。」

來都來了，怎麼說都是太子妃相邀，人家若要擺譜，自己好歹得給人一些臉面。景王妃揮手讓丫鬟退出去，自己坐在亭中凳上等了等。

還未過一會兒，只聽見亭外的丫鬟「哎呀」叫了一聲，卻似疼痛般地呻吟起來。

萍兒站在亭中，不由問：「發生了何事，妳這般不知體面！」

「這位姊姊，請妳來幫幫奴婢，奴婢不小心崴了腳，站不起來了……若被常嬤嬤知曉，必定要教訓奴婢的……」

那哭哭啼啼的聲音聽得景王妃一陣煩躁，揮手朝萍兒道：「妳去幫幫她，幫她站起來，讓她待遠一點。」

萍兒退出亭外。

玉琤由小廝領著路，走得也十分迅速。

這路真是好走，不一會兒就到了亭中。到的時候，小廝瞧見前頭有紅衣女子，朝玉琤笑了笑，走得越發小聲。玉琤都看見人了，哪裡還需要小廝引路，他直接揮退小廝，讓太監羅祥也站遠一點。

兩人隱入樹影後頭，玉琤提著衣襬，一下子就往背對著自己、身穿櫻紅衣裙的佳人躍過去。「美人兒，我來了！」

玉琤一撲而上，直接從後頭攏住了景王妃。

「啊！」景王妃被身後人突然襲擊，嚇得魂飛魄散，不自覺叫出聲。

玉琤哪裡肯放過人，手摀上景王妃的嘴，臉上透著邪氣笑意。看不見她的臉，絲毫不減他的興致。「美人兒，這裡不是咱們府中，可不能亂叫。來，讓本宮聞一聞，真香……」

景王妃被人從身後摀住嘴，顫抖著幾乎快要死去。

這人竟然是那好色的太子。太子妃今日約自己來此處，竟然就是為了把自己給太子玷污的嗎?!

景王妃想到此處，張口就要去咬玉琤的手——

張元詡被小廝領著路，很快也到了霧亭不遠處。這處名為霧亭，自是江旁霧大，遠處看亭，整個都朦朦朧朧之故。

他站在頗遠的地方，黑暗中，看不清什麼人，只見裡頭有兩個人，男子從後頭環抱女子，於是加快步伐往前走。

玉琤吃痛，「哎喲」一聲收回手，同時怒氣上來，連帶撕扯下了景王妃身上的紅布。

「妳個當了婊子還想立牌坊的……」

「殿下！」一番混亂之間，張元詡霍然邁入亭中，作揖行了一禮。

「啊！」

雲裡霧裡中，這麼一個聲音讓亭中兩人通通驚嚇得跳起來。玉琤抓著布料，還未被手上那一痛驚回神，又一個踉蹌，往景王妃身上撲倒過去。

景王妃剛剛站起來，欲轉身怒斥，被張元詡唐突一嚇，腳一崴，本來還能立住的身體立即往旁倒。

摔倒時，她不自覺要抓一個東西，這個「東西」，便是撲過來的玉琤……

「砰」，聲音不大，可景王妃抓著玉琤衣襟，玉琤抱著景王妃，兩人倒在霧亭的地上，疊在張元詡面前。

亭裡無風有霧，三人無聲，既混亂又靜謐。

張元詡一瞬間心旌搖曳。「我以為是景王約了在下……」他猛然跳起，不管不顧，提起衣襬轉身狂奔出亭外。

太可怖了，景王喚自己來霧亭，竟然是去抓太子與景王妃有染的把柄！

還有，景王為了拉攏太子，竟然不惜把自己的妻子送給太子……

太子妃被丫鬟迎著路，只覺得這通往霧亭的路十分遙遠，走了半天，竟然還未到。

「怎地這般偏遠？」太子妃身旁的宮婢見主子臉色，不禁開口。

丫鬟指著前頭，道：「回太子妃娘娘，前頭便是霧亭了。」

因天色已黑，太子妃就算平視前方，也未看清什麼。她將將收回目光，驀然聽到前頭亭中傳來兩聲「啊」。

太子妃眼皮猛然跳了跳，眸子一斂，心一沈，加快步子往前頭霧亭走去。

太子的聲音她可是聽了快十年，平日就算再不待見對方，也是自個兒的夫君，怎麼可能認不出來！

這邊，太子妃往前快速走，那邊的張元詡快速往外頭退。

不消片刻，腦子混沌驚慌的張元詡，就撞上了同樣匆匆而行的太子妃。

迎面一撞，張元詡惶惶然不辨方向，而太子妃被陌生男子一撞，心中怒氣翻滾而出。

「什麼混帳東西，竟敢撞本宮！」

張元詡心事連綿起伏，渾渾噩噩，心不在焉地張了張嘴，見被自己撞到的女子要走，不自覺地拉住她。「萬不可過去！」

「混帳！」太子妃被陌生男子唐突地抓住手臂，惱羞成怒，才吐這麼一句，那頭更尖銳的聲音叫起來。

「詡郎！你可真是對得起我，竟然不要臉地與一個女子在這裡私會！」

來人正是莊若嫻。

# 第五十九章

莊若嫻腳步如飛，奔到兩人眼前，對著太子妃揚起巴掌，直直甩了下去，毫不遲疑。

「賤人，妳一把年紀居然還勾引他人的未婚夫君！真是不知體面、不知所謂！」

這一巴掌猶如天雷響徹十萬八千里，更如九天銀河水陡然返回天際，打得所有人全都呆懵了！

這是……什麼情況?!

太子妃長這麼大，第一次被打，還是被一個陌生女子，她摀著臉，哭不似哭，怒不似怒，整個人也是傻掉了。「妳、妳、妳……竟然敢打本宮……」

「詡郎！你心中還有沒有我？我曾為你……」莊若嫻睜眼，眼淚順著臉頰滾下來，與太子妃同時開口，忽然聽見「本宮」兩字，猛然轉眼瞧過去，不可置信地瞪大雙眼。「妳……妳是……」

「娘娘！娘娘您沒事吧？」宮婢彷彿才清醒過來，向太子妃撲過去。

張元詡心中一波未平一波又起，簡直如同見到洪水猛獸一樣驚恐，急得眼眶都要凸出來了。

「太子妃娘娘，這霧亭實在……您實在是去不得……」

莊若嫻即刻深深福下去。「太子妃娘娘，我……臣女不知是您，以為您是那些、那些放浪……對您無禮之處，還請您千萬恕罪……」

大事在前，太子妃哪裡顧得這對狗男女，甩開張元詡的手，一腳踹開莊若嫻。「好哇！太子自個兒恬不知恥、卑鄙下作，竟然還想著讓你在此地通風報信，你可真是一條忠心的好狗！」說著甩下一句。「看好他們！」自個兒再去霧亭抓姦。

「娘娘，使不得，去不得……」張元詡滿頭大汗，不知是熱汗還是冷汗，濕透了整個背脊，眼見太子妃往前去，再次欲攔著對方。

太子妃怒氣沖沖地往霧亭而去，亭中爬起身的兩人只想插翅飛上天，或者找一條地縫鑽進去。

沒有飛天遁地之術的玉琤，急得團團轉。他從未想過約自己在霧亭相見的蓮花，竟然變成了他的弟妹。

景王妃看著從自己身上爬起來，還抓著自己身上一條布料的太子，勾著唇角，卻是如花一樣笑開了。

「好、好，你們一個個都是有意要逼著我的……」

適才的張元詡雖急，吐字倒是清晰無比。他說清楚了，是景王約他來此……太子妃、太子、景王，還有個陌生的男子做證人，這件事，他們通通是逼著自己去死的！

「即使做鬼，我也不會放過你們，我要把你們一個個告到閻王面前去！」景王妃還未笑完，向前頭的柱子猛然撞過去。

玉琤抓著布條，腦中還未想到什麼方法，就看見景王妃似乎要撞牆，嚇得他肝膽俱裂。他雖好色，到底是良心未泯之人，見人要死，不容分說伸手撲過去。「董氏，別做傻事！」

又是一番混亂之間，太子妃霍然扎進涼亭中。

玉琤帶著景王妃翻滾在霧亭的地上，兩人胸口疊胸口，脖子交脖子，面頰都貼在一起。

太子妃站在亭中，見著如此景象，心都跳到了喉嚨裡，腦中都癱了。「你們……你們可真是對得起我與景王啊！」

雙眼一閉，真的昏倒了過去。

隨後而來的張元詡眼珠來回轉著，正欲說點什麼，在玉琤身下的景王妃用力掙脫，迅速爬起來，一腳踹向玉琤。「齷齪的下賤胚子！就你這樣還想做皇帝？怪不得被你二弟養成了一個廢物！」

景王妃冷冷煞煞，面目猙獰得如同夜裡穿紅衣的厲鬼。

她拔下頭上步搖，猛然轉身，又直接扎向張元詡的右臉。「你說景王約你來此，究竟要做什麼？是不是要抓我與太子私通的把柄?!」

夜闌人靜，皇帝在的地方，誰敢大聲喧譁？

寧慕畫管轄杏花宴的治安，霧亭發生的事，就算鬧出動靜了，竟然也沒侍衛匆匆忙忙來稟告。

皇帝坐在龍棚中，看著底下自己的兒子、媳婦兒走了個沒影，轉首問太監。「下頭發生何事了？太子、景王、七皇子他們人呢？」

太監站在皇帝身旁從未離開過，哪裡能知底下情況？他朝底下使了一個眼色，老練的小太監奔到前頭請安，道：「回皇上，太子與太子妃，還有七皇子與季六娘子，似乎都往江畔的霧亭那頭去了。」

皇帝疑惑道：「個個都去那兒是做什麼？」

皇后笑道：「明月出天山，蒼茫雲海間。皇上您說，他們去做什麼呢？」

「哈哈，江上春風動客情，霧亭乃是曲江畔難得光景之地。」皇帝笑站起來。「走，咱們也隨著那些小輩去霧亭瞧一瞧。」

玉珩與季雲流一路行來，與太子妃、景王妃她們可不一樣了。

之前眾人都還坐在席宴案後為主，如今三三兩兩聚一起，見人走來，總是要行禮或相問一番。

眾人再見遠一些的侍衛都往霧亭而去，紛紛私語一番。那頭發生了何事？

再眨兩眼，忽地看見皇帝帶著皇后也往霧亭方向去了。

眾人的心思雀躍難耐，伸長脖子仰著頭，眼巴巴都想跟著去。

皇帝今日就本著與眾臣同樂的心思，見人圍攏，停下腳步，笑了一聲。「霧亭中觀江景正好，諸位愛卿亦可一道同來。」

原來是賞江景。眾人興致勃勃地跟在皇帝後頭而去，個個腹中搜索一番前人已作的江色詩詞，準備自個兒也在皇帝面前展露展露。

很快，宮人在前頭領著路，一群人皆浩浩蕩蕩往霧亭去了。

皇帝心情甚好，走在石榴花夾道上，見玉珩在自個兒不遠處，揮手就讓小太監去帶他們過來一道走。

小太監辦事索利，一會兒便帶著玉珩與季雲流到皇帝面前。

皇帝笑問玉珩。「七哥兒，這是帶你媳婦兒去哪兒？」

玉珩與季雲流行禮，回道：「兒臣見太子大哥與二哥似乎都賞景去了，也出來瞧一瞧曲江畔的佳景。問了下人，說霧亭景色最為上佳，便來瞧上瞧。」

皇帝亦說自己也是去霧亭，皆大歡喜，正好一起。

一群人說說笑往霧亭而去，忽然聽到一道女聲，如針尖刺耳、如鬼魅凌人。「齷齪下賤胚子！就你這樣還想做皇帝？怪不得被你二弟養成了一個廢物……你說景王約你來此，究竟要做什麼？是不是要抓我與太子私通的把柄?!」

嘩啦啦！這些話簡直像夜空中的悶響大雷，直接響在眾人的耳朵中。

每個聽到這聲音的人，都如被推入誅仙臺而忘情的渡劫漢，個個都癡傻癡愣了，表情變得古怪至極，心裡只有一個念頭：這不可能！

跟在皇帝身旁的寧慕畫第一個反應過來，揚聲就想喊「來人」。

皇帝臉色不悅地揮手，讓他不要輕舉妄動。

皇帝的這一舉動讓跟在後頭的朝中大臣暗自搗上嘴，戰戰兢兢又鴉雀無聲地站著，被迫在這裡側耳傾聽霧亭中傳來的「皇家秘事」。

眾人面前，玉珩站在皇帝身旁，聽到景王妃的聲音，伸手就抓上季雲流的手，與她交扣在一起。

這場戲比他想得更有趣，還要順如人意，真是大好時機。天上有神明，連天都助他一臂之力！

季雲流感覺到身旁玉珩的激動心情，縮了縮肩膀，假意裝出自己聽見這驚濤駭浪之言的害怕模樣，往他身旁靠近了些，掩蓋住玉珩的神色。

皇帝瞧見兩人的十指緊扣，也不出聲指責，只是靜靜聽著亭中傳來的聲響。

霧亭中，張元詡猝不及防被傷了臉，疼痛讓他驀然驚叫出聲。

臉皮肉嫩，步搖一把刺進其中，就算是鈍器，依舊生生扎出滿臉的血。張元詡慘呼著，搗上臉，一把揮開前頭的景王妃。「王妃，您……您怎可用如此利器傷害他人！」

亭外頭的眾人聽見「王妃」兩個字，心中一驚，個個都不知道該用何種表情面對這場鬧劇了？

景王妃當著皇帝的面，斥責太子，說太子齷齪下賤，還說景王把太子養成了一個廢物，更是口吐自己與太子私通，被人抓住了把柄。

真是，天下怪事何其多，就數今日最驚世駭俗，在場眾人怕是都此生難忘啊！

東宮的婢女見太子妃倒下，尖聲叫喚。「太子妃娘娘！娘娘您沒事吧？您醒一醒……」

拔足狂奔而來的還有不遠處的莊若嫺，只是奔來時，已見自己未婚夫君滿臉血。血順著臉頰流到脖子裡，染紅儒雅書生的一領衣襟，越發顯得他弱不禁風。

受了刺激的莊若嫺，瞬間像個撒了把涼水的滾燙油鍋，完全沸騰了，指著景王妃跳腳。「妳、妳……是妳自個兒不要臉，在霧亭中與太子滾作一團被人撞破，竟然還出手傷人。怎地，難不成妳還想殺人滅口不成！」

景王妃何嘗不是受了天大的刺激。夫君親手讓人以莫須有罪名來抓姦，她如何能平復心情，端正儀態？

景王妃站在亭中，握著滴血的步搖，散落的頭髮遮住半邊臉。「哼！不要臉？天底下誰人不知曉妳莊四娘子才是真正不要臉之人！為了一個見異思遷的男人，搶他人未婚夫君還不說，當眾甩出一場鬧劇，在長公主府中哭爹喊娘地求嫁！」

莊若嫺被戳中痛處，當場跳起來，失了理智，口不擇言。「我與詡郎乃是真心相愛！怎比得上妳與自己夫君的同胞哥哥偷情！妳瞧見沒有，太子妃都當場被你們氣暈了，這便是生生的證據！」

「我沒有！」景王妃當場大叫。「是太子妃約我來此，是太子不顧廉恥抱住我，是景王謀害我……」她想到夫君對自己的舉動，再也忍不住淚如雨下。「你們都害我、逼我，都是要生生逼死我……」

亭中的聲音變小了，外頭的人便只能聽得隱隱約約。皇帝聽不到其他，陰沈著臉，負手邁步向亭中走過去。

後面的眾人在跟與不跟之間掙扎著。不跟上去就看不見如此驚天地泣鬼神的皇家醜聞；跟了，又怕皇帝為保皇家名聲，來個六親不認，通通拖出去斬得血流成河。

寧慕畫一身五品侍衛統領官服，見皇帝邁了步子，第一個跟在後頭走過去。

皇后沈了臉，面上無一絲表情，轉首吩咐。「去傳太醫過來！」

玉珩也不放開季雲流的手，隨後跟著皇帝往霧亭走去。

眾人見前頭的都走了，你看我、我看你，每人口中小聲謙讓著：「您先請、您先請……」

「還是您先請……」

「不不不，您官階比下官高，還是您先請……」

亭中的張元詡滿手血，他看著地上倒成一片的人，腦中恢復了一絲清明。他顫著聲音痛苦地道：「這事、這事定不能讓他人知曉……讓人、讓人……」

他欲說讓人小心扶了太子妃、太子、景王妃偷偷下去，就聽見一道喝聲。「這事還不能讓誰知曉了！」

來人聲如洪鐘，竟然正是全天下最有資格管這件事的人，當今皇上。

皇帝這次可是毫無遺漏地瞧清楚了亭中的景象。

玉琤躺在地上，捂著胯下滿地打滾，撕心裂肺喊著：「來人啊！來人——」

太子妃面上五指紅印清晰可見，暈枕在宮婢的雙腿上，宮婢哭得肝腸寸斷。「娘娘、娘娘，您醒醒……」

景王妃散著頭髮，衣不蔽體，哭得妝都花了，似乎生無可戀。「是你們逼我，你們個個都逼我……」

後頭過來的眾人都希望自己此刻就是個瞎子，全數看不見才好。好一個醜聞大戰吵得天昏地暗，撕了個頭髮披散。

亭中幾人聽見皇帝的聲音，見到皇帝親臨，嚇得渾身一個激靈，心衝到了喉嚨外，瞪著眼、張著嘴，呆傻了半晌，全數沒有反應過來。

幾人晃了晃身子，一副不敢置信的模樣。

太監站在一旁，輕咳一聲。「皇上、皇后駕到，請太子接駕——」

亭中幾人這才從十萬八千里的天際回神，呼啦啦跪在地上，每個都猶如被人放乾了身體中的血液，成了一具死屍。

「吾皇萬歲、萬萬歲……」

皇帝一甩袖子，已經被氣得半隻腳都踏進棺材裡。「通通給朕閉嘴！太子給朕跪過來回話！」

「父皇、父皇……」太子爬起來，跪到皇帝面前。

皇帝怒氣沖天。「你還有臉叫我父皇！」

玉琤跪在一旁，趴伏著身體，重重磕頭。「父皇，兒臣被二弟陷害了，兒臣是冤枉的，您得給兒臣作主啊！」

皇帝指著昏過去的太子妃，臉色陰沈得能滴出水來。「你說，你媳婦是不是被你摑了一巴掌？是不是被你氣昏過去的？」

「不是……」太子結結巴巴解釋。「不是兒臣打的，不是兒臣……」

扶著太子妃的宮婢當即慘叫道：「陛下，太子妃娘娘是被莊四娘子打的！她適才跳出來，不由分說就打了太子妃一巴掌，還責罵太子妃是賤人！」

莊若嫻嚇得臉上全無血色，頭都不敢抬起來看宮婢一眼，一個勁兒地磕著頭。「皇上恕罪、皇上恕罪，太子妃是見了太子與景王妃……才氣昏過去的。」

皇帝垂目看著跪在地上的玉琤與景王妃，似氣似怒，又悲又苦，冷冷開口。「你與景王妃私通，是否確有其事？」

玉琤與景王妃同時抬首，堅定反駁道：「沒有！」

玉琤立即舉手發誓。「父皇，我亦是有良知之人，我若與董氏私通，就天打雷劈！」

這「天打雷劈」四字將將一吐出來，天空驀然就閃過一道白色強光，由東方天際下劈而來，直接劈中霧亭的石頂。隨後，「轟隆隆」的雷聲在西山後響起，濃黑烏雲滾滾而來。

這疾電來得毫無預兆，劈中霧亭，陡然就劈掉了亭上八角簷上頭的一個角。

「轟隆」！亭角巨石崩落在地面上，發出巨響，驚得侍衛紛紛圍住皇帝，嚴陣以待。

# 第六十章

所有人被這突如其來的一幕看傻了眼，驚慌失措。

這這這……說天打雷劈就真的天打雷劈了？

玉琤軟倒在地上，扶著胸口不斷驚喘，汗水與淚水一起出來，簡直喘不過氣來。太可怖了！

景王妃如同失去了最後的支撐，同樣癱在地上，口中一直喃喃。「我沒有，我沒有與太子私通……」

朝中大臣個個心如鼓鳴，把頭埋在胸口，眼觀鼻、鼻觀心，險些跪在地上，俯拜上蒼。真是蒼天有眼，咱以後再也不能幹虧心事了，連太子都被毫不留情的雷公給劈了。

適才還是花好月圓夜，如今立即成為滾滾響雷天。皇帝伸出手指，彷彿一下子蒼老了十年。他顫顫抖抖指著地上的玉琤，說得倦意橫生。「你、你還有何話要狡辯？」

難為一個萬人之上的皇帝，為了自己的兒子，說話都不索利了。

玉琤氣勢變弱，痛哭流涕。「父皇，兒臣真的是被二弟陷害的啊……」

人群中，只有季雲流握著玉珩的手，用力收攏，她低低朝俯身靠過來的玉珩耳語。「七爺，有人在作法借運！」

又是作法借運？玉珩心中一跳，當下就去尋找玉琳。

可他目光來回一陣巡視，所有人都在這裡，獨獨沒見到玉琳。

果然是他！

玉珩按捺住心神，拍了拍季雲流的手，放開她，自己幾步上前，跪在一堆東倒西歪的人群之中。「父皇，這事也許有什麼誤會。大哥一直說是二哥陷害他，不如請二哥過來，一道當面說清楚這事吧？」

「七哥兒……」玉琤看著玉珩淚眼矇矓。世人都如此，不記得錦上添花，只記得雪中送炭。

這個做了壁上觀的幕後黑手玉珩在此刻一跪，反而被玉琤銘記在心，感激上了。「上次東宮藏銀兩之事，是我冤枉了你，如今想來，定是玉琳栽贓嫁禍於我。以前是大哥不好，被人蒙蔽了，以後大哥必定好好補償你……」

玉珩在意的是作法借運，這一跪也是為了讓皇帝尋找玉琳，不耐煩跟玉琤虛與委蛇。「以前的事全都過去了，大哥明白不是我栽贓嫁禍的便好，等二哥來了，咱們再問清楚這事吧！」

「嗯嗯嗯，好！」玉琤點頭如篩糠。

皇帝聞言轉目一看，霍然察覺，如七哥兒所說，人人都在，為何唯獨少了一個玉琳？

「景王呢？去哪兒了？發生這麼大的事，他人呢！」皇帝張口就問，見侍衛抬來太師椅，便從石凳上移到太師椅上，大有不問清楚不甘休之勢。

群臣一句都不敢多言。

這事，確實同皇帝所說，是十分重大的事，不過說起來，也是皇帝的家事，自己等人於情於理都不該過問。

只不過皇帝就算有個疼痛腦熱，全都事關天下黎民，這樣一算，自己等人確實又要在這裡站著，等著真相水落石出。

寧慕畫從皇帝身後站出來，拱手稟告。「回皇上，適才有侍衛見到景王往曲江西邊的假山那頭去了。」

「人人都在這頭，他一人卻在那兒做什麼？他媳婦在這兒呢！」皇帝一錘定音。「讓人去把他帶過來！」

寧慕畫領命應了一聲，轉身出亭時，輕輕瞥了一眼依舊筆直跪在地上的玉珩。

這人前日以自己情急之下翻牆進季府的名義威脅，借了自己管轄杏花宴治安的好處，在今日的杏花宴安插了幾處人手，說要上演一齣絕不會拖累自己的大戲。

本以為只是為皇后娘娘祝壽，沒想到卻是一齣「兄弟相殺」的戲碼。

原來，七皇子有意那至高之位……如此野心勃勃、毫無顧忌地展露給自己看，就不怕自己在皇帝面前把他全數給抖出來？

寧慕畫垂目，一腳踏出亭外。

他將將下了臺階，天空中嘩啦地灑下漫天大雨。豆大的雨點打在地面、花木與頭頂上，摧花毀燭。

站在霧亭外頭的群臣紛紛捂上頭，縮了縮脖子。

「哎呀，怎地就下雨了……」

「好生奇怪的天！」

這滂沱大雨下在夜晚，映著掛在天空的圓月，十分詭異恐怖，似乎暗示著今晚注定不寧靜一般。

季雲流轉目看著遠處天際。

要戌時了。今日五行屬火，此處五行亦為火，兩火重疊，乃為炎；火剋金，此時亦是借運的吉時，運道有礙的，正是酉時出生的屬狗之人。這人內柔外剛，內陰外陽，生在今日。

女子本為陰柔之人，為母則強，為母則剛，這人就是生在今日已為母之人！

她再轉向那頭的寧慕畫，低聲向一旁的席善說：「席善，你不是替七皇子帶了傘嗎，替寧世子撐一撐吧？」

這時辰已經不能再耽擱下去。

席善順著她的目光看向正欲冒雨奔出去的寧慕畫，忽然想到寧石說的，季六娘子懂道法之術，他不敢怠慢，抓著油紙傘，大叫一聲跟上去。「寧世子，小的正好帶了傘，小的送您去曲江西邊的假山那頭！」

說著向眾人欠身行禮後，也奔出了亭外。

傾盆大雨讓周圍的宮燈都熄滅了，四周陷入一片黑暗中，伸手不見五指的江畔伴著電閃雷鳴與嘩嘩雨聲，讓眾人心中都產生一絲驚恐。

唯一還有宮燈的地方，便是皇帝所在的霧亭。

站在大雨下的眾人不由得圍著霧亭，向中心靠攏，但霧亭就算是江畔有名的觀景勝地，也不可能容納得下這麼多人。

皇后站在亭中，沈穩地吩咐下人做出亭的準備。侍衛在皇后的吩咐下奔出亭外，冒雨而行。

正在此刻，突然一陣強風颳來，亭中所有的宮燈同外頭一樣，忽然全數滅了。

「啊！」不少膽小些的臣子頓時發出叫喚，頃刻之間，似乎整個天下都陷入漆黑中，耳邊嘩啦啦的大雨聲也掩蓋了一切。

玉珩在宮燈一滅的那一刻，立即起身，隨著人流的騷動，憑著腦中記憶，極快速地到了季雲流的位置，抓住她的手。「雲流……」

他心中有預感，這熄滅亭中宮燈的舉動就是季雲流所為。

季雲流伸手握住玉珩的手，直接把他往自己身邊一帶，讓他擋在前頭，耳語道：「七爺，不可再耽擱了，被借運者應該是咱們這兒的一人，按那道士起壇的時辰來看，正是皇后娘娘！」

玉珩的心乍然一緊，被季雲流握著的手都顫抖了。

「七爺，我需借你身上的紫氣一用。」季雲流來不及再講，放開玉珩的手，在身後豎起道指，直接在他背上用手指畫道符。

天氣越發炎熱，衣裳自然也越發單薄，黑夜中，玉珩清楚地感覺到那手指在自己背後比劃，那微癢的輕柔感一路從他的背後鑽進心中。

「……左社右稷，不得妄驚！」她手中快速結印。「……太上有命，搜捕邪精……皈依大道！」

「來人，趕緊去取火摺子過來點燈！」

「莫要驚慌，只是一陣風吹來，滅了燭火而已。」

「諸位大人都請稍微等一等。」

這樣突如其來的黑暗讓許多人都適應不了，侍衛、太監和宮女忙忙碌碌，大臣們竊竊私語。一片混亂中，唯獨玉珩與季雲流安安靜靜站著，在道法的世界裡，似乎與外頭的一切都隔絕了。

假山洞中的楚道人手執桃木劍，眼見時辰到來，桃木劍一點前頭的道符，帶起一連串的黃紙來。

道符一張一張排排而起，在上空飛舞。

玉琳雖不是第一次看楚道人作法，不過再次看到這種匪夷所思的景象，依舊瞪大了眼。

「上借天池水，尋時借貴運，運道轉心轉境，互換彼之命運……」楚道人踩著罡步唸咒語，呼啦啦，一張張道符正往壇上的兩根黑髮飛去時，驀然間，轟然一聲，道符在空中就焚燒殆盡！

「糟糕！」楚道人大叫一聲，連忙雙手執桃木劍直接壓在道壇上。「景王殿下，有人在破我的陣法！」

桃木劍壓守在道壇上，似乎還是起不了什麼作用，道壇依舊搖搖晃晃，似乎下一刻就要傾塌。

「什麼人在破你陣法？」玉琳又驚又惱，幾步上前，一把按在黃桌布覆蓋的案桌上。「是何人竟然跟本王作對！」

楚道人雙手壓著道壇，口中大叫徒弟。「其兒，過來把為師腰中的道符拿出來！」

小道人也感覺到異樣，且此人來勢洶洶，似乎道法還在他師父之上，他無暇再想，快步過來，抓出一疊道符塞進楚道人的桃木劍下——

在亭中，玉珩身後的季雲流感覺那邊陣法似乎又加強，收攏心思，從荷包中挾出一張黃色道符，指尖一用力，點在玉珩的背後。「莫借天池水，莫借貴人運，身清心淨凡塵間，祝你上青天！」

狂風大作而來，暴雨聲越發震響眾人耳畔，拿著火摺子的太監，怎麼都點不著霧亭中的宮燈。眾人只覺老天爺把這一年的雨都下了個乾淨，雨水打得人連眼睛都睜不開。

玉珩睜開眼，靜靜立在亭中，聽著外頭的風聲、暴雨聲，聽著後頭的季雲流低低唸著道法咒語，看著他記憶中被眾人圍攏著的皇帝位置，感受身後那纖細手指帶來的一筆一畫，似已站了千年，站了萬載……

頭一次，他有了那「萬人之上」似乎也沒有自己執著的那般好的念頭。

「汝今罪行，昭昭其有！」強風中，季雲流左手扶住右手手腕，道指一點，迅速燃掉了玉珩身後的那張道符。

轟！玉珩身上的紫光如神光，在亭中直射而出，讓他彷彿凌空踏在紫氣之上，宛如天宮下凡的神人。

「噗——」楚道人噴出一口血，斷了手中的桃木劍，直接撲在道壇上。

「師父！」小道人撲過去。

「怎麼回事?!」玉琳急慌了。

「不知是哪位道人，竟然這般厲害……」楚道人口中不斷湧出鮮血。「殿下，您要趕緊出去，待會兒定會有人來此。今日陣法被人破解，貧道被反噬，殿下今日會有大凶之兆……」

寧慕晝與席善走得很快，就算大雨滂沱，也阻擋不了他們的步伐。

到了曲江西邊，席善四下轉首，瞧著越發滂沱的大雨，問道：「寧世子，景王殿下確實在這附近？」

「找找。」寧慕晝站在大雨中，言簡意賅。

席善與寧慕晝帶來的侍衛立即分散開來。

暴雨越下越大，不過總歸都是侍衛營出來、訓練有素之人，尋了不一會兒，便有侍衛過來向寧慕晝稟告。「寧統領，屬下見到景王殿下的貼身侍衛在前頭的假山前。」

一群人到了假山處，張禾拱拱手，對寧慕晝行了個禮。

寧慕晝不拐彎抹角。「皇上在霧亭中，有請景王殿下前往霧亭，有話相問。」

席善直往裡頭衝，邊衝邊道：「哎呀哎呀，好大的雨啊……」

張禾見他過來，手勢極快，張開雙臂如大鵬展翅一般，擋在他面前。席善身手亦不弱，在他「展翅」時，就彎腰往下躍了過去。

張禾收攏手臂，來了一招橫掃，席善同樣用腳纏鬥而去，兩人迅速扭打在一起。

寧慕晝站在外頭，目光淡淡望著打鬥的兩人。一旁的侍從沒有統領吩咐，不敢上前參與，也不敢拉開他們。

忽然，寧慕晝左腳邁開，右手伸出，身體如猿猴，擊拳似流星，極迅速地給了張禾一拳，使他整個人被擊飛進假山洞中。

席善讚了一聲「好身手」，隨後一躍而進假山洞中尋人。

「放肆！」玉琳一身朱紅衣袍，負手從裡頭走出來。「驚擾本王不說，竟然連本王的侍衛都敢打，你們可有把本王、把皇家放在眼中！」

洞內空無一物，席善目光迅速梭巡，四下全都看遍，除了地上有些灰燼之外，竟然再無其他。

景王一個人在這裡是做什麼？

面對玉琳的怒氣沖天，寧慕畫坦坦蕩蕩，欠身又說了一遍皇帝有請的話語。

玉琳在背後的手指抖了抖，面上竭力維持鎮定，「嗯」了一聲。「雨太大了，本王待會兒再過去……」說完這話，適才滾滾的閃電與響雷，還有傾盆大雨，瞬間都消散了。

寧慕畫頂著濕透的頭髮與衣物，神色半點變化都沒有，欠身再次道：「景王殿下請。」

面對說停就停的電閃雷鳴，玉琳的臉色忽然像挨了一巴掌那樣難看。

他哼了一聲，出了假山，往前頭去了。

席善在玉琳離去的假山洞中走了一圈，見什麼都沒有，只得在腰間抓出帕子，把地上灰燼都裹進帕子裡，跟了出去。

站在亭外的個個大臣只覺強風最猛烈的時候，一道紫光刺了自己的眼眸，而後就是雨歇風停，雲散月出，又成了一個漫天星辰的月圓之夜。

若不是人人身上還滴著水，之前發生的電閃雷鳴似乎都是眾人的幻覺而已。

這、這……真是太詭異了！

在場都是見慣大場面的朝中重臣，雙腿竟紛紛不自覺打顫，只想雙膝跪倒在地，給七皇子磕上幾個響頭。

大昭通道，紫氣東來一詞，在《昭史》中就被繪聲繪色地形容於開國太祖皇帝身上，說太祖皇帝乃是天定帝王，無人可代替……

如今在玉珩身上，眾人是親眼瞧見了這樣的仙佛之表，這……又代表了什麼？

風雨停歇，宮燈被太監立即點亮，紅燭高燒下，大夥不自覺去瞧亭中的七皇子。

玉珩一身紫衣，站在侍衛之間如鶴立雞群，再見跪在地上抽抽噎噎的玉琤……眾朝臣默默將目光移了開去。

皇帝亦瞧見了玉珩身上的滿身紫光，站起身，面上仍有一絲不可思議。「七哥兒，你適才身上的紫光……」

「我大昭祥瑞之兆！」朝臣中不知是由哪位帶頭呼喊一聲，下跪俯首。「吾皇萬歲、萬歲！」

接著眾人紛紛喊著同樣的祝詞，一邊跪下來。

皇帝站在亭中，高高在上地瞧著跪在自個兒前頭一起呼喊的玉琤與玉珩，心中微微愣神。

二十五年前，風道人給玉琳批命之後，不久便羽化成仙飛升了。之後玉琤出世，秦羽人只點了兩句「命格極貴，富貴至弱冠之年」的批語。一直知道這小兒子也許活不過二十，難免多疼愛了一些；可如今……見到他一身紫氣，這是不是說，七哥兒的命格有變？

# 第六十一章

玉琳同寧慕畫過來時，亭外的朝臣已站起來。見了玉琳，擠在一起的朝臣讓出一條道。太慘了，景王殿下真是太慘了，新婚不過四個多月，就遇到了人間慘事！

玉琳不知自己陰溝裡翻了船，所謂輸人不輸陣，他抬首挺胸，這一路走得極有王爺的氣勢。

只是不知道為何，朝中眾人瞧著自己的目光有些……難以言喻。

一進亭中，玉琳便瞧出不同了。他的王妃為何披了一件外衣跪在地上，妝都哭花了？他跪在地上對皇帝行了大禮，頭一件事就是去問景王妃。「董氏，妳怎麼了？」

董氏狠狠瞪了他一眼，讓玉琳驀然停嘴，只因她那眼中的怨恨都要當場焚化了他。

皇帝沈聲發問：「你適才去哪兒了？」

景王斂了神，轉首瞥過額頭都紅腫的玉琤一眼，沈聲回答。「回父皇，適才兒臣覺得悶熱，去江畔走了走，半途不知為何遇上大雨，就尋了個假山洞，進去躲了躲。」

他答得有條有理，滴水不漏，玉珩一眼轉向席善，無聲詢問他可有在假山中尋到什麼？席善遺憾地搖了搖首。

皇帝「嗯」了一聲，再問道：「適才霧亭中，你媳婦與太子……」微不可聞地一頓，啟齒再道：「他倆在霧亭相會，你可知曉？」
「皇上，妾身沒有與太子私通！」景王妃不自覺就辯駁。
玉琤同時抬首叫道：「父皇，兒臣沒有與董氏私通，她是兒臣的弟妹啊！若有，兒臣便天——」話一出，下一句就說不出口了。若是再來個天打雷劈……他不敢往下想。
玉琳驀然被皇帝、景王妃、玉琤的話驚了。「父皇，您、您說什麼！」
怪不得適才群臣都以古怪的目光瞧著他，原來是覺得他頭頂上戴了一頂大綠帽！
玉琳一瞬間如萬箭穿心，臉色難看至極。這是發生了何事?!
「父皇，兒臣是被人喚來霧亭的。兒臣到了亭中，本來只想私下會一會教坊司的舞姬，可是、可是舞姬變成了董氏……」玉琤跪在地上全數吐出來。「兒臣本就與董氏還未做什麼，張元詡一腳踏了進來，做了證人，還拉了蘇氏過來，把蘇氏氣暈過去！」
景王妃在一旁道：「妾身也是被人喚到霧亭來的，一來就見太子撲過來……而後被張二郎瞧了去……」
張元詡見兩人全部提到自己，跪在地上道：「皇上，小人也是被人喚到霧亭來的，實在不是有意要對太子與景王妃……請皇上明察！」
皇帝陰氣沈沈。「那麼，到底是誰喚你們到霧亭來的？」
三人不約而同都瞧了玉琳一眼。
這一眼讓玉琳一口血湧到了嗓子裡，頭皮都要炸開。他抖著身子，差點跳起來。「你們、你們都瞧著我這是何意？難不成說這局是我布的不成?!」
玉琤憤然應聲道：「這事就是你布的局！是二弟你一直要加害我，所以不惜讓你媳婦作為誘餌，引我上鉤！」
「大哥，你瘋了，我怎麼可能做出此等荒唐之事！」玉琳的肺都要氣炸、裂開了，但在皇帝與文武百官面前，他不能造次，只得軟下語氣，俯身去磕頭。「父皇，兒臣是冤枉的！您千萬明察，兒臣就算再沒有良知，再蠢也不可能自個兒給自個兒戴上頂……綠帽啊！」
難為極愛體面的玉琳為了洗脫罪名，把不要臉皮的綠帽都說出口了。
玉珩站在一旁輕輕開口。「這世間，從來只有作賊的才喊抓賊。」
「七弟！」玉琳提著心，怒得聲音都變了調。「什麼叫作賊喊抓賊？你莫要信口雌黃，這事就是有人栽贓嫁禍於我！」
玉琤冷笑一聲，覺得玉珩說得極為有理。「論栽贓嫁禍的手段，滿朝上下，又有誰比得上二弟你！」
「大哥！」
「好了！」皇帝疲憊地出聲喝斷。「你們乃是親手足，不能相互扶持便罷了，竟然在文武百官面前兄弟爭吵，成何體統！」
眾皇子磕頭認錯。
這事公說公有理、婆說婆有理，眾朝臣在亭外頭，個個渾身濕透，體弱一些的還在渾身哆嗦，再這樣問下去，皇家醜聞鬧得人盡皆知也不是辦法。皇帝一揮手。「把太子、太子妃、景王與景王妃全都帶回宮中！」

朝臣面對要出亭的玉珩與季雲流，個個和顏悅色，如同見到未來皇帝一般，畢恭畢敬地垂首目送兩人出亭。

兩人並肩走在回去的路上，隱隱約約的月光之下，玉珩看著前頭步伐穩健的皇后，極輕地問季雲流。「適才的紫光，妳可是有意從我身上顯出來讓眾人瞧見的？」

「嗯，也算是有意為之吧。古語道：紫氣東來三萬里，聖人西行經此地。早日讓在場百官知曉七爺紫氣加身，也無不可。」季雲流側過頭，微微一笑。「七爺，我相信你會是一個好皇帝。」

玉珩不管不顧，執起了她的右手，與她一道並肩走在石榴花夾道上。

江山與妳，我都要掌握在雙手之中。

玉琤與玉琳回了宮中，跪在御前「大打出手」。

玉琤一張口就咬著玉琳不放，口口聲聲說就是他利用那教坊司的舞姬，來了一齣「貍貓換太子」，掉換了舞姬，把景王妃帶過來，又讓張元詡過來抓了自己的把柄！

玉琳氣昏了頭，氣得要吐血，眼中冒火地辯解道：「大哥！你口口聲聲說我是幕後黑手，我一邊推出我的內妻，一邊陷害我的大哥，這樣做的動機又是什麼?!」

「你窺覷的就是太子之位！」玉琤理直氣壯。「同七弟說的，你作賊喊抓賊，把自己變成天底下最可憐之人，就以為眾人都不會懷疑你！」

玉琳被玉琤的牙尖嘴利氣得要噴火，可他急不得、打不得、殺不得、罵不得，都快要把自己急死了。

皇帝再尋已醒來的太子妃問話，太子妃跪在地上，一五一十把自己如何被景王妃相約、被張元詡攔住、被莊四打巴掌，又被太子與景王妃氣得昏過去的事都說出來。

玉琤抓著景王妃相約的話指責道：「父皇，您瞧，就是二弟出的招數！藉由自己媳婦的名義來做餌，實實在在的作賊喊抓賊！」

皇帝轉首看玉琤振振有詞，似乎發現了一些玉琤與尋常不一樣的地方。他坐在案桌後頭，道：「這事太子既然說自個兒與景王妃是冤枉的，再加上你們都找不到傳話的人是誰，那這案子就由太子你全權去查個明白吧！若遺漏一絲，背上私通罪名的，可是琤哥兒你。你可記住了？」

玉琤眨眼，張了張嘴，跪在地上伏地謝恩。

父皇可是近些年來頭一次喚他為「琤哥兒」……

決心痛改前非，要一洗自己清白的玉琤，一出皇帝的御書房，直奔玉珩的臨華宮，去找他問問自己該如何查證？

連天道都電閃雷鳴，暗示自己與景王妃私通有染時，只有七弟跪了出來在皇帝面前為自己說話，這宮中能信任的，沒了玉琳，只有七哥兒了！

寧石聽見稟告的人，說太子親自來臨華宮見七皇子時，露出難以言喻的表情。

據說太子在霧亭與景王妃私通，被皇上帶進御書房問話，如今來尋七皇子又是為何？

不管如何，太子總歸是太子。寧石得了帶太子進書房的吩咐，便恭敬地將他引進來。

玉琤一見玉珩，喜孜孜地撲上去。「七弟，這事你得幫幫我！」

玉珩看著玉琤，面上倒無多少和氣之色。「大哥所遇何事，需要幫忙？」

玉琤一點都不介意玉珩的面無表情。「便是玉琳栽贓嫁禍我一事。父皇如今讓我徹查此事，我若不能力證清白，這壞事的名頭，我可就揹定了！」

玉琤說得聲音都有些委屈。這麼多年，他真心相待這個同胞兄弟，哪裡知道玉琳竟然把自己的真心擲在地上狠狠地踩，如何不心寒？

玉珩看他，不緊不慢地道：「大哥莫要擔心，父皇把這事交由大哥親自徹查，定也是相信大哥的為人，這件事必定會水落石出，還大哥清白的。」

玉琤的眼睛都亮了起來。「七弟，你也這般想？我便知道還是七弟最知我！」

兩人坐在案桌處商討大計。

一個是心中全無主意，只會聽信身邊親信的憨厚人士。

一個是心思縝密，彎彎繞繞能繞到你暈頭轉向、找不著東南西北的幕後黑手。

兩人一起，玉珩就算賣了玉琤，也有信心讓玉琤幫他數錢。

玉珩向玉琤諫言。第一，先去找找自個兒身旁是否有什麼玉琳留下的奸細，被他窺探了平日作息？

玉琤聞言一想，不得了！似乎他的東宮內，前前後後全是玉琳派來的人，來來回回想了幾圈，竟然沒有一個人是信得過的。

玉琤有些慌神，玉珩倒是鎮定如昔。「大哥乃是東宮太子，就算把二哥送來的人全數擰出東宮，旁人又能說得了什麼？」

玉琤把前後想了個明白。怎麼就不是七弟說的這個理呢？便信心十足地回了東宮，要把玉琳的人全數揪出來。

霧亭之事鬧得實在太大，朝臣私下的口耳相傳也是十分玄乎。

那日突然的狂風大雨，與七皇子身上紫光一出，驟雨便停歇之事，成了討論的話題。

十七的月兒同樣圓又亮，寧慕畫站在季府的西牆外頭，看著掛在月空的明月，無聲地站了一會兒。

巡邏侍衛井然有序地在牆外巡邏。

寧慕畫收回目光，片刻之後躍上季府西牆，往邀月院中扔飛進去一張大紅拜帖，又即刻躍了下去。

九娘聽到動靜便奔出來，她厲聲低喊了一聲「誰」，卻見四下無人回應，院中只有一張拜帖，撿起來，確定無礙之後，才拿進去給季雲流過目。

拜帖有姓有名，很是正規。季雲流看完，合上拜帖，遞了回去。「明日妳隨我去祖母那兒請安後，在府中的花苑坐坐吧。」

翌日，季雲流坐在季老夫人的上房裡，聽她提自己的嫡親舅舅沈漠威。

「妳舅舅過兩日便要回到京中了。妳當日過繼的事，咱們也沒有同妳舅舅好好商量一下；前些日子妳父親寫了封信，託人帶了過去，卻遲遲未收到回信。這一次妳舅舅到了京中，這事咱們兩家也要坐下好好談一談。」

沈漠威回了京中，便是三品的詹事府詹事，能常在太子左右，此人對玉珩來講，日後會是一大助力，自然是一個拉攏對象，所以千萬不可撕破臉皮，老死不相往來。

季雲流還未出季老夫人的上房，就聽見她身旁的嬤嬤進來低語稟報，寧世子過府了。

季老夫人打發了季雲流，把寧慕畫請進來。

寧慕畫此次過府，也是因為上次宋之畫的事情。當日之後，季老夫人就讓人送了許多東西去賠禮。

關於小廝抬宋之畫進家中為妾的事，上次也只是寧慕畫嚇唬季府的而已，宋家就算再落魄，還是書香門第，必然不肯為妾；寧伯府也不願因一小廝與季府撕破臉皮，自然不會為了這事糾纏不休。

寧慕畫向季老夫人與陳氏賠罪，得了季老夫人一句：「好孩子，是我們季府姑娘的不是，怨不得你生氣。」

而後，寧慕畫告退出了上房，走到正院的月洞門，便看見坐在茂竹後石凳上的季雲流。

季雲流擰著臉，看了他片刻，忽然彎了眼角一笑，站起來，福身行了一禮。

「六表妹，」寧慕畫幾步走近，站在她前頭，拱拱手。「昨日深夜打擾，多有得罪。還有三日前的提醒，多謝六表妹。」

季雲流站在他面前，笑了一下。「寧表哥不必如此客氣，我亦沒有幫上什麼，只是隨口一言而已。寧表哥沒有在祖母與我母親面前拆穿我的胡言亂語，是雲流要感謝寧表哥才是。」

寧慕畫略抬眸凝視她。這意思是，她要自個兒不要將那日的「隨口一言」講出去了。

這是他頭一回近距離見到這個六表妹的容貌。

只片刻，寧慕畫垂下眼簾，退開一步，向身後的人略略招了招手。「本想送些小禮物感激六表妹，只是表妹已與七皇子訂親，我不便再送，便讓人做了些西域的食點來……」

身後的小廝將提來的三層食盒一一打開。

季雲流轉了頭，微垂目光，看見裡頭像切糕、烤羊肉串一樣的東西，矜持地笑了笑，禮貌道了謝，讓一旁九娘收了食盒，不再講其他。

寧慕畫倒也不介意季雲流這樣疏遠的態度，待九娘蓋上食盒的蓋子，他直接開口。「昨日向六表妹遞了拜帖，除了感謝六表妹，還有一事，我想親自問問六表妹。」

「寧表哥請講，若知曉的，雲流必定知無不言、言無不盡；若不知曉的，相信寧表哥也不會怪罪雲流孤陋寡聞。」

果然是個伶牙俐齒又心思通透的表妹。寧慕畫也不避忌。「當日六表妹在寧伯府松園中做了一次神棍，解了我一次困局，這次我亦只想請六表妹為我看一看。」他聲音緩了緩。「六表妹曾說，混沌黑暗不利君子，那如何局面才利君子行走，不會行錯踏偏？群雄揚鞭逐鹿，君子又該擇何主而從之？」

季雲流雙眸對上寧慕畫如琥珀色的眼，笑了。

「康莊大道利於君子而行。寧表哥特意來此地問我，想必對擇誰而從之，心中已作出選擇——」

寧慕畫張口打斷了她。「站在我面前的是那日出聲提醒我、幫了我一次的季六表妹，而不是被皇上賜婚的七皇子妃。六表妹，我寧伯府只有僅此一個，它不能毀於我手中。」

季雲流坦然回道：「寧表哥，我季府也僅此一個。」

寧慕畫心思慎重，頓了頓，片刻後又問：「昨日眾朝臣都說七皇子身出紫光，我未曾親眼所見，那紫光……是真是假？」

季雲流不說假話。「千真萬確。」

寧慕畫得了這四個字，再一拱手，打算就此離去，但還未轉身，又聽見季雲流的聲音。

「寧表哥，此番回府若見鴻雁，便可見貴人堂中坐。」

他腳步一頓，欠身後，終是離去。

那日，站在茂竹後頭說自個兒餓極了，餓得腿都軟的六表妹；還有那個在院子中抱著七皇子的脖頸，輕輕柔柔叫七爺的六表妹，在他面前，只怕此生是看不見的……

# 第六十二章

玉琳在皇帝的御書房前跪了兩天兩夜，連滴水都未喝過。

皇帝下了早朝，進了御書房，彷彿沒見到他一般，坐在案後，隨手拿了本摺子看起來。

玉琳越想越覺委屈。定是太子故意耍了一齣大戲，栽贓嫁禍給他！可父皇居然偏心如此，半點不相信自己。

「父皇，兒臣是冤枉的！兒臣怎麼會拿自個兒的媳婦、拿自個兒的名聲、拿皇家的體面去做這樣的事？兒臣就算喪心病狂，也不至於做出此等對不起列祖列宗，讓天下人恥笑的事呀！」他聲音低啞，由於不吃不喝，這般虛弱無比的模樣，讓人也生出憐憫之心。

皇帝抬首看了他一眼，垂下首，繼續拿著朱砂筆批閱摺子。

「父皇……」玉琳近幾日一直在為自己辯解，見皇帝每日都如此冷漠，悲從中來，只覺得自個兒的父皇對太子是偏心到無邊界了，索性就趁著自己頭暈，直接撲倒在地上，使出殺手鐧。「父皇，我大昭江山永固，兒臣不孝，讓大昭失了體面，先走一步了……」

「啪」！一道黃摺子從皇帝手中扔擲出來，砸在玉琳的腦門上。「既然如此，那你就去死吧！」

玉琳撲在地上，眨了眨眼，哇一聲就想哭出來，但他實在不吃不喝甚久，想哭又哭不出眼淚，又不敢出聲。

雖說先走一步是他說出口的，現在讓他這麼去死，還真的是千不願、萬不願的。

皇帝聲音在他前頭又響起。「就算霧亭之事不是你做的，之前的春闈試題洩漏你也難脫干係！」

「父皇，父皇……」玉琳幾步爬過去。「這事不是兒臣做的啊！兒臣是冤枉的，董詹事他私自買賣試題，兒臣看在他是兒臣老丈人面上，再加上董氏，兒臣才隱瞞下來的啊……」

皇帝一腳踹過去，怒不可遏。「你冤枉？冤枉了誰都不會冤枉了你！太子那是你大哥，他心胸寬厚、為人純良，朕以為你待他那是真心實意的，哪裡知道你這個混帳東西居然背地裡害你大哥。怎麼著，是否有朝一日，你連朕都不會放過了？」

「父皇、父皇……兒臣不敢，兒臣就算有一萬個膽子，也不敢害父皇您啊……」玉琳痛哭流涕。

「怎麼，你有一萬個膽子不敢害你老子，難道就敢害你大哥與七弟了？」

玉琳此刻知曉自己又被他的好父皇給套話了，咚咚咚跪地磕頭大哭。「父皇，您明鑑，真的不是兒臣害的……大哥與七弟都是兒臣的親手足，手足之情血濃於水，兒臣怎麼會幹這種事……」

皇帝無心再聽他廢話，擺擺手。「快滾吧，見了你，朕心裡就瘆得慌。待在自己屋裡好好閉門思過兩個月，若有下一次，你就待在屋裡不要出來了！」

這是要免罪的意思了？玉琳睜大眼，連連謝恩，很快跟吃了十斤大補丸一樣，骨碌一聲爬起來，直滾出御書房。

皇帝看著玉琳身影，抓著摺子，長長嘆息了一聲。

背著手，他吩咐一旁的太監。「把景王在工部的職務卸了吧！」

玉琳坐馬車回了景王府，門房看他回來，又驚又喜地扶著他到了正院中。

玉琳與景王妃成親不久，濃情密意還沒過去，府中連妾室都還未有幾個。景王妃與太子妃，一個不回景王府，一個不回東宮，兩人這會兒倒是惺惺相惜，成了好妯娌，同住皇宮中。

如今景王妃不在，玉琳總覺得空空的，少了些什麼。他在景王妃的院子中待了待，就讓人備了馬車，馬不停蹄地去了長公主府中。

楚道人身受反噬，休養了兩日還是虛弱無比。看見玉琳，同見到索命鬼也沒啥區別了，顫顫抖抖坐起身行禮。「殿下，貧道真的是無能為力……您還是、還是另請高明吧。」

玉琳坐在圓凳上，面色古怪地看著坐在床上的楚道人。「你說，你是否早知曉這次杏花宴的作法會失敗？」

「王爺……」楚道人猶如西施一般胸口捧心，面色痛楚。「當日貧道已經為王爺起過一卦，順應天意才不會有禍……」

玉琳被這「順應天意」說得滿頭大火，若不是他現在虛弱得也沒比楚道人好上多少，哪裡還讓楚道人在這裡嘰嘰歪歪！

「順應天意，現在天意如何？是太子、七弟，還是我？」

楚道人搖首。「此乃天機，貧道亦是窺探不到天機的奧秘。」

玉琳心中暗罵。他娘的這個老神棍，自己學藝不精就來一句「天機」搪塞本王，你以為本王是三歲小孩嗎？

「那你可知道前日替皇后破解了你陣法的是何人？」

楚道人再搖首。「貧道也不知曉，但這人必定是在杏花宴中的。此人道法高深，只怕在貧道之上。想不到京城中出了秦羽人，還有一人有如此高深的道法……」

京城為了鞏固紫霞山道士的地位，其他道觀均不可在京中建造，因此就算京城在天子腳下，能堂堂正正報上名的道士亦是少之又少。那些系出名門道家的道人，自不會在京城中畏首畏尾地給他人看相算卦，倒也造成了京中厲害的道士甚少，甚至被紫霞山壟斷的局面。

「這次的杏花宴，來的都是官宦之家……」玉琳喃喃自語，想從中找出會道法之術的人。「那人道法還在你之上，為何會默默無名？難不成他還心甘情願在哪個官宦之家當個小廝不成？」

楚道人驀然想到了一事。「王爺，貧道想到一人。」

玉琳立即問：「誰？」

「那會道法之人可能出在季府。」

玉琳瞳孔一縮。「你為何以為這人會出在季府？」

楚道人回憶道：「上次王爺您要貧道施法取了季六娘子性命，貧道施法時，曾經在陣法中感受到另一人的道法，這道法正是在秦羽人過來之前出現的！」

玉琳驚得一下子從圓凳上跳起來。「你是說、你是說……」他來回踱著圈走了幾步，再繞一圈，忽地探過頭看著楚道人。「你說的可是真的？那人曾跟你交過手，真是季府出來的人？」

「千真萬確，貧道不敢以這件事欺瞞王爺您。」

玉琳又陰惻惻地問：「上次你在樓閣中看那季六的面相，說她八字與面相不合，這事沒錯吧？」

楚道人頷首。「那季六娘子，她的八字與面相確實不合，就連七皇子的面相如今都變得奇怪。若非經歷什麼大機緣，一般人的面相很難在短時內改變。季六娘子之前貧道未曾見過，尚不知曉；但七皇子，貧道兩個月前可是有過一面之緣，那時他可未像如今這般滿身的紫氣環繞。」

「如今滿朝上下差不多都親眼見到了他滿身紫氣，這紫氣是不是預示著他是日後帝王？」

「這……」楚道人不敢撒謊。「一切還是看七皇子的機緣，貧道不敢妄下定論。天機之事，貧道窺探不透，只知七皇子是貴極之相。」

玉琳不說話了，只盯著楚道人。楚道人見玉琳戾氣四溢，快要把自己淹死，不自覺往後挪了挪。

玉琳陰著面孔。「你過些日子且去皇帝那兒告罪，就說自己學藝不精，批錯了七皇子與季六的八字，把大凶的結果告訴皇帝。」

楚道人一嘴苦巴巴的。「王爺，這事……這聖旨早已經讓您在長公主府的園子裡宣讀過了……」

是啊，這玉珩與季六的親事聖旨還是自己在長公主府中宣讀的，如果沒有楚道人那雙看錯人面相的狗眼，他如何會促成這件親事?!

說到底，錯的都是眼前這個神棍！

玉琳一甩袖子，看著楚道人猶如地府來的惡鬼一般。「本王讓你去你便去，不然就憑你作邪法害人之事……少了皇家之地庇佑，估計出了長公主府，你就要被天道的雷給劈死了吧！」

說罷，他就出了楚道人的院落。

當日他派了死士去殺季六，其中還有個季四……長公主府的車夫是這麼稟告的。馬車中只有兩個弱女子，若按楚道人的說詞來看，季府姊妹裡頭，其中有一人就是懂道法之術的。

這裡頭，季六會道法之術的可能足足占了八成。他得要想個法子去驗證這人到底是不是那季六？

席善站在臨華宮的書房中，稟告著這幾日玉琤的舉動。「太子這幾日查辦霧亭之事，親力親為，大理寺、皇宮、東宮來回地跑，滿頭大汗之下，人都熬瘦了一些。這幾日太子也把府中的歌姬通通送出府，讓馬車一輛接一輛地拉到景王府。嘿，七爺您瞧，這不拉不知道，一拉才發現東宮離那後宮三千佳麗竟然也快不遠了！」

玉珩關注的不是太子有多少佳麗，他想知曉的是這霧亭事後的朝中局勢。

席善道：「太子去讓大理寺協助查證，大理寺倒是配合了，只是朝中……相助於太子的不多。朝臣約莫都在觀察情形，像內閣大臣蘇紀熙，明明為太子的岳丈大人，出了這事，竟然也沒上東宮與太子商議什麼……」

玉珩仰坐在楠木椅上，冷笑一聲。「玉琳揣摩聖意倒是極準，跪兩天不吃不喝，就讓父皇心軟了。這一放，就是明明白白告訴眾人，他相信這事不是景王栽贓嫁禍於太子。」

「七爺，」席善大驚。「這事聖上知曉不是景王做的，會不會就猜到了是七爺您做的？」

玉珩靠在椅背上，目光輕落。「那得看寧慕畫如何解釋這次的事了。」

皇帝讓玉琳滾出御書房之後，讓人傳來侍衛統領寧慕畫、季府尚書郎季德正、大理寺卿陳德育，還有主查此案的太子玉琤一道問話。

大理寺查案，最主要的便是順藤摸瓜四個字，順著有利線索，一點一點去查證。哪裡知曉這次的事這麼棘手，全數斷在傳話人身上，當日的丫鬟無一個沒缺，也沒有再見過了。

這樣一來，有意傳話之人，估計就是當日各家勛貴夫人帶來的丫鬟。但當日這樣的丫鬟亦是不勝枚舉，若是一一相問，不僅費時費力，且頗為不準，誰又能知曉當日各家夫人帶去的到底是哪個丫鬟？

所以這案子查到這，就像斷了線索一樣，怎麼都查不下去了。

陳德育原原本本地稟告後，本以為皇帝會勃然大怒，卻見他只是坐在案後，重重「嗯」了一聲，便沈聲道：「寧統領，你可有查到什麼？」

寧慕畫與兩位跪在一排。「稟皇上，景王妃與太子進入霧亭之事，正是侍衛巡邏離開時，下臣帶來了當時在霧亭附近的侍衛，紀侍衛。」

陳德育道：「紀侍衛，還望你一五一十相告當日聽到見到的情形。」

紀侍衛不敢面視聖顏，伏在地上。「稟皇上，小的正與一隊侍衛巡邏至霧亭十丈處，便聽見一聲叫喊，隨後快速奔向霧亭。途中看見張家二郎尾隨太子妃娘娘去了霧亭，而後，小的遠遠就看見太子妃娘娘昏倒在地上，而景王妃一怒之下拔出頭上髮簪，刺傷張二郎。小的與眾侍衛本欲上前阻止，後見皇上已在……」

陳德育問道：「當時張二郎與太子妃可有講何話？」

「下官隔得太遠，只見到張二郎離霧亭不遠處，很是急切、想逃走的模樣，卻被太子妃娘娘攔下來。之後跟在太子妃身後，張二郎也是極焦慮心慌的模樣。」

一旁不開口的玉琤忽道：「定是張二郎別有用心！他故意帶著蘇氏來亭中抓我與景王妃的把柄，指不定這事的幕後黑手就是他！」

皇帝道：「這張二郎可是與季六曾訂親的張二郎？」

季德正回話。「正是。」

「朕倒是記得他被大理寺奪取了科考資格，這杏花宴的帖子又是誰遞予他的？」

旁人通通瞧著季德正，他連忙磕頭。「皇上聖明，這帖子不是下官派送的。季府與張府鬧成這般，下官就算再不計前嫌，也斷然不會送杏花宴的帖子去給張二郎啊……」

寧慕畫在一旁道：「稟皇上，當日的張二郎是以景王府客卿的身分入的杏花宴。當日張二郎入了園中，景王殿下亦乘坐馬車帶了多人入園，在景王的馬車上，下臣看見長公主府中的楚道人。」

他是不認識楚道人，但那日在長公主府中的賞花宴上見過那個小道士，當日小道士去找景王，可是眾人都瞧見的。

即便在杏花宴時，楚道人與小道人坐在馬車中且都換上尋常衣物，沒有穿道袍，但寧慕畫還是立刻就認出小道士的面孔。

跪在地上的眾人一聽這話，幾乎都是一驚。

景王去杏花宴時帶個道人，那日又遇上太子與景王妃失心瘋一樣地私通，再是風急雨驟、電閃雷鳴……直到七皇子身上出了紫光，才停了這樣的詭異天氣……

這事，真是越發不簡單了！

# 第六十三章

季府中，宋之畫的事被寧伯府壓下來，悄無聲息地送走後，大家都當沒發生過一樣，照常過日子。

宋之畫離了季府，何氏又高興了一些。雖然白撿的七皇子妃，三房沒有分了，但少個宋之畫，季府公中就少出一份嫁妝，留下來的可不就有自己女兒的嗎？

何氏這麼一想，今日便高高興興往季雲妙的傾雲院去了。去了那兒，裡頭的丫鬟卻說，七姑娘今個兒去了季族學堂。

何氏心中頗高興女兒去學堂，再算了算時辰，估計她也快要回來了，直接去了二門等她。

到了二門處不久，等來的卻是季雲流與季雲薇。

何氏客氣地受了她們一禮，道：「今個兒妳妹妹也去學堂了，怎地沒有與妳們一道回來呢？七姊兒還小，性子難免有時候脫跳了些，妳們都是她的姊姊，可不能對她有何排擠之意呀！若是一道去的，也該一道回府，才不會讓人瞧了笑話。」

何氏說話不客氣，笑得倒是頗和藹可親。

季雲流瞧著今日眼角藏黑絲的何氏，輕淡笑道：「三嬸聽誰說的七妹在學堂？今日去學堂的只有我與四姊呀。」

何氏一聽不對，提著裙襬就去找傾雲院的那幾個丫頭，問她們七娘子去了哪裡？

季雲薇看著何氏來也匆匆去也匆匆，不禁問季雲流。「七妹這般撒謊地跑出去，還不知會三嬸一聲，被祖母知曉，不是又得要重罰了？」

季雲流想了想。「她皮都罰厚實了，約莫也是不怕祖母責罰了吧。」

季雲薇有一絲擔心。「上次宋姊姊偷偷出府，帶了瓶……呃，這次七妹偷偷出府，該不會……」季雲薇想到季雲妙那時候對七皇子所做的種種，人都慌起來，趕緊攥住季雲流。「六妹，妳日後可要遠離七妹一些，她若做何事，妳也莫要去管她，免得她有什麼拖累了妳。」

倒是季雲流聽了季雲薇的話，整個人一震。

何氏眼帶黑絲，難不成真是季雲妙要做什麼找死的事不成？

被何氏心心念念、被季雲薇忌諱著的季雲妙，正在一家茶樓中坐著。

不一會兒，雅間的門被推開，進來一個消瘦的女子。那女子正是幾日不見、被悄無聲息送出季府的宋之畫。

「宋姊姊，妳可算來了，我正想同妳說說過些日子之後的七夕佳節，咱們該如何同仇敵愾，讓自己的敵人不如意呢！」

讓季雲流順風順水地成為七皇子妃，她季雲妙才不會願意！

最近有點愁、有點煩、有點頹廢的玉琳坐在書房中，聽著張禾帶來的季府消息。

「寧慕畫奉命看守季府四周，小的便讓死士待得遠一些。這幾日，季六娘子只是規規矩矩上了季族的學堂，倒是監視的人回來說，他瞧見了季府當日被送出去的表姑娘與季七娘子在茶樓中相會。」

「查到了什麼，緊巴巴地過來？」

「這事是跟寧伯府有關。上次寧伯府大娘子出閣，邀請了季府女眷，那表姑娘也去了，去時曾外出買五石散。小的見她買不到，讓人送了一瓶給她。本以為她是瞧上季府哪個哥兒了，哪裡知曉這藥她是對著寧伯府的世子用去了。」

玉琳瞬間來了精神。「那勞什子的表姑娘對寧慕畫用禁藥成了？」若成了，那就太好了，他最近煩這個寧慕畫煩得緊。

「不，這事沒有成……」張禾詳細稟告。「這事從下人那聽來的意思是，寧伯府世子聽信季六的話，沒有走那條季府表姑娘安排好的路，讓他身邊的小廝先行開道。結果，季府表姑娘就跟一個小廝有了肌膚之親……那小廝還是個有家室的，但大約這事也被隱瞞下來了，表姑娘沒有委身給小廝做妾。就適才，那表姑娘與季七娘子正商議著如何對付季府的六娘子，說要讓她失貞失德……」

玉琳本來失望的心頓時死灰復燃，眼中發出光彩。「季府那勞什子的表姑娘與季七要對付季六？好！真是太好了！張禾，這事你得去幫那表姑娘，她們想要什麼就給什麼，就算要天上的星星，你也得給她們摘過來！」

玉琳吩咐，張禾自然答應。

他想了想，再道：「那季六身旁有個咱們府中的丫鬟，名叫什麼的……約莫是青草吧，你把你們要配合季七的事告知那丫鬟，讓她在季府暗中也相幫季七與那表姑娘一把。」

張禾從書房退出來後，立刻就把玉琳吩咐的事天衣無縫地辦妥了。

青草得了張禾派人私下遞來的信，人都呆傻了片刻。她揪著帕子，在前頭的園子裡轉了一圈又一圈，驀然看見自己胸口前不久季雲流賞賜的玉珮，一定心，把季雲妙與宋之畫還有玉琳要加害的事，轉首就告訴了季雲流。

自從向六娘子表明自己的立場，這邀月院中的待遇可比她在景王府還要好上不少。就像六娘子說的，景王妃是王妃，六娘子日後亦是王妃，為何傻不拉幾地要去跟著景王妃呢？

識時務者為俊傑，這話她可懂了！

季雲流坐在榻上看著青草，倒是多了幾分好奇。「表姑娘與七娘子可有說要用何種方法讓我失貞失德？」

青草跪在地上抬起首。「這方法倒是還未透露給奴婢知曉，不過奴婢猜測，使一女子失貞失德，約莫就是要栽贓嫁禍有情郎之類的手段吧……」

季雲流「哦」了一聲。「那妳就再辛苦一些，日後多多去傾雲院走動走動，聽聽七娘子到底要用何種方法讓我……嗯，失貞的。」

青草被賞了一錠銀子下去了。

季雲流坐在榻上翻著《大昭圖志》，吩咐九娘，讓她去把青草說的事再透給玉珩知曉。

鑑於上次玉珩聽慧通透的辦妥霧亭之事，這次她打算再讓得心應手的玉珩出手。

有男朋友給妳作威作福、為妳作主，自己還是繼續混吃等死吧，滿手乾淨有利於道法修行！

九娘自然是個能幹的，不出半日，季雲妙與宋之畫還有玉琳的關係與打算，就擺在玉珩書桌上。

玉珩看了席善遞來的小紙之後，「啪」一聲，再折斷一隻狼毫筆。

這些小人上躥下跳，來來回回搞事情，正經事不幹，天天在那想著讓季六失貞失德，難道自己就那麼見不得人，配不得季六，非要讓她紅杏出牆才安生？

好啊，上次是什麼景王妃，這次又是季府的七娘子與那被趕出府的表姑娘，真是景王府將亡，各種妖孽盡出……既然如此，那就綁著景王與她們一道兒，生生死死都在一塊兒才好！

「我聽見季六說，那什麼表姑娘被趕出季府，是因為她對寧慕畫的貼身小廝撒了一瓶禁藥，在園子裡與那小廝脫光了滾成一團的緣故？」

玉珩問得輕淡，臉上半點怒意都沒有，但席善知道，這是他家主子氣極的徵兆，不敢怠慢，連忙道：「正是。如今看來那表姑娘真是死不悔改，季府這般大仁大義壓下這事，她竟然還想出這樣的餿主意去害人，如今又被景王聽了去，景王還想暗中相助，真是太過陰毒！」

玉珩道：「把表姑娘與寧慕畫身旁小廝滾成一團的證據都收集齊了；還有那小廝的正妻，去讓她寫封納妾函，讓她準備些買妾銀錢。」

席善鼓足勇氣問道：「七爺，您這是打算把季府的表姑娘送給寧世子的小廝為妾嗎？」

玉珩輕薄一笑。「送給小廝為妾？這樣的人，我何苦讓她出來壞了人家和睦？讓她去與景王蛇鼠一窩、讓她享盡榮華富貴才好。」

「那抓她與小廝滾一團的證據……」席善將將一開口，悚然一驚，立刻明白。應該是七爺要把景王與表姑娘兩個惡人湊一對之後，才會向外傳出表姑娘與小廝滾一團、正妻上門納妾的事。

堂堂景王，先是正妻私通太子，後是家中妾室與別家小廝滾一團、小廝妻子上門納妾……席善覺得，他若是景王，都要尋個茅廁把自己給淹死，才不會被人取笑萬年！

席善臨退書房出去時，又聽見玉珩清冷的聲音。

「你若拿不到寧伯府中表姑娘在那的證據，且去尋寧慕畫，直接就說季六娘子當日善意提醒了他，讓他躲了表姑娘這噁心事，如今卻被表姑娘懷恨在心，要同景王一道報復，問他該是個如何補償法？」

席善得了玉珩的吩咐，翌日就去尋證據。尋到寧伯府處，也沒拐彎抹角，把玉珩交代的那些話，一字不漏，連語氣都唯妙唯肖地模仿給寧慕畫聽。

寧慕畫聞言，冷著臉，不知是生玉珩的氣還是生宋之畫的氣，擰著貼身小廝立信，冷酷地讓他把供詞一五一十寫完整。不僅寫全了供詞，讓立信畫押以表真實，更親自掏腰包，給立信準備了五十兩的「買妾銀錢」。

立信拿著五十兩的白銀，真是哭笑不得。

季府表姑娘在自家世子爺眼中也就值五十兩銀子，不知道那表姑娘見到了，會作何感想？大約是再撒一瓶子的禁藥吧……

席善拿了寧伯府這裡的證據回稟玉珩，玉珩則再親自去了秦相府，向秦相要秦二娘子親眼所見的供詞。

秦相樂呵呵地笑道：「七殿下，這事若是大傳出去，下臣家的小女被寧伯府世子那當眾一扶身的事可就藏不住了。」

玉珩目光動了動。「秦相爺的意思是……」

秦相笑得更樂。「不瞞七殿下，下臣瞧著寧慕畫那人倒是挺不錯，小女也到了適婚年紀……」

玉珩有些頭皮發麻。最近他自個兒遇桃花尋了心上人，倒是與這情字頗為有緣起來，如今這秦相不會也要他去保個媒之類的吧？

剛這般一想，就聽見秦相繼續說：「其實下臣私下向寧伯侯爺要過寧慕畫的八字，與小女的一道送去紫霞山給秦羽人匹配過，正是大吉大利的批語。適才下臣只是請七皇子稍稍等上幾日，待下臣明日去宮中求了皇上恩典，再給七殿下那些供詞，如何？」

玉珩只覺秦相如今同秦羽人越發相似起來，行事是同樣讓人琢磨不透。

不過又不是他去向皇帝求恩典，且他也不急在這一時，自是滿口答應秦相。

侍衛統領寧慕畫娶了秦相爺唯一嫡女為妻，拉攏了寧慕畫就等於拉攏了秦相，這筆買賣雖不是自己促成的，但對他來講真是百利而無一害。

得知陰謀的第二日，季雲流帶著九娘去季老夫人上房請安時，如同沒事人一樣，與眾姊妹一道行禮。

季雲妙昨日回府後，對過來質問的何氏是以逛銀樓為藉口，後來幾經何氏逼問，她怎麼都不鬆口，何氏將信將疑之下，也就信了。

季老夫人坐在榻上瞧著府中的小娘子，笑意盈盈。「咱們府中已經分家，請安之類的，妳們這些丫頭不來也無妨，只要妳們姊妹守望相助，我便高興了。」

眾人又略略坐了一會兒，季老夫人讓眾人離去，特意留下季雲流。

說的還是她嫡親舅舅、三品詹事沈漠威的事。「妳舅舅明日大抵就能到達京中，住的還是原先城北那三進宅子。我吩咐黃嬤嬤替妳與妳母親備了些禮，妳父親後日便會去見妳舅舅。妳也去向沈府遞張帖子，與妳母親去沈府走一趟，見見妳舅母也好。」

季老夫人說著嘆口氣。「沈大人如今說起來，也不能算是妳嫡親舅舅了，這事是咱們季府思慮不周。沈氏就妳一個女兒，如今妳過繼到大房，沈氏名下便無兒無女，我怕妳舅舅心中不爽利，會跟妳父親鬧不愉快……唉，自妳被賜婚給七皇子，這聖旨一下，妳三叔與三嬸就不同意妳過繼之事，所以祖母怕妳舅舅聽信別人的挑唆……妳還是與妳母親一道去見見妳舅母吧。」

「祖母放心，孫女曉得該怎麼做。」季雲流明白季老夫人的意思，說白了就是讓沈漠威不計自家姊姊在季府族譜無兒無女的前嫌，順手幫七皇子奪個嫡唄。

季老夫人很滿意季雲流的聰慧。

講完季老夫人的打算，季雲流便開始告狀，告的就是季雲妙與宋之畫的狀。

「祖母，有一件事情，孫女得請您為孫女作主。」

季老夫人自然要問是何事。

季雲流順口而來。「祖母，前些日子，咱們府中不是被人盯梢上了嗎？本以為皇上派人守著咱們府外就安生了，哪裡知曉……七皇子昨日讓人遞了信給孫女，說七妹昨日與宋姊姊在茶樓中商議一件事，還是要讓孫女失貞失德的事。這事還讓景王聽了去，如今景王正想讓人幫著七妹與宋姊姊，讓孫女失了閨譽才好呢。」

「啪！」季老夫人一拍榻上的矮桌。「妳再說一次，七姊兒與之畫商議要讓妳失貞失德？」

# 第六十四章

沈漠威從蜀川回到京中，便成了京城的大紅人，只因他人還未到，皇帝已經指派他三品詹事之職的殊榮。

皇帝偏愛太子，全朝都知，太子出生時被風道人批的命語，朝中大臣也都略知一二；詹事府詹事相當於太子的半個老師，日後太子登基，詹事便是妥妥的一品宰相，有點眼色的，哪個不去巴結？

然而，沈漠威回了府中之後便直接閉門謝客，所有人通通不見。

季德正遞了拜帖，也沒得到優待，同樣被拒了回來，倒是季雲流遞的帖子被迎進去。

在正廳中見過沈夫人與各女眷，不一會兒，沈漠威入了廳中，看見季雲流，先是微紅了眼眶寒暄幾句，而後正色道：「雲流，妳怎可因私心讓妳母親無後？這過繼的事，妳如何對得起十月懷胎生妳、養妳的母親！」

這樣直白的話語一出，讓一旁的陳氏都僵了臉色。

「妳母親在天有靈，知曉妳這般不孝，她定要死不瞑目了。日後我下了黃泉，妳母親問起來，我又如何向妳母親交代？」沈漠威越說越激動，傾身往前，忽然提不上氣似的，直接向前撲倒。

「老爺！」

「父親！」

驚叫聲此起彼伏。

丫鬟、婆子快速從門外進來，沈夫人聲音都不穩了。「快、快，快把老爺扶下去，去請太醫來……」

眾人七手八腳地打算去抬人，季雲流一抬手，出聲道：「且等一下！」

廳中的人都向她瞧去。

陳氏亦是被沈漠威的突然一倒，嚇慌了神，再聽見季雲流這麼一喊，即刻拉了拉她衣角，示意她莫要亂來。

而後眾人又見沈漠威從地上爬起來，坐在地上，按著肚子，口中湧出一口又一口的鮮血。

沈夫人膽子都要被嚇破了，撲跪過去。「老爺、老爺，您到底是怎麼了？」

「六姊兒，妳可是有什麼法子？」沈漠威在官場混跡已久，聽見季雲流這一喊，當下便一面嘔血一面道：「六姊兒，我聽聞妳之前得秦羽人相救，還與秦羽人同在宮中小住了半月，是不是知曉我這病症有何不妥？都是自家人，妳若有法子，可千萬不能見死不救！」

「舅舅，雲流是得了秦羽人一些指點，也看了幾本雜書，但是只能盡力而為……」醜話自然要說在前頭。

沈漠威有求於人，哪裡還計較這些，當下就點頭。

季雲流拍了拍陳氏，安撫她，蹲下身子，瞧著沈漠威口中吐出的鮮血，伸手在地上的血液中劃了一指尖的血液。「舅舅，您從四川回來之前，就有這個病症嗎？」

一屋子的人都被她這樣的舉動給唬住了。

屋中沒有一個人敢去沾沈漠威在地上的血液。

「沒有、沒有！妳舅舅在四川的時候沒有這個病症。自從一個月前離了蜀川一帶，到蘇州坐船上京時，才有了這吐血的病症。」沈夫人已經急慌了。那時候他們一路從四川出來還好好的，可突然有一天，相公在吃飯時就吐出一大口的血，且那時候，血中還有白色蟲卵一樣的東西！

他們一路求醫，大夫診了一個又一個，卻沒有人診出什麼來。這次到了京中，以為御醫會有法子，昨日請了張御醫過來，卻依舊只開了幾服固本培元的方子。

有了沈漠威方才那一席話，沈夫人就跟倒豆子一樣，把前因後果都倒出來。

季雲流又仔細感受一下血液的黏稠度，用另一隻手按了按沈漠威的肚子。沈漠威這次倒是沒有吐血，感覺肚子也不疼了。

眾人凝神靜氣，通通等待著她的結論。

「張御醫可有說這是什麼病症？」

「他瞧不出大概來，說我除了體力虛弱一些，別無其他異樣。他昨日回宮查閱醫書去了，等會兒約莫就來了。」沈漠威滿牙的血，講得卻挺清楚。

「舅舅這個怕不是病……」季雲流抬起頭，看著沈漠威。「大概是被人下蠱術了。」

「什麼！」

「蠱術？」

沈夫人與屋中人通通倒抽一口涼氣。

陳氏也嚇得不輕。「六姊兒，沈大人身上怎麼會中了蠱術？」

「這怎麼中的蠱術我是瞧不出來，只是舅舅身上的蠱頗為厲害，拖不得，須早些解掉才是。我這裡有張秦羽人相贈的道符……」季雲流從荷包拿出一張道符，向沈夫人道：「去拿碗清水來。」

沈夫人急忙吩咐。「都站著做什麼，趕緊去端水來啊！」

秦羽人的道符那可是千金難買，她自然不懷疑。

水被端來了，季雲流雙指指尖挾著道符一搖，那道符在眾人面前就像變戲法一般地燃起來。

在場的人只見她口中默唸幾句，那道符就燃成了灰燼。

將灰燼放入水碗中，季雲流道：「舅舅把符水喝了吧！這碗雖不能解掉舅舅身上的蠱，應該也能壓制那蠱的發作，不讓舅舅再痛苦下去。」

沈漠威不猶豫，端起那碗符水，彷彿沒有看到上頭一層黑色焦物一樣，一飲而盡。

一碗水下去，同神仙水一般，沈漠威只覺得任督二脈都打通了，全身神清氣爽。

他一擺手，讓丫鬟、婆子全數退出去。

屋中只剩幾個主人家，沈漠威不再沈默，直接問：「雲流，妳可知曉我身上的這蠱術該如何解去嗎？」

沈府女眷也都眼巴巴地瞧著季雲流。

沈漠威剛過不惑之年，如今被皇帝指為正三品詹事，前途正是不可限量，若是因為一個莫名其妙的蠱讓他一命嗚呼，一屋子的女子在人生地不熟的京中又該如何是好？

「這要看舅舅身上中的是何蠱了。蠱的品種繁瑣，尋起來頗麻煩，若舅舅知曉是誰下的蠱，那就好辦一些。」

對於蠱，她也只是略略了解一些。二十一世紀的絕大數人都信科學，蠱術這種東西越來越稀少，在玄門之中，這些也算是旁門左道。蜀川一代練這些的也都是暗中進行，不會像看風水的一樣，還能上電視給百姓說些常用的風水知識，因此玄門中的人都是了解不深。

「是哪個天殺的給我們家老爺使了蠱術！」沈夫人當下用帕子摀著嘴，嗚嗚哭泣起來。

沈漠威側頭沈思。

季雲流看他面相，額中有紅光，眼中炯炯有神，是前程正茂之相。但眼角開了桃花紋，桃花紋中又有一條指甲摳出來的細疤，這疤斷得恰到好處，生生阻了這桃花紋，成了一朵爛桃花。

年過四十出桃花紋，就是家有好花又去外找了，只怕找來的不是桃花，而是孽債。
季雲流仔細瞧了眼沈夫人的面相。雖說不是多悍妒，倒也不是個寬厚的。這也是，人麼，總有私心，哪個女人真的能見自家老公在外面找女人，還要給他錢，幫他鋪路的？
「舅舅，可否借一步說話？」
在妻子面前提小三，這種情況，只要還不想離婚的男人，大概都不願意揭出來。為了日後讓舅舅不對自己懷恨在心，且四肢健全地幫玉珩奪個皇位，季雲流決定留點面子給他。
沈漠威被這樣的「病」折騰到神色頹廢，撕心裂肺般難忍的痛，已讓他是死馬當成活馬醫，況且他也沒有理由去懷疑季雲流讓自己移開兩步是要暗殺自己。
當下，沈漠威做了個「請」的手勢，與季雲流到後堂之中。
四下無人，季雲流無心拐彎抹角，直接道：「之前廳中舅母在，雲流不好相問，舅舅請仔細想一想，之前從四川回來時，是誰對舅舅最不捨、苦苦央求舅舅留下而不成的？」
「最不捨……」沈漠威因這麼一句話，似想到了什麼，整個人一震，驀然睜大眼。「雲流，妳的意思是，很有可能是對我最不捨的人給我下的蠱？」
「這也只是我的推測。蠱這種法術在苗疆那幾乎不傳外人，蠱又分許多種類，若要下蠱，被下者還需要跟蠱術師有接觸。舅舅可跟我仔細講一講，你病發時的一些感覺，還有出蜀川時，吃過味道頗覺怪異的食物。」
沈漠威被季雲流清冷又雪亮的眼睛一望，頓時忘記了要保住這個不為人知的秘密。「我那時候回來，阿依甚至跪在地上哀求我不要回京……」

阿依是他認識的一個苗族女子，長得很美，身世卻十分坎坷。五年前，沈漠威從明州至巴蜀任知府，接的第一個衙門案子便是阿依的。巴蜀那苗族的姑娘為數不少，不過苗族姑娘出嫁卻十分困難，只因許多當地百姓認為，苗族姑娘身上皆帶蠱，避之如蛇蠍。

當時這一現象由來已久，苗族人家受盡歧視與羞辱，還逼死許多苗族的女子。沈漠威到了巴蜀之後，趕巧遇上要投河自盡的阿依，救下她後，就為她、為無辜含冤的苗族女子開始了伸冤之路。

他認為這蠱術之事，還有什麼苗族姑娘生來帶蠱，都是子虛烏有的事，就是一種謬言。阿依知曉這知府是個愛民如子、不信怪力亂神的好人，於是帶著他，一家一家地尋找住在巴蜀這帶的苗族人家。

巴蜀州縣在他的管理下，慢慢改善了這一現象。阿依與沈漠威一道辦公務的時日長久之後，慢慢熟識起來，日久見真情。一日因暴雨阻路，兩人在一戶阿依的苗族同鄉家中暫度一夜，那一夜，阿依穿了一件輕薄衣裳到沈漠威房中……

阿依很溫柔，知情識趣，從來不會要求他給自己一個名分，也不會強求沈漠威要如何陪著她。每次去她那兒，總是燒了一桌子的好菜，溫柔恬靜地陪著。

因為她年紀小，有時候玩鬧起來也很有活力，比起沈夫人的死板、守規矩，那真是天壤地別，沈漠威覺得自個兒都變得有朝氣了。

這樣的感情維持了四年之久，直到他的任期已滿，這次就要回到京中。沈漠威於是去跟阿依告別，阿依苦苦求他留下來，可他只要到了京中便前途無量，如何會留下來？

「那時候我給了阿依一筆銀子，讓她尋戶好人家，衣食無憂地嫁了。阿依最後一次煮飯給我吃，說是替我餞行。當時我喝了許多酒，再吃盤炒蛋時，覺得味道頗為奇怪，但也沒有在意……」

沈漠威一臉不可置信又是氣悶地講完，就見季雲流抓起自己的手臂，不知道從哪兒掏出一把匕首，劃破他的手臂。

「雲流！」身為一個長輩，對外甥女講自己在外頭置辦外室的事就不怎麼光彩了，如今還被外甥女劃破手臂，迸出這麼多鮮血，嚇了沈漠威一跳。「妳這是要做什麼？」

季雲流手中不僅有匕首，連帶適才符紙燃掉後的白瓷碗，她都一併帶過來了。鮮血流進白瓷碗中，很快就有了小半碗。

沈漠威雖見季雲流十分鎮定地站在自己一旁，總歸還是覺得有些不放心。他離京九年，曾經那麼小的一個奶娃娃，如今為何會懂得這些符紙類的道法之術？而且年紀這般小，真的能解掉自己身上的蠱嗎？

沈漠威謹慎地問：「雲流，妳怎會懂蠱術？我中的蠱，到底是什麼蠱？」

「照舅舅的描述來看，阿依對舅舅乃是真心實意的，而她最想要的是，讓舅舅留在巴蜀中慶，所以舅舅身上所中的應該是情蠱。」季雲流不抬首，從荷包中拿出一張道符，挾在指尖默唸咒語，搖了搖，道符很快燃盡，落在白瓷碗中。

而後，沈漠威就看見白瓷碗中的血液裡出現一條黑色的蟲子。他莫名地噁心起來，捂著肚子，眼睛發直。

「這情蠱到底是什麼蠱？阿依、阿依竟然真的懂蠱，真的會下蠱……我這麼多年竟然被她、被她給利用、蒙蔽了……」

話音剛落，外頭傳來小廝的聲音。「老爺，有一封從巴蜀寄來的書信。」

「是誰的？」

「上頭寫著阿依。」

沈漠威立即站起來，也不管還在滴落的血，打開廂房門，伸出手就奪過來。「拿來。是剛剛送到的？」

小廝畢恭畢敬。「是的，門房適才送過來的。」

沈漠威很快甩上門，迫不及待打開那信函。

信很長，女子先是纏纏綿綿地說了自己的相思之苦，而後就說讓他回中慶，說自己一直會在老地方等著他……

沈漠威翻呀翻，翻到最後一張，上頭果然寫著：沈郎，你是不是在想起我的時候，會心疼？那無法忍受的痛苦，就像我聽到你要丟下我而走是一樣的，椎心之痛。娘說得對，天下所有男子皆靠不住，只有把你們都控制住才會永遠不離開……你若在兩個月內不回來，你將要破心而死……

「這個毒婦！」沈漠威摸上自己的心口。明明適才痛過的位置，現在似乎因這信又疼起來了。他臉色扭曲，恨不得現在就跨過千山萬水，到巴蜀與阿依同歸於盡。

季雲流看到沈漠威的臉色，放下那碗爬出蟲的血水，掏出一張道符，開始低低默唸咒語。

這一次，她用道符在空中畫了一道虛符，待半空中的虛符發出微弱光芒，手一抓，抓住沈漠威被割開的手臂，拿著道符。「……三界內外，唯道獨尊……洞慧交徹，五炁騰騰……」她將道符塞進那迸出血液的傷口中。

沈漠威親眼看著那比他張開的手掌還長的道符，像一股藍色的火焰，又像一縷輕煙，整張沒入自己的手臂中。

他驚恐得不知道要說什麼，只瞪著眼睛看著那傷口。「雲流，這是……」

季雲流解釋道：「舅舅莫要擔心，這是讓道符在你體內走一遍，用道符指引驅出蠱的方法。沒事的，很快就好了。」

沈漠威放下心來。不知真是道符起了作用，還是他自個兒的心中之感，沈漠威只覺得一股清涼從左手腕中順著而上，漸漸，他心臟的疼痛感就減輕了。

這樣的心情是他這兩個月來從未有過的。他看著季雲流指尖挾著、不斷來回搖晃著一張道符，亦跟著那道符左右搖晃起來，不知道搖了多久，只覺得自己頭都被搖暈乎了。

「六姊兒，妳這麼搖道符，可是有何名堂在其中？」

季雲流不停手。「我讓道符在舅舅血脈中遊走，藉著此道符做指引，掌好它的方位，不然偏了一點點，裡頭的道符破了舅舅的血脈而出，就會立即搞死舅舅了……」

她目光凝視前方，手中動作有規律，只是如此莊重肅穆地說出要搞死自己的話，讓沈漠威的臉僵硬了半晌。

好一會兒他才緩過來，小心翼翼道：「那、那六姊兒……妳可千萬要看好方位了。」

# 第六十五章

季雲流沒看沈漠威，緩緩搖著道符。「舅舅，我從三房過繼到大房的事也是無奈為之，母親在天有靈，知道我的苦衷，也會原諒我的……」

這個時候，居然還分心講過繼的事！

沈漠威一顆心吊到嗓子眼裡，都快活活跳出來了。自己的命此刻可是掌握在這個外甥女手中呢！

「雲流、雲流，這事咱們待會兒再商議，舅舅知曉妳是有苦衷的……」

季雲流搖扇子一樣輕輕款款地搖著道符。「舅舅，父親自從知曉舅舅回京那日起，就因我過繼的事，急得飯都吃不下了，昨日遞了拜帖，卻被拒之門外，心中更是憂愁。我見父親這般憂愁，也很擔心……」

沈漠威哭喪著臉，都快給她跪下了。

「我昨日身子不適，明日、明日我就親自去……不不不，今日我若能出府，我親自去見德正兄。過繼這事，舅舅我亦是聽說了，妳被皇上賜婚，三房那樣的人配不得當七皇子親家，這事舅舅明白的！」

「喔，舅舅，我還有一件事想請舅舅……」

「我的姑奶奶……」沈漠威已經開始言不由衷了。「六姊兒，有事咱們待會兒再說、待會兒再說，舅舅答應妳，舅舅全都答應妳，妳如今看好它的方向才是要緊。」

而遠在巴蜀的阿依正對著一個甕，觀察其中的情蟲。

她算著那封信函送到沈府的時日，心中計較著沈漠威痛哭流涕地回到自己身邊的日子。忽然，她看見甕中的情蟲翻了個身，四腳朝天地躺在那兒。

「是誰！是誰動了我的情蟲——」阿依尖聲叫起來。

至於季雲流，朝沈漠威甜甜一笑後，沈漠威正覺得一股清涼感直入五臟六腑，正激動著，這時，心中驀然劇痛起來，如針扎一般，痛得他的臉都扭曲了，捂上胸口，倒在地上呻吟。

「六姊兒，雲流……我這是怎麼了？快來救救我……」

「約莫是動了阿依的蟲被發現，她惱羞成怒，要置舅舅於死地了！」季雲流動作極快，抓出一張道符，扶起地上的人，把道符燃盡後直接塞進沈漠威的口中。沈漠威只感覺一股鹹如鹽巴一樣的東西入了喉嚨中。

「……凶穢消散，道炁常存……」季雲流的手上不停結印，口中不斷默唸，一個道指點在沈漠威的肚上。「殺生害命不存善，來世便是貧賤身，不可作孽不可作孽……出來！」

沈漠威的肚子處忽然鼓起一塊，那腫塊緩緩往上，順著他的喉嚨，「哇」一聲吐了出來。

血中帶長蟲，這蟲全身通黑，十分碩大，看得見多識廣的沈漠威都驚得往後退，一下子站起來。

季雲流再燃一張道符，擲在長蟲身上後，全數化成了灰燼。

「六姊兒……」沈漠威心有餘悸，小心開口。「我、我這樣算是解掉這情蠱了嗎？」

季雲流淡淡地道：「嗯，解掉了，舅舅這幾月被蠱術折磨得有些厲害，好生休養一番就沒事了。」

「好好好……」沈漠威舒心順意了，驀然又想到他適才那個什麼要破體而出的道符，再次心慌起來。「那妳適才放進去的道符……」

季雲流掏出一張道符，像剛才一樣輕輕慢慢地搖起。「舅舅說的是這個？」

他看自己的左手腕，連上頭的傷口都已經消失不見，似乎適才根本沒有傷口。

那滿臉的「搞死你」讓沈漠威的臉色再次成了豬肝色。

他立直身子，一本正經地開口。「六姊兒，舅舅知曉這次過繼的事錯不在妳，那季德松當日娶妳母親……不，娶妳三嬸時我就瞧著不善，如今妳被皇上賜婚，讓妳過繼也是不得已為之。妳放心，就算出了過繼的事，我沈漠威還是妳親舅舅！」

季雲流滿意地收起道符。「舅舅，雲流之前得了秦羽人的善緣，學了幾招皮毛，還望舅舅莫要把雲流會道法之事透露出去。雲流怕日後他人爭相恐後地來找我幫忙，人多嘴雜，一個不小心把舅舅在蜀川與阿依的事透了出去……」

「確實如此！」沈漠威一臉官威，不可侵犯。「六姊兒為長輩如此敬孝，這事確實不必大肆張揚，這種事情天道為證，天知、妳知、我知便好。」

「還是舅舅明理。」

「是六姊兒孝順。」

兩人站在那兒假心假意地惺惺相惜一番，這才出了後堂。

一出來，沈夫人又撲上來，抽抽噎噎。沈漠威手一擺，讓她趕緊閉上嘴，然後吩咐廚房準備豐富的午膳，要府中盡地主之誼，還要沈夫人待季雲流同親女兒一般。

沈夫人自然要問沈漠威可是解了蠱術？沈漠威笑道：「六姊兒孝順至極，將秦羽人相贈的道符毫不藏私，全數拿出來幫我解了身上的蠱術。」

如此一說，沈夫人頓時沒了顧慮，拉著季雲流，一口一個六姊兒，待她真真如親女兒一樣。

玉琳自從知曉寧慕畫在宮中把霧亭之事要推給張元詡之後，真是不遺餘力地幫他完成這栽贓嫁禍。

到底是誰主謀了這件事，玉琳不知曉，大理寺查不出來，他也查不出來。但如今他就算懷疑這事是玉珩所為，也沒有證據拿到皇帝面前給自個兒伸冤。

玉珩可以先放一放，當務之急還是要洗清自個兒的冤屈，於是一聽張元詡要做替罪羔羊後，他便不再猶豫。

先是讓人私下扯出幾個勛貴人家的丫鬟，個個力證當日便是張元詡讓她們去請太子妃，再讓人尋出張元詡這般噁心自己又嫁禍自己的動機，那便是上次張元詡在景王府跳水救了莊四娘子，就因他救了莊四娘子，落得身敗名裂，功名都被奪去。

做起這些栽贓嫁禍的人證、物證，玉琳簡直不要太順。

玉琳坐在椅中，甚至都想好了該在皇帝面前怎麼替自己辯解。

他只要大哭道：「父皇，張二郎自從功名被奪後，一直懷疑是兒臣故意為之，讓莊四娘子落水，有預謀讓他去跳水施救，算計他的一切，讓他落得如斯田地，他才這般不管不顧，一定要噁心兒臣，不僅讓兒臣戴了綠帽，還要栽贓嫁禍兒臣啊……」

上頭的話語一說，一向抓聖心很準的玉琳覺得這事就必定能成。

玉琳一五一十謀劃好後，一股腦兒把自個兒做的局，讓人全數捅給了玉琤知道。

玉琤查證出來後，怒不可遏，在張府裡當場抓了張元詡，不顧年邁的張侍郎苦苦求情，直接帶著人就去大理寺牢獄。

皇帝看著案桌上因霧亭之事呈上來的眾多摺子，有些頭疼。

他仔細看完玉琤呈上來的摺子，抬手就把這摺子遞給一旁的秦相。「臨源，你來瞧瞧太子查出來的這幕後黑手。」

秦相誠惶誠恐地接過，把摺子前前後後瞧了兩遍，抬起首，一臉驚訝。「皇上，這事原來是張家二郎為之？」

「連你也信這事是張二郎為之？」皇帝冷哼一聲。「張二郎可真有天大的本事了！」

秦相連忙垂首，不敢再多說。

皇帝一臉疲憊地擺手。「蘇卿，你也瞧瞧太子寫的摺子。」

蘇紀熙從秦相手中接過，很快看完，合上摺子，恭敬道：「皇上，微臣以為，這事就算不是張二郎為之，與他也脫不了干係，不然他怎就那般巧，正好做了人證，指證了景王呢？且莊四娘子說有人給她遞信，讓她去抓張二郎的私通罪，抓到的也是太子與景王妃的，這就更加巧合了。」

皇帝坐在椅上沈思一會兒。

他想的是，當日寧慕畫的說詞——景王那日帶了楚道人去杏花宴。

二哥兒帶個道人去杏花宴是為何？是那道人沒有見過世俗宴席之事，帶他去裡頭見識見識？

「長公主府中有個楚道人，你們可見過沒？」

秦相與蘇紀熙皆搖首。

皇帝向侍衛道：「帶長公主府中的楚道人來見朕。」

長公主府與皇城離得近，侍衛動作快，策馬奔出，策馬奔回，直接讓人駕了楚道人到皇帝面前。

楚道人本來身子骨就未復原，如今被這麼一帶，越發奄奄一息，到皇帝面前時只剩下半條人命。「吾皇萬歲……」

「莫要喊了，站起來，朕有話問你。」

楚道人是站都站不起來，往前一傾，眼看要摔倒，還是秦相眼疾手快，接了他一把。

皇帝頗覺奇怪。「楚道人，你為何一副病入膏肓模樣？」

秦羽人已過古稀之年，身子健朗得如同弱冠之年的小夥子一樣，還能帶著小米兒徒步下山上京，這楚道人不過而立之年，怎就半死不活了？

楚道人氣息不穩道：「回稟皇上，小道因練功出了一些岔子。」

秦相不愧是秦羽人家中出來的，看他咦了一聲，道：「楚道人，你好像是受了道法的反噬啊？修道之人若不作惡，心境清明，那是不會受道法反噬的呀。」

楚道人心知瞞不住，只好道：「實不相瞞，皇上，這受了道法反噬，小道是有緣故的……」

皇帝自然說：「那就說說是為何反噬了。」

楚道人跪在地上，全然沒有了道骨仙風。「稟皇上，小道當初沒有查看仔細，把季府六娘子與七皇子的八字給批錯了。其實、其實……季六娘子與七皇子八字極不合，是相剋的……皇上，當時小道道法不足，才鑄成如此大錯。」

皇帝面色有些古怪。「你說季六娘子與七皇子八字極不合，還相剋？相剋到何種程度？」

楚道人不知曉為何聖上的聲音聽著有些怪異，但他想到當日玉琳的惡言相逼，只好狠下心道：「兩人會相剋到不死不休。」

皇帝坐在椅上，瞧著楚道人不語。

楚道人跪在地上，不敢抬首。這樣的龍威下，他身後似乎都出了一絲薄汗。皇帝金龍威嚴果然厲害，大昭鼎盛，讓皇帝龍威亦盛，他覺得自個兒都快頂不住了。

皇帝忽然招了招手。

一旁的總管太監很有眼色，很快去一旁的書架上翻了翻，翻出一本大紅封皮來。打開封皮，裡頭的大紅紙上寫的正是天作之合、大富大貴這等批語，落款是秦思齊。

皇帝再瞧一眼秦思齊那個名字，不動聲色地合上封皮道：「當日杏花宴，景王帶你入園子，所謂何事？」

楚道人驀然瞪大眼，不禁抬首看了皇帝一眼，見皇帝冷冷盯著自己，連忙伏地道：「皇上，景王帶著小道，是去、是去見見這朝中盛宴——」

皇帝截斷他的話。「當日你與景王一道站在假山中，又是所謂何事？」

楚道人額頭冒出的冷汗沾濕了青石板。「小道沒有、沒有使用道法……」

此言一出，在旁的蘇紀熙與秦相聞言，皆霍然向地上跪著的楚道人瞧過去。

蘇紀熙面上神色自若，心中怒火滔天。

長公主到底從哪裡尋來的神棍，死蠢死蠢死蠢的，皇帝都沒問他有沒有用道法，他倒好，自個兒全招了！

不過當日景王請道人去霧亭作法一事，他也不知曉。蘇紀熙收回目光，垂下眼眸，繼續事不關己地站著。

如今景王與太子險些反目成仇，他身為太子老丈人，於情於理都不該站在玉琳那邊。

皇帝站起來，走到楚道人面前，蹲下身，瞧神棍一樣地瞧著地上的楚道人。「當日，你是不是在杏花宴中對七皇子使用了邪法？然而你道法不精，反而被七皇子的紫氣反噬，所以弄得如此模樣？」

楚道人張大嘴，呼吸急促，腦中混亂卻說不出話來。當日的真相並非如此，但與皇帝所講的也差不多了。

皇帝站起來，嫌惡地瞧他一眼。那一眼，讓楚道人覺得自己就是騙人的江湖術士一般。他乃是風道人的三代徒子徒孫，就算當年他的師父因心術不正被逐出紫霞山，那也是風道人的徒弟、秦羽人的正經師兄弟。如今他在皇帝眼中竟然落得「騙子」兩字，楚道人如何能忍！

他很想大叫：我亦是有真本事的！

但不能。

他按捺心神，跪在地上飛快衡量利弊。「皇上，小道沒有去謀害七皇子。當日小道去杏花宴，是景王殿下要讓小道送長壽禮給皇后娘娘的，只是小道學藝不精，替皇后娘娘求長壽時，折了自己的壽命——」

「你適才還說沒有使用道法，如今又說你給皇后送長壽，可真是話全讓你說了。」皇帝心中薄怒，如何會讓楚道人把這些話再說下去？一個連批八字都不會的道人，長公主竟然把他供奉得同真道長一樣，真是瞎了眼！

一揮手，皇帝吩咐左右道：「把這個神棍拖下去，關進大理寺，等待秋後發落！」

「皇上、皇上，小道乃是風道人的徒孫——」

楚道人被侍衛摀住嘴，拖了下去。

皇帝坐在案後，又瞧見那桌上秦羽人替玉珩與季雲流批的八字，打開一旁的大昭地圖志，道：「巴蜀這些年被沈漠威治理得還不錯。臨源，上次朕對你說要哪兒給七哥兒做封地的？」

秦相一聽，連忙上前道：「回皇上，您上次是說要把四川那兒劃一塊給七殿下做封地。」

皇帝沈吟一聲，說：「那就把沈漠威管轄的巴蜀給七哥兒吧！他之前在紫霞山被刺殺，他媳婦兒家中的紅妝估計也不豐厚，這多災多難的一對，朕就多多看顧一些。」

秦相應和道：「皇上英明。前些日子戶部鄭大人還說七殿下聰慧過人，對財政之事見解獨到，這巴蜀封給七殿下，七殿下必定能打理好那的民生作功，讓當地百姓安居樂業。」

「嗯，這就好。」皇帝對這個么子的表現頗滿意。

# 第六十六章

一旁的蘇紀熙氣急了眼。

皇帝想一齣是一齣，如今竟然還覺得七皇子被人作了邪法，憐惜起來，怎麼不可憐可憐幾次被人栽贓嫁禍的太子呢！太子可是被全朝上下嘲笑得連體面都沒有了。

「皇上，微臣倒是覺得巴蜀地大路遠，七殿下又要去戶部歷練，又要管轄遠在西南的巴蜀，恐怕難以……」

秦相道：「蘇大人的意思是，巴蜀封給七殿下不適合嗎？」

蘇紀熙瞧了秦相一眼，心中稍稍奇怪。這人從來皇帝說什麼應什麼，沒有自個兒主見，從來也不站在哪個皇子這派，今日聽來的口氣，是要幫七皇子拿下這巴蜀的封地了？

「皇上，微臣只是覺得七皇子許會人手不足，無暇顧及巴蜀的農產作功……」

秦相接道：「皇上，蘇大人說得不無道理。」蘇紀熙正高興他對自個兒的贊同呢，又聽秦相道：「微臣覺得，既然七殿下人手不足，不如皇上尋幾個得力一些的臣子相助七殿下便好。若七殿下真的無法顧及巴蜀作功，苦的不僅是巴蜀當地的百姓，還有七皇子的日子只怕亦是不好過，如此兩廂不美，總是不妥。」

蘇紀熙霍然轉首，不可置信地看著秦相。

秦臨源，你這是在幫七皇子拉幫結派，結黨營私！

秦相目光淡淡地回看蘇紀熙，轉回首，道：「皇上，微臣前幾日正好路過錦王府，遇到了六殿下。六殿下如今就算被皇上准許開設商家鋪子，亦是尋不到相幫的人，起不了這個頭，微臣瞧著都為之憂心。」

蘇紀熙急得只想跺腳。秦臨源這廝裝了這麼多年的老烏龜，一朝厲害起來竟然如此刁滑，生生欺騙了眾人這麼多年！

他正欲說什麼，皇帝已經開口。「秦卿說得倒也不無道理。六哥兒前些日子那般困苦，府中連個廚娘都沒有，皆是因封地之故。若照秦卿說的尋幾個得力的，你可有何人選？」

蘇紀熙只好停了嘴，不言語。

秦相道：「這屆春闈的探花郎家中原本從商，又趕巧，君探花與季府四娘子定了親事……巴蜀的商市之事倒是可以交予君家。君家一向富而行其德，有此榮恩後，必定感激在心，不會牟巴蜀商利。」

蘇紀熙插嘴道：「秦相為國效力，日理萬機卻有如此好記性，竟然連君探花與季四娘子訂親這事都知曉？」

這是變相告訴皇帝，秦相與七皇子已經結黨了！

秦相似早料到蘇紀熙有這麼一問，呵呵一笑。「蘇大人有所不知，我家中有一女兒待字閨中，那時候我對探花郎頗中意，還讓人上門說親過，哪裡知曉季府慧眼識英雄，在春闈還未開始就早早捷足先登了。」

皇帝聽後，自也是一笑。「與君探花訂親的是季府四娘子？」

秦相微笑。「正是，微臣心中一片惋惜。」

皇帝笑道：「季德正倒是頗有眼光，早早選了人。既然如此，兩家結親之日，朕也送份賀禮過去。」

秦相呵呵笑說著皇帝送禮，自己也要跟著一塊兒送的話；蘇紀熙跟假笑幾聲，心中越發不痛快。

老匹夫！說來說去，又講到屬地。

封地雖歸皇子管轄，倒也不是把其中的所有賦稅全歸到皇子名下去，像大昭最主要的鹽稅、田賦稅、人頭稅……這些都是歸國庫所有。秦相的意思皇帝亦明白，給了玉珩巴蜀之地，讓君家幫助玉珩管轄巴蜀商市，每年從中的盈餘部分，也能從玉珩的商利中抽取賦稅給國庫，也算是一箭雙鵰的事。

皇帝左思右想一番，覺得秦相說得頗有道理，於是道：「秦卿適才提議的言之有理，既然如此，朕就賜予君家皇家商賈之稱，讓君家相幫七哥兒經管一番巴蜀商市。」

秦相替玉珩謝恩。蘇紀熙看著這人，貌似端莊正經，實則一肚子壞水。好啊，秦臨源，如今你站在七皇子這頭，也算離死期不遠了。

皇帝見解決了玉珩的封地之事，把玉琤所寫的霧亭案的摺子一合，道：「朕也是頭一回見太子這般費盡心思去查案子，霧亭這事，就全交予太子處理吧。兒大了，朕總要讓他獨當一面。」

如此，玉琤若查出幕後黑手是誰，那就最好；若是查不出來，皇帝也不強求了。

「讓大理寺的陳卿全力協助太子一道查明此案，不得有誤。」

秦相與蘇紀熙齊齊替太子接旨意。

講完了這事，秦相還有一事要求皇帝。他站在下頭，恭敬道：「皇上，微臣不才，還有一事想在皇上面前求個恩典。」

「說吧，何事？」

秦相跪地道：「微臣剛才說了家中有個小女待字閨中，小女又被微臣寵得頗為任性，微臣這次是想替小女求個恩典。」

女子恩典除了賜婚哪還有其他？皇帝適才的陰鬱之色一掃而光，哈哈笑道：「說吧，你女兒中意哪家兒郎了？」

秦相也不扭捏，呵呵道：「正是侍衛統領寧慕畫。」

「寧慕畫？」皇帝覺得秦相眼光頗不錯。「怎就瞧中了他？」

秦相跪在地上。他自然不可能告訴皇帝，是因為秦羽人當初回紫霞山時，來過自己府中，告訴過自個兒「紫氣若東來，便順之、從之、助之」的話語；也不可能告訴皇帝，他本來想把女兒嫁進季府的，但因太過昭然若揭，才從旁為之，與寧伯府結親……

「寧世子一表人才、武功奇高，小女從小身體羸弱，正需要受人保護；再者小女與寧伯府大娘子從小交好，微臣自覺小女嫁入寧伯府，不會受人所欺。」

皇帝哈哈笑道：「你呀……朕從來知曉你疼愛唯一的女兒，沒想竟然疼成這般。」

秦相自然要說上幾句，養兒不易、可憐天下父母心之類的話語。

皇帝大手一揮。「嗯，這個媒朕願意作。」說著就讓人研墨，提筆將聖旨一寫而成，將兩人的婚事給定下了。

蘇紀熙只想提起衣襬，甩袖而走去。

真是夠了，一個皇帝與臣子來來回回地說家中兒女長短，他家還有個女兒也待字閨中呢，若每個臣子都來求一遍恩典，皇帝這國事還要不要處理了？

秦相未曾聽到蘇紀熙的心聲，待皇帝擬好聖旨，像撿了寶貝一樣地跟著總管太監去禮部抄聖旨，宣旨去了。

當日，玉珩從秦相這兒得了他要求去皇帝面前求恩典的事，也沒有保留什麼，直接把這事透露給寧慕畫知曉。

寧慕畫得知自個兒強行被皇帝賜婚，蹙著眉，起先有一絲不快，只是想到那日秦二娘子也算為了寧伯府，被那與小廝滾成一團的表姑娘推了一把，讓自己扶住。

講來講去，自己堂堂七尺男兒郎，確實要擔當起女子的閨譽。再者，秦二娘子與他妹妹自幼相熟，他也算對秦二娘子頗了解，知道她是個直率的女子，便對這樁婚事沒了多少計較。

當太監拿著聖旨到寧伯府宣讀時，寧慕畫跪在地上，安安靜靜接了聖旨，謝了恩。

倒是寧伯府其他人都頗高興。秦相乃當朝一品大員，且只有這個女兒，娶秦二娘子，外人看來是門當戶對，實則也算新貴的寧伯府高攀了秦府。

皇帝親自賜婚總讓人關注，如此一來，朝中眾人就知曉了秦府二娘子與寧世子結親之事。過不久，全京城的人差不多都知曉了。

宋之畫揪著帕子，站在矮牆後聽著家中的婆子繪聲繪影地講皇帝的賜婚，講寧世子的偉岸英俊，講秦二娘子的美麗高潔……

她「嘶啦」一聲，撕爛手中的帕子，還未回到院落，眼淚就止也止不住地往下流。

果然是當初站在自己眼前，憐憫地瞧著自己的秦二娘子！

「瑤瑤，給季府的七娘子遞帖子，我要邀她相見……」宋之畫抹了眼淚，決絕地開口。

皇帝交下這霧亭之事讓太子全權處理，太子翌日就寫了判決書，宣了張元詡的死刑，秋後立斬。

張元詡眼神空洞地坐在大理寺的牢中，想著適才在正堂中聽來的判決，還是不相信。

他只是被二皇子傳到霧亭中而已，為何就成了死刑？

他才十六，兩個月前，國子監的學諭還說他能在春闈中爭一爭一甲前三；他本來有如花美眷、有一帆順風的仕途……之前的國子監友人無一不羨慕他，而如今……

張元翙正想得入神，驀然從另一牢房中傳來一道聲音。「年輕人，我見你烏雲罩頂，恐有大不祥啊……」

他緩緩轉首，看著一個長鬍、束髮髻的男子靠在牆邊，神情頹廢地瞧著自己。

張元翙心思不在這人身上，動了動嘴，笑了一聲。「你此刻又是比我好上多少？」

楚道人靠在牆壁上，仰頭望著地牢的天窗，悠悠吐了一口氣。「是啊，貧道亦是烏雲蓋頂，大不祥啊！」

他說完，似想到什麼，手腳並用，撲到地牢前頭，抓著牢門喊：「獄卒、獄卒，來人哪……」

「嚷什麼嚷！當這兒是什麼地方了！」外頭的獄卒聞言而來，從腰間抓出一鞭子，甩在牢門上。「獄卒這兩字也是你能叫的嗎？給我叫官爺！」

楚道人虎落平陽被犬欺，曾經那些人可是恭恭敬敬，一口一個楚道人的。

他忍了忍，笑著開口。「官爺，能否借六個銅板，讓我卜個卦？」

「你以為這是你家啊？這兒是大理寺的大牢！你還借個六個銅板，你拿什麼還，拿你的褲檔嗎？」獄卒一口痰呸過去。「不用卜什麼卦了，小爺如今就告訴你，你秋後就會發配到邊疆漠北做苦力！」

楚道人顯然沒有受過這樣的羞辱，他抖著全身，手指著獄卒，顫著聲。「你你你……」

「我怎麼了？你這麼厲害，怎地不自個兒掐指一算，要銅板做什麼？你不是很行嘛，怎地不會飛天遁地，在這兒還想裝什麼大爺！」

楚道人仔細瞧他，憋紅了眼，頓了許久，終於使出看家本事。「年輕人，你顴骨高，印堂不明，耳尖如鼠，正是性子刻薄緣故。因這性子刻薄，你尚未娶妻，你兄長亦是夫妻不和睦，你若能改掉這性子，厚德為人，必會前途光明。」

獄卒剛想再呸一口，一旁同僚拉了拉他，從自個兒的腰間掏出六枚銅板扔進牢裡。「你且拿去卜吧。」

大昭通道、重道，這道人雖在東仁大街滿街都是，但這種由皇帝親自關進大牢的道人，獄卒等人還都未曾見過。當下，兩個獄卒也不走了，站在這兒看楚道人搖卦占卜。

楚道人的掐指一算還未成火候，如今又是道法被反噬，只好借助外物，也就是最簡便的金錢卦來替自己占卜吉凶。

「叮、叮……」

銅錢在楚道人雙手間搖晃時，張元詡爬起來，隔著牢欄凝神望著。

不僅是張元詡，牢中其他人都好奇地往這頭瞧來。

楚道人一共甩了六次，一看卦象，是春雷行雨之卦，憂散喜生之象，有貴人相助。他口中默唸一遍，哈哈笑起來。「有轉機、有轉機，貧道命不該絕，必有貴人相助！」

眾人瞧了楚道人如此模樣，不禁面面相覷，紛紛好奇。

張元詡見此，如同抓住最後的稻草，險些把自己的頭都塞進對方的那間牢房中。「道人、道人，您能不能幫學生也卜一卦？學生姓張，名元詡，乃禮部侍郎張維楨之孫。」

楚道人看張元詡面相一眼，思忖片刻，搖首道：「你如今已似臨涯之馬，我已經拉不回你了。」

張元詡似乎耗盡所有的力氣，整個人摔坐在地上。「你莫要撒謊，我乃是被人冤枉的，我什麼都沒做，如何就如臨涯之馬，回不來了！」

在一旁的孟府丞悠悠出聲道：「我亦是被人冤枉的。董詹事說我洩漏這屆試題，我算起來還是國舅爺呢！還不是半點挽回的餘地都沒有？進了牢中畫了押，有誰管你是不是被冤枉的呢？」

張元詡震了一震，喉頭一陣哽咽，什麼話都吐不出來。

楚道人看他半晌，終於道：「在牢獄相遇，也算有緣，你且伸過手來，我幫你最後瞧一瞧吧。」

這番模樣，越發玄乎，不只兩個獄卒，連外頭的獄卒都跑進來瞧楚道人耍神棍術。

拿著張元詡的手，知曉自己還有轉機的楚道人瞬息恢復道骨仙風的模樣。「你姻緣線一斷再斷，姻緣線串到仕途紋上。這仕途不順皆因姻緣而起，可惜、可惜，你若從一而終，必是大富大貴命相。一步錯，滿盤皆落索，你被人引入不善之局，該有如此劫數，怨不得他人了。」

張元詡眼眶熱熱的，跪在地上請求楚道人。「真人，請您幫幫我。」

「無法，貧道不可能逆天而為之……」

張元詡還想再說，外頭的獄卒已經叫喚起來。

「道人，您也來幫我瞧瞧這手相唄！」

「道人，您來幫我卜一卦吧，就卜姻緣！」

楚道人今日小露一手，在牢中的待遇完全不可同日而語，獄卒們紛紛排著長龍，等著楚道人看手相。

張元詡仰坐在隔壁間，滾燙的眼淚越發止不住。

「世間之事，能否再倒回……」他喃喃一聲，想到當日站在紫霞山山腰，一身白衣水藍裙瞧著自己的少女；想到當日在酒樓上，一身緋紅衣裳與眾姊妹嬉笑的那人。

張元詡抬起手，瞧著適才楚道人說的姻緣線、仕途紋，眼淚沾滿了手掌。「雲流……」

# 第六十七章

寧石得了楚道人與張元詡下獄的消息，回稟了玉珩。

玉珩得了這個結果，頗滿意地「嗯」了一聲，問：「宋家那兒，那個表姑娘可有什麼動作？」

「小溫回來稟告說，今日那宋娘子出了府，去尋了季府七娘子，如今小溫人還未回來。」

「待人回來，把聽到的一字不漏說仔細了。」

寧石應聲。

不一會兒，禮部的季德正就來臨華宮求見了。

進了書房，季德正行過禮，呈上那份擬好的禮策，笑道：「七殿下，這是半月後，您冊封大典上的安排，您瞧瞧還有哪兒覺得不妥？」

這種冊封大典，禮部已經辦過多次，怎會有不妥之處？如今來找玉珩，只因這個皇子是他的親女婿。天時地利人和，有私心的季德正一有消息，怎會不過來通知自家的親姑爺？

「季大人從來辦事周全，連父皇都時時誇獎，這冊封典禮必定沒有問題，季大人辛苦了。」玉珩接過禮策，翻開瞧了瞧，驀然看到了那表字，竟然是「無瑕」。

季德正順著玉珩的目光，停在那表字上，笑著解釋道：「七殿下這表字乃是皇上親自取的，意為璞玉無瑕。」

玉珩目光動了動，「嗯」了一聲。「父皇有心了。」

遙想上一世，那「拂靄」的表字，這「無瑕」真是與它天壤之別。

拂靄拂靄，便是有霧、有灰要拂去的意思，而這一世，他在皇帝眼中竟是毫無瑕疵？

季德正過來還有一事要指給他看。「七殿下，您日後的封地正是沈大人曾管轄的巴蜀。秦相說，皇上還準備封探花郎的君家為皇商，讓君家相助七殿下在巴蜀的商市。待您受封為王時，這巴蜀的印璽與公文都會備妥。」

玉珩眉頭挑得老高，不自覺摸了摸手上的戒指。

這一世到底是因重來之故，還是借了這人的吉祥運道緣故，竟然是這樣順風順水，想什麼來什麼，要什麼給什麼，不僅有了巴蜀之地，還有君家名正言順的協助。

季德正走後，他又萌發了去季府分享滿心歡喜愉悅的念頭。一站起來，不經意之間，即刻想到守在季府外頭的御林軍與寧慕畫，又攏了眉頭，退回書房，一口氣再次折斷了兩枝筆。

玉琳那人真是忒可惡，真是捅上一百劍都死不足惜！他閒著無事，養花、養鳥、養女人都好，派人監視季府做什麼？好端端的，他連季府的西牆都不能再翻了！

一日不見如隔三秋，如今離兩人的大婚之日……為何還有十幾個月！

季雲流從正院回到邀月院，門房那兒送來一份拜帖，她打開一瞧，上頭的落款人是秦千落。

「秦二娘子要來我這兒作客？」在寧伯府那日，季雲流印象頗為深刻，此刻收到拜帖，當即提筆回了一封讓人送到秦府。

秦千落得了季雲流的回覆，午歇起來更衣梳妝，又讓人備馬車去季府。

看見站在二門相迎的季雲流，她笑道：「太陽大，六娘子大可不必站在此處等我的。」天兒越發炎熱，秦千落身上衣裳都已是絳綃所製。絳綃縷薄冰肌瑩，雪膩酥香，這身衣裙把她襯得越發嬌弱如林黛玉。

季雲流看著她笑道：「貴客臨門，怎可不在此恭候。莫說等在二門處，就是去大門口，為了秦二娘子妳，我都得去等。」

兩人一邊相聊，一同往邀月院走。

穿過垂花門，秦千落左右一望，眉兒挑起道：「這地兒好，草青花茂，妳可真會挑院子。」

季雲流帶著她一道往裡走。「定是比不得秦府中妳的院子的。」

「那倒也是。」秦千落絲毫不謙虛。「我的院子比寧大娘子那杏園還要大上不少。」

季雲流取笑亦是不含糊。「如此說來，到時寧表哥可要花費不少心思去佈置你們的正院了。」

兩人在西廳坐下，丫鬟們上了茶、擺了糕點，退到門外頭站著。

秦千落喝完茶，瞧了一眼外頭站著的丫鬟，笑著低聲道：「妳這個丫鬟，看模樣還不是尋常人家出來的呢。」

門外站的正是九娘。她收回目光，放下茶盞。「六娘子，今日我來……」頓一下，直言道：「當日我伯祖父出宮回紫霞山時，曾來我家中尋了我阿爹。他替我算了一卦，是比卦，順風行船，上天又助，不用費力，任意而行之相。他告訴我，我的姻緣桃花已開，只須誠實以待他人即可。」

季雲流捧著茶，靜靜聽著。

「我與寧大娘子自幼相識，即便她長年不在京中，我們每次見面，倒也不覺得生疏。寧慕畫我自幼亦相識，只是……從沒想到要嫁他而已。」

季雲流想著，這大約就是所謂的婚前恐懼症了，於是寬慰道：「秦二娘子與寧表哥十分般配，加上兩家相熟，更是好上加好，妳不必憂心。」

「我不憂心。寧慕畫為人我亦知曉，他遊歷大昭四方，卻從來不結交什麼紅顏知己，這樣的人一旦定下，必定會從一而終，嫁他是我有幸。」瞧著一臉懵的季雲流，秦千落噗哧一聲笑開。「我今日來只是尋妳說說家常話，妳不用想其他。我伯祖父說，妳是他同門師妹，若我閒著無事，可以隨時來季府跟妳聊聊，或許還能得到妳一些指點。」說著，站起身。

「師姑婆有禮了……」

季雲流：「……」

我去，為毛一下子老了這麼多！

秦千落起了頭，接下來就是世家前途的話題了，自然又引到玉珩身上。

「當日霧亭中，我未曾瞧見七皇子滿身紫光。這紫光，是七殿下自個兒顯現出的，還是師姑婆您替他使的障眼法？」

秦千落為人直爽，有什麼講什麼，這「師姑婆」也喊得極順溜。

然而，一點也不想要這聲恭敬的師姑婆的季雲流矜持一笑，回道：「七殿下身帶紫氣，妳伯祖父必定早已看出，這紫光是七殿下自己出的，還是我使的，又有何區別呢？」

秦千落坐著想了想，目光閃動幾下，低低道：「我知曉了。」

伯祖父說季雲流是他師妹，說紫氣若東來，要從之、隨之、助之，而如今這身帶紫氣人的身旁，還有個懂道法之人。

如何選擇，她自然知曉。

日子一日熱過一日，很快到了玉珩冊封為王的這天。

雖沒有同太子冊封那樣隆重，倒也是眾多皇子中難得一見的浩大場面。

禮部尚書為賓，站於金鑾殿中，宣讀皇上擬定的冊封聖旨，賜了表字後，又賜了王號，取號為穆，再賜巴蜀為封地，交予印璽與文書。

玉珩身著朱紅吉服，在殿中九叩謝禮，左右文武大臣亦跟在身後拜至尊皇帝。

待禮成，玉珩乘車離開皇宮，去御賜府邸。三日後，要在府中設酒宴請各皇子與朝中重臣，作為禮謝。

穆王府一共就是個三進的宅子，自前朝大越落敗後，一直無人居住，如今戶部從玉琳那兒得了八萬多兩的銀子，再拿銀子讓工部請拔尖的名匠好好修繕了一番，現在整個穆王府今非昔比。

裡頭皆雪白粉牆，下頭鋪白石磚，花園水池假山，疊翠錦嶂，一山一石，一花一木，莫不是匠心獨具。

玉珩穿亭過池，到了正院，左右一望，十分滿意這番成果。

上房前頭按紫霞山的皇家別院而設，廊廡下頭置欄椅，上頭種紫藤花。

當日，那人在別院中，一身白衣、花下而笑的模樣，玉珩至今難忘。如今有了這樣的欄椅，日後兩人成親，肯定能一償他心中所願。

席善在今早冊封大典時，已讓人把臨華宮的一應東西全數搬到穆王府，此刻見玉珩進來，笑著欠身行禮。

「七爺可還覺得屋中差了什麼沒？若覺得哪兒不妥，儘管吩咐，小的必定讓人弄得妥妥當當！」

說著，掀開簾子引著玉珩往內寢而去。

室內窗明几淨，西北角有往左右推開的大窗，窗下是貴妃榻，可供人在上頭觀賞窗外景色。右側直通活水溫泉池，池旁鋪的是細白的鵝卵石頭，燈光輕紗相應，瞧著就像富貴風流的暴發之家。

席善迎著玉珩往裡走。「這窗是按九娘意思做的。九娘說，季六娘子每晚總要望天空一會兒，小的就讓人把挑窗改成了推窗，把這扇窗加大不少，以便觀月、觀星。溫泉的池邊是按七爺您的意思改的，七爺瞧瞧還有哪兒不妥？」

自從兩個月前，他家的主子亦中意起夜夜站在窗前望夜空，日後成親，七皇子加一個七王妃，兩人沐浴之後，一道坐榻上望天談情，如此濃情密意，可不是正好的事！

玉珩想到那喜愛坐在榻上執《昭史》而看的人，又想到當日她說的，選擇有溫泉的宅子可是想同她一道沐浴的話，來回踱了兩圈，很滿意如今的內寢佈置。

大典吉服厚重，現下天兒炎熱，席善很快讓人備了衣物，讓玉珩在溫泉中沐浴。

穿戴整齊，門房差人來報，謝飛昂與玉瓊求見。

將兩人引到前院正廳，玉瓊見了玉珩便嘖嘖出聲。「七弟，你這地兒可真好，光那王府的大門就是楠木的，上面的門釘與門環都還是包金的。還有你瞧瞧，這椅子、這桌子，竟還都是黑檀木做的；那金漆牌匾……這些得花多少銀子啊？」

謝飛昂一把攬過他。「得了嘿，你就莫要眼紅了，七爺有二皇子作媒與出銀子修繕新宅子，你若羨慕，也讓二皇子給你作個媒，送些銀子給你修繕錦王府。」

玉瓊坐在黑檀木椅子上，端著茶盞嘆氣。「二哥怎地這麼偏心呢？對七弟出錢又出力，對其他弟弟都不管不顧。」抬起頭，想了想，又真心實意道：「不過七弟，你得小心二哥。二哥那時候待大哥也好，可如今竟還用自己的王妃去栽贓嫁禍大哥，就算二哥待你好，你也得小心。」

玉珩挑著眉，「嗯」了一聲。「六哥，三日後的席宴，還要請六哥多多幫弟弟一道籌備一下。」

玉珩與他都屬於「孤家寡人」，連個妾室都沒有的光棍，這宴請朝臣的事頗麻煩。上一世，他封王的這段時日，正不得皇帝喜歡，府中銀子不多，宅子很亂，連帶封地都很窮，只是略擺了一桌，邀了幾個志同道合的好友便罷。

「好說好說，」玉瓊連連應聲，拍胸脯保證。「花銀子的事我拿手，這個我在行，咱們到時候請了醉天樓的大廚來府中掌勺便是。你府中丫鬟、小廝不夠，我府中先派過來頂著，再不夠，小謝你府中也撥兩批出來。」

這些對謝飛昂來講當然沒問題。他自從高中狀元後，在謝府的地位那是一飛沖天，別說撥兩批，就算把府中小廝全叫來都沒人說什麼。

玉瓊今日過來賀喜之外，還有一件事。「七弟，六哥有一事想請你做個中間人。」他拿出當日秦羽人給的道符。「這符你也是知曉的，當日父皇雖同意我在京中開鋪子，販賣北地之物，但我對於挑鋪子、挑掌櫃這些事，那是完全不會，生怕一個差錯，就算有秦羽人的道符頂著，我還是個一窮二白身。今日聽說你的封地商市還可以請君家相幫……六哥也想請君家幫幫我這個小忙。」

正說著，門房又過來報，君家的君九少過府求見。

謝飛昂哈哈大笑。「你瞧瞧，說曹操，正好曹操來了！」

君子念過府作客，帶來的賀禮從來不會少，一盒接一盒，一擔接一擔，簡直閃瞎玉瓊的眼，看得他眼睛都突了。

待幾人坐定，他探頭就問君子念。「小念哪，你家中還有嫡親姊姊或妹妹還未出閣嗎？」

謝飛昂正喝著茶，拿茶蓋掩著整張臉，只做自個兒不認識玉瓊。

玉珩坐謝飛昂之上，垂首用茶蓋撥茶葉，亦當沒聽到這直白的話語。

君子念微微咳一聲，低聲回答。「家中還有個小妹。」

玉瓊大喜，趕緊問：「真的？我上門求娶你家小妹可好？」

君子念嚇得從椅子上彈起來。君府一個商賈之家，先是他與季四娘子訂親，後是自己中了探花，如今被皇上賜為皇商，已經尊貴無比，讓江南商賈都羨慕不已，若家中妹妹再成為王妃，君府根基淺薄，這般重擔可承受不起！

「六殿下說笑了，君家根基淺薄，萬不可與皇家婚配。」他連連作揖，臉都白了。

玉瓊根本不在意豪門貴族的門當戶對、皇家身分，他還不是過得如此窘迫，什麼都是虛的，自個兒過得好才是真的。「什麼你君家根基淺薄，我又不要你君家在朝中幫助我什麼……」

君子念只好使出殺手鐧。「家中小妹如今才九歲，怕是不適合。」

謝飛昂噗哧一聲，含著滿嘴的茶，笑噴出來。「六爺，您機關算盡，落得了一個要再等六年的下場。」

# 第六十八章

穆王府中，四人品茗相談甚歡。

而景王府這兒，張禾拿著一張圖紙去大理寺的地牢裡尋楚道人。

楚道人被關在大理寺地牢的日子，過得也是相當舒服。自從他給獄卒看面相、手相之後，大魚大肉全數有人送來，睡的都是新的床褥，連帶傷勢都好了不少。

張禾入了牢房中，張元詡撲過來抓著鐵欄杆。「張侍衛，請您救救我……」

張禾正眼都沒給張元詡一眼，從袖中拿出圖紙，直奔楚道人。「楚道人，我家主子讓您來瞧瞧這宅子的佈置可好？」

楚道人自是見過二皇子侍從，見他在大牢中依舊隨身佩劍，楚道人不自覺接過圖紙，結巴一聲。「殿下又買了一處宅子嗎？」

「您只管瞧，不管問，我問什麼您答什麼便是。」

楚道人打開紙一看，第一眼便道：「好風水，坐北朝南背後靠山，前有玉水帶，藏風聚水。」

然而，圖紙上的宅子內，還有許多草黃色的小點，那黃色上畫著各種道符。

「這是……」楚道人攏著眉，仔細瞧了瞧，瞬間看明白了。這意思是這些道符藏在宅子暗處！

那正院中的小廚灶內有五張催死符，催死符置於角落處，形成一個五行凶煞陣。而宅子正房中，各牆角內暗置著破運符，整個正院的佈置就成了一個劫煞陣。

這樣的布局，就是想置宅子中的人於死地了，可謂一點生機都沒有留下！

「這這這……」楚道人赫然一驚，雙手顫顫抖抖。「這、這是殿下的宅子？」

「這是殿下的宅子，這殿下非彼殿下。」張禾道：「主子只想讓我問，上頭的布局可都正確？」

「殿下、殿下請何人布的此……陣法？」楚道人身體都站不穩了。這殿下非彼殿下，意思就是說這不是景王殿下的宅子，而是其他皇子的！

在眾多皇子裡，能讓玉琳費盡心思去布局的，除了太子就是七皇子；而太子的府邸，長公主當日還請他去略指點過風水方位，這明顯不是太子的宅子，那麼，如今只剩下七皇子玉珩！

楚道人眼冒金星。

景王真是鍥而不捨，自己為了對付那人，如今落得如此田地，景王沒了自己相伴，竟然還找了他人過來。

張禾看著楚道人一臉驚駭，笑了笑。「是誰布的陣法，您就不用管了，您就拿出看家本事，給殿下瞧瞧上頭的陣法是否沒差錯？殿下說了，若瞧對了，他會想法子讓你出來。」

楚道人自知再問也問不出什麼，便道：「那你可曾帶了羅盤過來？」

布風水排陣這種事都需羅盤，張禾早有準備，拿出備好的羅盤遞過去。楚道人口中默唸風水位，半跪在地上，對照圖紙上的宅子開始擇凶眼方位。

張禾看著楚道人神神叨叨了一會兒，見他起身拿起圖紙，便問：「如何？」

楚道人站起身，心頭紛亂。「這佈置無須再改，這人在這院中住上三月，若無吉物避凶，必然會運道全盡；住上半年之久，必定財散如流水；若住上一年，定會大病小病不斷……」

張禾聽後，大喜，即刻追問：「當真？」

楚道人頷首。「這布局是如此，只是……」

「只是如何？」

楚道人終於小聲道：「那人極貴之相，不可以此旁門左道去加害他，貧道便是最好的證據……還望景王殿下三思後行。」

「這種事情就不需您關心了，我自會稟告殿下的。」張禾說完，收好一切東西，怎麼來便怎麼出牢房。

回到景王府書房中，張禾把楚道人說的話一五一十全回稟給玉琳。

玉琳拿著穆王府的圖紙，若有似無地笑了一下。「極貴之相？怎麼個貴法？有本事他就去當皇帝啊！」

當初的霧亭之事，他可查清楚了，就算無憑無據，也知道這就是玉珩布的局！如今就算推出了張元詡，玉琤與他仍舊不相見，景王妃與他還是有著莫大隔閡。

玉珩送了自個兒如此大禮，玉琳如何不會回敬他？

他曾在工部當值，就算被皇帝軟禁在景王府閉門思過，伸兩隻手進工部而已，又有何難？

「季六娘子不是懂道法嗎？本王就看看她要如何破這個陣法！」玉琳撕掉圖紙，一張一張扔進香爐內，臉色帶著冰霜。「若是季六偷偷出季府到穆王府解陣，那便更好了，就說她與七皇子暗通款曲！」

沐浴更衣後，季雲流一面讓夏汐按摩肩膀，一面聽著九娘站在榻前稟告今日宮中傳來的事。大抵就是七皇子封了穆王，賜了表字無瑕，封了巴蜀為屬地；今日七皇子入住穆王府，明日就要上早朝，三日後，穆王府要宴請朝中大臣與勛貴女眷之類的。

季雲流趴在榻上，在夏汐的按摩下昏昏欲睡。

紅巧端著燕窩粥進來，見她閉上眼，似已經睡著了，幾步過去，探頭輕聲道：「姑娘，您不如去床上睡吧。」

正在這時，季雲流驀然睜開眼，快速起身，坐起來就用手指掐著一算，指頭上一一劃過，最後停在「空亡」上頭。

哦，哪個不要命的對她男人使那些骯髒之術！

紅巧與九娘見季雲流突然坐起來，慌忙問：「姑娘，怎麼了？」

季雲流坐在榻上，看著她們，悠悠出聲。「好壞喔，總有人找死來逼我使出洪荒之力，我如花嬌容都被這些人熬得憔悴了。」

紅巧瞧著五官長開後越發美豔的六姑娘，與九娘、夏汐一道默默閉上嘴。

季雲流坐在榻上想了想這卦，站起來，行至窗前，打開北門最大的窗。

天空七政星正明，貪狼星越發閃耀。七星中，第三星的命火同樣十分強盛，身主命火，貪狼強勢，招官非橫禍，惡疾纏身。

「九娘，妳去瞧一瞧寧表哥是否在外頭？」季雲流轉過身，手搭在窗櫺上。「我要出府去一趟穆王府，今晚就要去。」

當日，她給玉珩畫了一道平安符，那平安符雖不像秦羽人畫給皇后那樣的靈氣充沛，可以反噬作法之人，但也不是一般市面上的道符。那張道符，她僅畫了一張，足足耗盡自己所有道法靈氣，還是親手給玉珩戴上去的。

如今那道符約莫是燃了一遍，她的心中同樣有些發燙了。

貪狼星強勢，七爺若一個處理不妥當，也許要命喪黃泉，然後，嗯，然後，她就成寡婦了！

「我若出府，無寧世子暗中相幫，只怕是不成。放心，這個忙，寧世子定會幫我。」季雲流揮揮手。「小心些，要是被人抓住把柄，妳姑娘就算到了三清面前，也會為妳美言幾句的。」

九娘垂著眼，只當沒有聽到最後半句話一樣地走出去。

自家姑娘真厲害，「做鬼也記得」竟被她說得如此清雅脫俗。

沐浴之後，頭一次睡在新府邸新床上的玉珩也沒有多難入睡。他閉上眼，心中按照慣例，捅了玉琳一百劍，慢慢入了夢鄉。

只是今日卻夢到許久沒再夢過的上輩子之事。

在夢中，刺客很多，殺完一批再出來一批，刺客盯著他的眼神越發陰狠，玉珩不知自己受了多少劍，殺了多少人，只感覺整個喉嚨連帶胸口處都在發燙。

他看見夢中倒在血泊中的自己，及冠之年，眼中毫無生氣，除了恨意、絕望，再也找不到其他……

夢境太絕望，玉珩一個挺身從床上直坐起來，房中燭火燃燃，他發現自己額上全是汗水，喉嚨似乎還在發燙，使他喘不過氣來，不自覺伸手摸上脖子處的紅繩，卻摸到一片灰燼。

「雲流……」玉珩喃喃一聲，一手抓住那燒了一半的護身符，掀開被子下床。

「七爺。」外頭的席善聽到屋內聲響，連忙推門進來，見玉珩一身寢衣，神色不對，快步上前道：「七爺，您可是夢魘了？」說著趕緊去倒了一杯茶過來。

玉珩盯著道符，聲音發冷。「有人對本王使惡法。天子腳下，那人真是好大的狗膽！」

席善這才看見他脖子上已經燃掉一半的道符，嚇了一跳，目瞪口呆地道：「七爺，這護身符是自個兒燃的？」

話一出來，席善就想咬舌頭。不是道符自個兒燃的，難道七爺大半夜不睡覺，自己伸脖子點蠟燭燃著它玩嗎？

「給我備衣綰髮，我要——」玉珩話未說完，外頭忽又傳來小廝的敲門聲。「席侍衛，門房說，外頭有人遞拜帖求見七殿下，那人說自己是寧伯府的世子。」

適才席善出去倒安神茶，院中守夜的小廝都知曉他醒了，如今外頭有人求見，門房聽了來人之後，不敢怠慢，直接跑來向二門的人說這事。

二門的人又覺得這事真是太湊巧，穆王夜中一醒來，外頭就有人求見，於是也不敢回絕，匆匆跑到正院裡稟告席善。

玉珩自然也聽見了，披著外袍揚聲道：「請寧世子進來，引到正廳去。」

小廝聽見玉珩聲音，連忙再稟告。「回王爺，可寧世子坐於馬車內，他不願下馬車，只說要坐車進王府。」

席善擰起眉頭。這寧世子行事為何如此詭異，半夜來王府遞上拜帖，還要馬車入王府？

玉珩眼光微微閃爍，臉上倒是沒有多少表情。

經過霧亭之事，他覺得寧慕畫不會站在他的對立面去相幫玉琳。有時候，寧慕畫比謝飛昂還要能知他心意一些，話不用說明白，就會替他把事情辦得漂漂亮亮。

「七爺？」等了一會兒，席善忍不住輕聲問玉珩的打算。

站在外頭的小廝片刻後聽見玉珩的聲音。「把臺階鋪好了，讓寧世子的馬車直接進府吧。」

夜裡有客人來訪，玉珩自不可以穿寢衣。席善正欲幫他更衣，院子外頭卻傳來貓兒聲。在席善聽來，這就是暗號。

「七爺，」席善的手震了震，不敢相信。「外頭是九娘，她說季六娘子也來了，要見殿下。」

「嗯。」玉珩自然也聽到那暗語，忽然整顆心都暖了起來，適才的煩悶、抑鬱之色一掃而光，迅速道：「你且去支開院中那些不清楚底細的小廝，讓六娘子進來。」

席善很快應了一聲，高高興興地下去使喚人了。

季雲流入院時，玉珩一身寢衣，隨意披了件外衣，翹首等著，怕九娘扶不穩，見她落地時，幾步過去扶了她。「可有震到腿沒？」

席善多機靈的一個人，見九娘與季雲流落了地，便與九娘無聲地退到陰暗中，不打擾兩人。

玉珩手扶著季雲流，她探過身，伸手就去扒他衣襟。

拽出那根繫著道符的紅繩，季雲流眼一睇，聲音有些冷。「果真如此！」

玉珩伸手抓住她的手。「這道符與妳亦能相通？」

「嗯，」季雲流解釋道：「這張道符靈力不如秦羽人贈皇后娘娘那張，我雖能察覺你有異樣，卻不能反噬那作法之人。」

一抬起頭，瞧見他有些精神不濟，季雲流靠得更近一些，滿目心疼。「適才你感覺到哪兒不舒服了沒？」

這人的桃花眼水潤水潤的，連著長長睫毛，一路潤進玉珩的心。

玉珩忍不住傾身去輕吻她唇角，此刻只覺前世的那些疼、那些痛都不再有。

若不是經歷那樣的一世，這一世可會遇到半夜因憂心自己，而不管不顧入院的這個人？

大半夜的，季雲流翻牆過來，自然不是為了卿卿我我，眼下還有正事要做，她也只好站在那兒任玉珩碰了碰嘴角，不「反擊」回去。

玉珩不放開她的手。「我適才入了一個夢，正是……我死在紫霞山腳的刺殺之時。」

他說這話時，眼神與聲音都很冷。

「讓人整夜噩夢、頹人心扉，乃是這幕後之人的第一步，而後七爺你運道扭轉，霉運步步而來，再加上精神不濟，很容易有性命之憂。」季雲流簡單粗暴地總結道：「七爺你莫怕，我今晚就改造他，讓他脫胎換骨再做道士！」

上一句時，玉珩面上還是冷的，待下一句後，他忍不住笑開。

放開她的手，把她長髮攏到耳後，玉珩笑得輕柔。「好，妳且讓他脫胎換骨，改過自新，重新做人。」

季雲流從荷包裡拿出羅盤，站在院子中開始尋位，領路往前走。「七爺，你身帶紫氣，一般道人都不能以尋常借運之法傷害你。如今護身符被燃了一半，這宅子裡必定有陣法加持。」

玉珩聞言，目光閃了閃。「我入住之前，派心腹進府中巡查過，這裡頭無不乾淨的東西，各種物品都是自己人備下的。府中人雖不是全數由宮中帶來，也是能信之人。」那陣法是如何佈置下來的？

季雲流站在正院中間軸線上，拿出一張符紙。「咱們仔細瞧一瞧那人到底用了什麼陣法？」穆王府的布局構造都是按她的意思來，風水絕對沒有什麼五行相剋之說。「若明面見到的都沒有問題，那麼便是暗處藏有不乾淨的東西了……」

玉珩睜大眼。所謂瞧不見的暗處……難不成這宅子修建時，地下或牆中混進了什麼？

玉琳之前的職務，似乎正好在工部！

# 第六十九章

季雲流對玉珩道：「七爺，你先閉上眼。」

玉珩不懷疑她要做什麼，順她意思閉上雙目。閉眼時，只看見她手拿道符揚起來，而後他感覺到目上有涼涼的東西劃過去。

「可以睜開了。」

玉珩睜開眼之後，入目的卻是比自己所想的更怪異的東西。

暗紅的線條交錯在這個院子中，交織起來的紅線如同一道口，正房與廂房中的各色氣流全數被吸進那暗紅交織的口中。

「這是……」玉珩無比駭異。眼前所見的東西顛覆了他的認知。就算這一世的他相信世上有神仙有鬼怪，但親眼所見這怪異之象，依舊忍不住詫異。

「這些五色之氣就是人身上的氣流，」季雲流手執道符，並肩站在他身旁。「那暗紅交織的線便是陣法所布，它正吸入穆王府整個府中的生機與運道。這是五行借運陣法，照這個速度，不出一年，這宅子中的人都得運道散盡而枉死。」

「玉琳！」玉珩咬著這個名字，神色不善。這人不徹底置他於死地，便一直冤魂不散地跟著自己！

季雲流道符一揮，適才還呈現在玉珩眼前的景象驟然全數消失不見。

見他疑惑，她解釋。「七爺非修道之人，這種景象不可多見，窺探天機有礙運道。」

說完，她拿出備好的朱砂粉在地上畫道符。

朱砂粉與沙石從她相握的掌間漏出來，均勻地撒在地上，勾勒出一橫一畫。

「元始安鎮，普告萬靈。嶽瀆真官，土地祇靈……」當朱砂漏完最後一筆，玉珩又瞧見了當日在城西巷子中，少女手指如舞動蝴蝶的模樣。她的手法很快，神態肅穆，半點也沒有平日裡見到自己時那雙目彎彎的模樣。

溫涼的月光灑在白玉般的面孔上，少女身上的世俗之氣一掃而去，只剩下滿身的清越出塵。不知是芙蓉搖曳於碧水之上，還是芍藥獨開萬綠叢中，面若夭桃、沈魚落雁已是形容不上。畫出於眼，眼觀成畫；畫中有人，人中有畫，一時間已渾然分不清……

離穆王府不遠處的一座宅子內，一個身穿道袍的道人看著眼前紅繩一條一條地斷落，大吃一驚。「這是有人在破陣法！」

黃袍老者道：「二爺說過，七皇子身旁有懂道法之人，你不必慌張，且算著這陣法那人用了多少時辰破的？」

「師父，你算到師兄有難，難不成師兄如今被關在大理寺中，就是這人破壞的？」

「你師兄學藝不精就私自下山進京，讓他吃些苦頭也是應該。」黃袍道人結了兩個手印，笑了笑。「且讓我瞧瞧這京中除了秦思齊那老匹夫，還有哪個是懂道法的！」

小道人見了師父施展道法之術，很快招來門外的小童。「你且去景王府告訴景王，他懷疑的作法之人如今正在穆王府，現在就去，可以人贓俱獲！」

師父雖然口上說師兄學藝不精，但骨子裡還是關心師兄的，不然也不會一算到師兄有危險就連夜進京。以前京中有秦師叔在，師父可不屑於進京了。

正因如此，小道人才要讓景王府抓住那會道法的人，讓景王相救他在大理寺牢中的師兄。

穆王府中，季雲流與玉珩腳下的紅朱砂似有靈力，一顆一顆全數騰在半空，連沒有道法的玉珩都看得清清楚楚。

「各安方位，備守壇庭。太上有命，搜捕邪精……」飛騰的朱砂道符在他看來就像一條巨龍，對著適才的陣法之口位置。

就算看不見，他亦能猜到「兩虎相爭」必定是十分激烈的局面。

他凝神靜氣等在一旁，驀然看見季雲流手指一頓，有些驚慌地出聲道：「鎖魂陣？」

「雲流？」玉珩見她神色不對，即刻出聲詢問，還未說完，一把被她推出這個朱砂畫的道符裡。「七爺，你去遠一些，快點離開這個院子！」

「雲流，發生了何事？」他怎麼可能去遠一些。

季雲流之前說的是五行借運陣，如今為何變成了鎖魂陣？
他因重活一世，又因季雲流會道法之故，近來會翻閱各種道法書籍。這鎖魂陣確實在書籍中見過，此陣乃茅山陣法，是個非常惡毒的法陣，由七煞困守，牽一髮而動全身。
季雲流連抓出幾張道符，手底結印快到讓人看不清楚。「這道人陰毒，恐怕這五行陣是個幌子，知我過來此地要幫你解陣，對我使鎖魂陣才是真。」
「妳可有方法破解這鎖魂陣？」玉珩站在朱砂畫成的道符外頭，瞧著裡頭的心上人，頭一次急得不行。
他又驚又懼，如今心裡是說不出的難受，感覺就像手無縛雞之力的書生，看著自己的妻子被江洋大盜挾持一樣，有心無力。
他恨不得現在就駕馬衝進景王府，手持長劍，與玉琳來個不死不甘休，也好過在這兒乾瞪眼！
「這人沒有我身上任何精血毛髮，竟然還想對我使用鎖魂陣，他是太自負還是太小瞧我呢？」季雲流的手一揚，雙手指尖的幾張道符全數燃起。「七爺莫擔心，你快去站遠一些，我這就讓他反省反省，滾回老家練上幾年再出來！」
「……廣修億劫，證我神通……體有金光，覆映吾身……」燃起的道符，在半空中畫出道符虛像，季雲流腳下的朱砂被北斗七星罡步踩得凌亂，又似更加完整。「金光速現，覆護吾身。急急如律令！」

一開始，空中虛像的道符沒有顯現出來，待「令」字一下，她前面的道符在空中顯現而出，夜空中，身上的金光閃得十分奪目。

好像有風而起，又好像夜空中有閃電而下。

那地上的紅龍與季雲流身上的金光合而為一，一股腦兒地衝向暗紅線交叉而出的大口之中。

玉珩退開幾步，站在外頭，動也不動，目不轉睛地盯著眼前作法的季雲流。

「轟」，右側的牆壁中燃出一道紅光，紅光像電光一樣劈開了牆面，之後迅速化為灰燼，暗滅掉了。

玉珩看著這景象，心中駭然。自己府中的牆內果然被埋下了道符！

再看季雲流口中開開合合，似乎在配合著手下的結印唸誦咒語，他轉首喚席善道：「寧石，你們去把牆中的道符全數挖出來。」

席善、寧石還有九娘在季雲流落朱砂作法時，就站在陰影處守著，他們本欲上前幫忙，但是看著超出自己能力的難事，無能為力，只好繼續在牆角蹲著。

如今三人一聽玉珩的吩咐，又想快速，又不敢打擾季雲流一樣，踩著極其古怪的貓步到了玉珩面前。

「七爺，」席善苦著臉。「那些人把道符埋在牆中的哪個地方，咱們不知道呀！這麼挖的話，挖到天明或許也挖不到。六娘子這邊……」六娘子這邊能等到天亮嗎？看著對方似乎很難對付的模樣。

玉珩也不是白看道法書的，他雖不會道法、沒有修道，但知曉這五行陣的擺位。適才季雲流燃掉牆中的一處地方，讓他亦可以推算其他道符的位置，當下拽下縫於外袍上的珠子，就在地上畫起五行陣法圖來。

「這是雲流適才破的一處，按五行排開，東南牆，東北、西北、西南各自會有一處……」他再瞧了瞧那一處破損牆面的高度，在圖中點出大致範圍。「其他牆面應會與它相對，就在這兒、這兒，還有這裡和這裡，且去把道符挖出來！」

三人看著地上畫出來的圖樣，心中都是佩服至極。

季六娘子手段厲害會道法之術，七皇子心思縝密會推演之術，兩人……嗯，太般配了！

三人聽了玉珩的吩咐，記住了牆面位置，分別以最快的速度散開來，半夜頂著月光去挖牆面。

玉珩瞧了季雲流一眼，見她全神貫注，再見面上沒有那種落敗之色，於是他甩開身上外袍，麻利地捋起袖子，尋來利器，去最後一塊牆面挖道符。

季雲流破掉陣法一個缺口，燃完手上道符，抬目看見玉珩一身寢衣、蹲在牆壁前挖磚面，不禁感嘆一聲。

有顏值的就是不一樣，黑漆漆的半夜裡穿件睡衣挖牆角都那麼有型。

見牆面破裂，玉珩伸手要去扯道符，季雲流連忙收起輕浮的念頭，揚聲道：「七爺莫要撕毀道符，把道符拿來給我。」

玉珩一聽她這麼說，從砸出縫隙的牆內抓出道符，同時讓在其他方位的幾人也不要撕掉破壞。

把道符送到季雲流面前，他不解道：「這道符還有用處？」

「有用。七爺，你站遠點，這陣法對你會有不利。」季雲流接過道符，快速在上頭再畫上一道符。「鎖魂陣對施法者要求極高，否則根本無法驅動七煞前來鎖魂。而他又沒有我的毛髮與血液，只是利用七爺身上的道符對我下陣，所以這道符上頭反而會有施法者的血液，那是用他自己的血液去驅動的七煞。」

玉珩不禁開口。「所以，妳是打算……」

「我要用道符上頭的血液追溯，然後搞死這個施法者，任他潛在天涯海角都逃不了！」

為何忽然覺得自家要用邪法搞死人的未婚妻更令人心動了？

離穆王府不遠處的宅子內，「轟」一聲巨響，設在院中的小型陣法一腳立即斷開來。

「師父！」年輕道人叫著老者道：「五行陣法被斬裂了一角。」

「你速速去補上！」老者手中結印不停，口中唸咒語之際，分神出聲喊了一句。待他重新閉上眼作法時，卻感覺整個神魂蕩了一下，不自覺驚駭叫道：「不好！這人竟然反應如此迅速，順著因果，對著我作法了！」

「師父！」年輕道人想上前，又不敢出這頭的五行陣法。只是他這麼一叫，一旁的五行陣另一角轟然又倒塌下來。「師父，這坤位又被斬去了一角！這幾處的陣法都被破掉了！」

老者飛速唸著金光神咒，想要從陣法中脫身出來，然而沒用，一名女子唸著咒語的聲音傳入他腦海中，一直打亂他的步調。

「居然還是女娃娃！簡直目中無人！」老者咬破舌頭，鮮血帶著吐沫噴在道符上。「……三魂喪命，七魂決命，押入萬丈井中，火速受死……急急如律令！」

老者手中的道符發出藍色火焰，如鬼火一樣燃到外頭，把紅色的五行陣都燃成了藍色。

寧石三人把所有的道符收集在玉珩手裡，翹首以盼地看著全身冒金光的季雲流站在紅色朱砂裡「翩翩起舞」。

如今似乎在緊要關頭，玉珩手拿其他三張道符，不敢打擾季雲流。

席善瞧著入神，張了張嘴，恍若無意識地道：「六娘子是不是真的仙人下凡啊？」這樣的仙人，日後成了皇子妃……他要赴湯蹈火伺候好六娘子才行！

玉珩目光不瞬，聽見席善這麼說，不由自主盯著季雲流細看。驀然，手上道符一燙，燃了他一雙手，他頓時鬆開手，卻見手上的三張道符瞬間飛了起來，像一把把利劍向著季雲流，直飛而去。

「雲流！」

「六娘子！」

幾人大驚失色，立即飛撲過去想抓那幾張道符。

道符因在玉珩手上飛走，他亦是頭一個反應過來之人，迅速撲過去抓住道符。

施了法的道符同利器，在玉珩抓住的那一刻，直接割破他手掌。

血液滴在妖符上，同冷水澆在熱鍋中一樣，發出刺耳的「嗤嗤」聲，然而，嗤嗤聲過後，妖符卻似乎失去了所有靈力，整個枯萎一般，直接軟在玉珩手掌中。

「七爺！」

看見玉珩出血的幾人再次驚駭出聲，這時，寧石也抓住了一張飛走的道符。

同樣地，那妖符像利劍一樣讓寧石雙手血流如注，他正等著道符同樣「枯萎」時，卻見自己腳不點地地直接被道符拖走了！

「寧石！」席善趕緊撲過去抓住寧石，只是連著他一起被道符拖著走。

同樣的情況也出現在九娘身上。她用血手抓著道符，亦是被道符拖著走。

玉珩目光閃了閃，瞥了一眼滿是血的道符一眼，似乎明白了什麼。他當下不再猶豫，直接踏飛而起，向著寧石的道符一抓而去。

正在飛馳的道符碰到玉珩的血，果然如他所想的一樣，很快失去靈力，軟在他手中。

「老不死的！」季雲流見玉珩滿手滴血的一幕，臉上陡然變色，柳眉倒豎，語氣冷澀。

「老娘給你喘口氣，你竟然還開起染坊來了！」

幾個人扭頭看季雲流施法，只見季雲流從腰間的荷包抓出一條——真的是一條長、長、長的連串道符。

玉珩沒有心思想這些，他見自己的血液對消滅妖符有用處，很快踏飛到九娘這裡，如抓耗子一樣地接過九娘手中的道符，拿著三張乖乖軟在手掌中的妖符，瞧著地上朱砂，把手上血液滴到那紅色朱砂道符上。

「轟！」他的血液如同燃料，地上朱砂道符映出一道紅光，在轉瞬之間直衝而上！

此刻，季雲流那長如繩索的道符被她使著結印飄到空中，在她頭頂盤旋不去，下頭是一張有老者血液的道符。

玉珩不再猶豫，扔掉手上的妖符，踏進朱砂道符裡，站在季雲流身旁。「用我身上紫氣與血液助妳。」

季雲流轉首，聽到玉珩一本正經地說：「這裡沒有外人，我與妳一道，搞死那老不死的！」

手上淌血的寧石、席善、九娘三人看得直發愣，好半晌，只見季雲流大笑一聲，拉起玉珩的手。「好，咱們一起搞死他們！」

# 第七十章

鎖魂陣十分霸道，且要求施法者必須非常冷酷，甚至是殘忍，才能吸引七煞驅動陣法。這霸道的陣法，反噬同樣不容小覷。

老者面前本來燃起來的藍色火焰，忽然在一陣紫氣金光下，詭異地消失了。他布下的陣法中，冒出絲絲黑煙，腳下陡然出現紅色朱砂所畫的陣法，紅光照了他一身。

「師父！」年輕道人急得團團轉，喊完這聲，猛然噴出一口血。「如何會有紫氣金光？」

「有真龍相助？」老者察覺到危機，不可置信地睜大眼，欲抬首咬破手指用血畫符，可是手指瑟瑟抖抖，怎麼都移不到嘴邊。「不好，咱們得跑……」

只是老者怎麼都不能把手指移到正確位置，只得再狠心咬一口舌尖，喉嚨驀然一腥，連帶咬破舌尖所出來的血液都噴了出去。

「怎麼可能！這人分明是個女娃娃……」老者搖搖欲墜的身體晃了幾下。「怎麼會有如此道法，怎麼會有真龍相助？」

兩人腳下的紅光擋也擋不住，像洪水一樣漫上來，淹沒了老者整個人。

「轟！」

紅光之內，憑空閃下滾滾雷電，正中老者頭頂，一道接一道打下來。

「啊——」

「師父！」

席善等三人瞧著季雲流與玉珩身旁的朱砂退去，長繩般的道符亦落於地上，小心上前兩步，問了一句。「七爺？」

玉珩回神，見同樣軟下來的季雲流，立即伸手扶住她。「那老不死的……死了？」

「嗯，除非他還能神魂出竅，不然必死無疑。」季雲流鬆一口氣。「七爺放心，這世上就算是修道之人，亦不敢神魂出竅，不然立即魂飛魄散，天道管鬼魂極為嚴厲。」

玉珩見她臉色白得似乎都要變透明了，不由分說，打橫抱起她往屋裡走。「待天一亮我就去稟告父皇，有人在我院中，欲對我使用邪法之術。」

兩世過來經歷這麼多，他想明白了，遇到什麼事都得跑到他父皇面前哭訴才是正確之道。哭一哭，既能讓他老爹替自己撐腰，還能在他面前留下手中無權無勢的印象，從而讓他爹多多分憐惜，少一分猜忌。

季雲流因施行道法虛耗過多，真的累了。自家老公的睡衣在適才的動作中衣襟大開，她此刻臉頰靠著如潤玉的胸膛，美色當前，只想多蹭點豆腐來才好。當下「嗯嗯」兩聲就算回應，靠著玉珩胸口不抬首，手從衣襟伸進去再環住。

席善真的不想打擾他倆，但是有一件事真的很重要。「七爺，寧世子如今還在正廳中等著呢！」

說到寧慕畫，季雲流就算再色急攻心也需要解釋一下這事。「七爺，這次是寧表哥掩護我過來的。穆王府必經之路都被景王的人監視了，為了掩人耳目，寧表哥便從前門遞帖子，讓九娘暗中帶著我翻牆。」

玉珩深深攏起眉頭。「今日我從宮中剛遷入新府，還未來得及加派人手，就讓玉琳有機可乘……適才妳說院中的五行陣是假，引妳過來使用鎖魂陣才是真？」他瞳孔一縮。「難不成玉琳已經知曉妳會道法，故意要引妳來此？」

季雲流想了想。「當日在長公主府外頭，景王派人來追殺我，那日有道人在作法，我亦跟他對了兩招；之後他在杏花宴中使借運之法，被我破壞了，如果他不蠢的話，應該是猜到了。」

玉珩適才因搞死了那道人的爽利心情，瞬間再次煙消雲散。他面色陰沈，抱著季雲流來到房中的榻邊。

「妳且在這兒休息一會兒，我去正廳見一見寧慕畫。」

若玉琳真的故意要引雲流來這裡解陣，等會兒定會有重兵來此，或蹲守在哪兒，勢必要抓出府的馬車。

想到此處，玉珩就想喚席善過來給自己更衣。

季雲流抓住他手臂。「你的手還在流血，先把傷口處理一下再出去吧。那道符上頭有煞氣，之前因七爺是皇家血脈，身上帶有紫氣緣故，才能對道符相剋，只是煞氣或多或少都會入你體內，你若不管不顧，當成尋常傷口，煞氣必會傷你五臟六腑。」

她左手攤開玉珩手掌，右手抽出帕子，壓了壓他手中的傷口，再拿出兩張道符，口中低唸了一些咒語，執著道符埋入他掌中。

很快，玉珩掌中的傷口便冒出一絲黑煙，接著便結上疤痕。

玉珩瞧著變戲法一樣的道術，不由自主感嘆了聲。「道家之術果真博大精深，令人神往。」

「只能處理這些因道法所受的小傷，起死回生這類違背天道之事，不能為之。」季雲流仰頭，抓著玉珩的手來來回回摸了個遍。「七爺，今日就讓小女子來替七爺更衣吧。」

玉珩的火氣瞬息之間又被這聲柔柔的「七爺」給軟了、融了，迷了心竅。

這更衣是在你踮腳繫帶親我一口、我低首喚你再親一口之下完成的，工程浩大到讓外頭的幾人以為七皇子要丟下正廳的寧世子，先摟著六娘子安寢了。

待玉珩神清氣爽地拉著季雲流出來，席善等人個個面色古怪地行禮。

「不需我送妳回去嗎？」玉珩再次相問。

季雲流搖首。「你還是與寧表哥一道商議下，今晚的事該如何跟皇上解釋吧。」

玉珩前世今生最恨之人便是玉琳，絕對沒有之一！他瞧著被九娘扶著與自己揮手告辭、消失在院牆外頭的季雲流，臉色同翻書一樣瞬間寒冷到極致。

「吩咐下去，七夕那日對玉琳的請君入甕，我要萬無一失！」

待寧石應了重重一聲，他這才往前頭的正廳而去。

景王府中，玉琳得了道人派人回來的稟告，整個人精神一振，就讓張禾去順天府，準備出動去穆王府。

「寧慕畫連夜駕著馬車直入穆王府，裡頭若沒有季六，我死也不信！讓人守著出府之路，就以京中有盜賊為名，搜查寧慕畫所坐的馬車！」

張禾退出後，動作索利，很快派人去順天府，讓裡頭的守夜捕快聚集到穆王府往季府的必經之路上。

捕快們蹲在牆角陰暗處，等啊等，等了許久，翹首以盼，只等來蒙面死士。「寧世子沒有從這裡過。馬車從穆王府出來，直向寧伯府去了，你等且快快去追！」

捕快們面面相覷，剛想問一句有手令嗎？還未來得及說什麼，蒙面死士一腳踹在一個捕快身上。「拿景王錢財卻不給景王消災，小心我稟告景王割了你們的腦袋！」

這死士腿腳功夫奇高，一腳踹得那捕快似乎腿都斷了。其他捕快不敢再問，這樣的三更半夜，也就是景王的人才敢出來作威作福，當下帶著人馬就往寧伯府的路上趕去。

捕快們前腳一走，九娘便揹著季雲流從一旁屋頂上縱躍過去。

「姑娘，景王竟然還能在順天府安插人手。之前長公主府外的追殺就這般草草了事，一直未查明真相，應該就是景王從中作梗的緣故，這景王著實可惡！」

季雲流瞥過那些遠去的捕快，「嗯」了一聲，從腰中抽出之前給玉珩壓傷口的帕子。

「玉琳確實滿討厭的。」

皇位只有一個，奪嫡之路本就血腥殘忍、六親不認，諸皇子之間怎麼暗中耍手段，她本都不在意。成王敗寇，誰也說不得誰陰毒。但是，搞來搞去幾次三番搞到她，還生生妨礙她的戀愛之路，這就不能忍了！

「咱們快些回去吧，我餓了，也累極了，洗洗睡去之前，搞一搞玉琳還需要一些時辰呢。」

九娘瞧著飄在自己眼前那帶血的帕子，全身悚然一驚，腳下的步子不穩，險些帶著季雲流滾下屋簷去。

她想到之前六娘子在穆王府說的那句「用道符上頭的血液追溯，就能搞死這個施法者」，心中怦怦直跳。

「姑、姑娘，您是打算對二皇子用道法嗎？」

季雲流隨意挾著帕子，任它隨風而舞。「景王乃七爺嫡親血脈，順著七爺的血脈就能尋到景王的神魂。在院子中起個壇，用兩張道符、唸兩句咒語，便能讓他魂飛魄散。」

這樣的月光下，這樣一道乾淨如一汪清泉的聲音，正說著用兩張道符便能讓人魂飛魄散，就像說燒個水那般簡單。

九娘嘴巴張了張，終於在進入季府西牆後反應過來。「姑娘，這害人的道法是否不利於您？若會反噬您，這髒手的活咱們還是交由他人去做吧。」

她相信七殿下若知道這事，哪怕只有一丁點的危險，也必會阻止六娘子的。

季雲流從九娘背後下來，一面往屋裡去，一面揮手讓她去打盆水來。「妳莫要擔心，我為了自個兒能與七爺白首偕老，自然不會弄死他，只是看他太不順眼，來個以牙還牙罷了。」

九娘很快打來了水，季雲流抖了抖帕子，先在上頭用手指畫了張符，把帕子扔進盆中，掏出荷包中的道符就開始作法。

「十方世界，上下虛空，吾欲請令，請血主嫡親血脈！」

盆中的水波動起來，很快從帕子中間漾開一圈又一圈的漣漪。

季雲流的咒語還在繼續。「天蒼地蒼，諸天道祖無所不在，無處不到，請借弟子神符！此人名玉琳，表字青琅，生辰八字乃是甲子壬申癸巳……」

九娘站在一旁，動也不動，睜大眼睛瞧著水盆的變化。

赫然之間，玉琳的頭像倒映在水盆中。

「呀！」即便是九娘這種見慣血鬥的侍衛，看到如此詭異情景都忍不住低呼一聲。

「去拿個草紮的小人過來。」季雲流的面孔映在火光中。

九娘直奔院中廚房，扯出一堆稻草，用最快速度便紮出一個小人。

奇醜無比的草人同樣被扔進水盆中，九娘看見季雲流對著那盆帶血的水，繼續神神叨叨唸著。約莫唸了半個時辰，盆中淡淡的血水全數向草人湧去。

片刻後，不只是盆中的水變回端來時的清澈模樣，就連手帕上的血跡都消失不見了。

季雲流伸手在盆中抓出草人，一邊開始用朱砂在黃紙上書寫玉琳的生辰八字，待寫完之後，黃紙在一片口訣下，貼上了草人的頭頂。

九娘顫了顫身體，小心翼翼喚了一聲。「姑娘？」

這模樣的草人，怎麼見著同那些宮中禁止的巫術針扎草人是一樣的？

九娘將將這般想，季雲流便出聲道：「針扎草人本就不是巫術，是道術，只是這非正道之術，所以咱們小心一些去扎玉琳。」

說著，拔出頭上的簪子，而後一簪子扎進草人心臟中。

今夜月明，穆王府的玉珩夜作噩夢而驚醒，之後一夜未睡，連帶景王府中的玉琳也是一夜未睡。

玉琳不僅一夜未睡，還暴跳如雷。「這是怎麼回事！你說有人假扮景王府的人，對順天府的人用了調虎離山之計？」

玉琳氣啊，好好的一局似乎又是什麼都未得到，如何不會氣？他氣得水都喝不下，胸口都疼了。「後來可有追到寧慕畫的馬車沒有？玉珩那邊呢？到底如何了？他死了沒有？那季六死了沒有?!」

張禾也不知該如何解釋這次的事。他讓順天府的人守在必經之路，已經千交代、萬囑咐，見了馬車才能去查探，哪裡知曉那群成事不足、敗事有餘的蠢貨，幾句話就被人糊弄走了！

「二爺，之後順天府的人確實有尋到一輛馬車。那馬車從東而來，只是裡頭並無寧世子，只有一個趕路的商賈……」

寧慕畫到底有沒有去穆王府，這事張禾都拿不準了。他滿頭大汗，等著二皇子的責罰。「穆王府旁邊的道人宅子內，屬下也派人去了，全數被拒了出來，那道人閉門不見，我等亦不敢強闖進去……」

「一群蠢貨！」玉琳一拍案桌，一站而起，突然皺起了眉，捂上胸口，整個人軟了下來。「唉唷！」

「二爺？」張禾看著倒在眼前的二皇子，嚇得喪魂失魄。「您怎麼了？」

玉琳捂著胸口。「我、我……有人拿著劍捅本王的胸口……」

張禾左右瞧看，神色更加驚恐。「二爺，這兒、這兒只有您與屬下！」

「唉唷！」玉琳再慘叫一聲。「確實有人拿劍捅本王！痛死本王了，痛死我了……」

張禾嚇得一呆，一顆心不禁提上來。「二爺，您、您的意思是，有人在對您使用道法之術？」

「啊、啊！救救我……啊！張禾，快來救救我！」玉琳痛得死去活來，額頭冷汗顆顆滾下來，覺得此生最痛之事莫過如此，連五官都扭曲了。「快去查、查是誰、誰對本王使用道法……」

折騰得玉琳要死要活之後，燃了草人的季雲流心安理得地點了三炷清香，向祖師爺告罪，而後，躺上床、摟著棉被，同玉珩一樣地睡著了。

翌日，天剛矇矇亮，玉珩穿戴整齊，準備一大早就進宮去面見聖上。就算不能置玉琳於死地，他也要藉此機會釜底抽薪，讓京中的道人通通滾蛋，讓玉琳無人可用！

坐進馬車內，剛剛吩咐啟程，席善一頭扎進馬車內，面色有些奇怪地笑道：「七爺，九娘適才飛鴿傳書來，說六娘子昨日回去之後，以牙還牙，給景王的心窩子捅了好幾簪子。」

「好幾簪子？」玉珩不解。「六娘子如何捅了玉琳好幾簪子？」

席善忍不住，哈哈笑著，把九娘所寫的紙呈到玉珩面前。

紙條上，九娘把昨日在季雲流身邊所見的一切都寫清楚，最後寫的是，因替身草人並非正道之法，她怕六娘子有危險，希望七爺替六娘子在二皇子的查證下善後一下。

玉珩看完紙條，收起來，重新遞給席善。「紙條處理掉。還有九娘那，你且讓九娘告訴六娘子，以後對玉琳這廝不必費心思，以免髒了六娘子的一雙手。」

# 第七十一章

皇帝前晚歇宿在皇后的坤和宮，聽太監傳報穆王求見，「咦」了一聲，一面宣玉珩進來，一面同皇后笑道：「七哥兒倒是有心，這一大早便給朕謝恩來了。」

皇帝坐在殿中的圓桌前見過來請安的玉珩，本以為這個兒子會精神抖擻，沒想到卻跟萎了的花一樣，眼角的瘀青之色，想裝沒看見都難。

皇帝斂了笑。「七哥兒，你怎地一臉倦容？」

玉珩謀劃了一夜，還讓席善在眼下弄了些玄虛，為的便是這一刻。他見皇帝果然發問，當下拋開臉面，跪在地上，揚起頭哭訴道：「父皇，兒臣險些以為此生再也不能見到父皇與母后了，父皇可得給兒臣作主！」

玉珩從來性子如寒梅，自幼清高自傲，就算小時在皇帝面前，亦不會黏黏糊糊地撒嬌哭泣，如今眼眶通紅的模樣，嚇了皇帝與皇后一跳，兩人立即神色肅穆，追問他到底發生了何事，怎麼要天人永隔這般嚴重？

演戲要演全套，既然已來宮中告狀，玉珩怎能扭捏？他抽出脖子上那燃成半道的護身符，一字血、一字淚地控訴，將有人埋下道符使他夢魘之事全講了。

「兒臣心驚，便連夜命人搜尋府邸，挖土鑿牆，在牆內挖出幾張妖符。不僅如此，那妖符還會飛天之術，把兒臣府中的侍衛全數刺傷，尋常人根本無法阻擋這等妖術。」

他面上絞痛，聲音如泣如訴，真真講得那教一個險象環生！

皇后一聽前因後果，嚇得花容失色。

「讓侍衛統領寧慕畫過來見我！」皇帝連早膳都吃不下了，就算能氣吞山河也嚥不下這口怒氣。「還有，讓工部的徐盛滾過來見我！穆王府牆中出妖符之事，他這個工部尚書若解釋不了，讓他直接滾回家裡種田去！」

小太監在皇帝的威嚴下趕緊跑出坤和宮，迎面就撞見被人抬進來的玉琳。

玉琳臉色慘白，捂著胸口癱坐在步輦上，一直低低呻吟，那模樣似乎已經快不行了。

太監傳稟景王殿下求見時，玉珩跪在地上，請皇帝恩准他去紫霞山受福請平安。

不僅要自個兒一個去，他跪在那裡講了一遍自己的未婚妻季六娘子曾經同樣受邪法所害之事，淒慘地說著自己心中又懼又怕，不知道哪裡得罪了那些妖道，讓季六娘子與他都落得如此下場？

因此請求皇帝准許他帶著季雲流一道去紫霞山住幾日，求天道賜福庇佑。

玉琳清早就進宮，自然也是來喊冤的。

待太監放開他，玉琳立即軟在地上，邊向皇帝請安邊嚎啕大哭。「父皇，您要救救兒臣啊！兒臣只怕此生再也見不到父皇同母后了……」

玉珩與玉琳不愧是親兄弟，前腳才哭完後腳就跑來了，兩人連哭訴的話都是一模一樣，彷彿商量好似的。

皇帝這回不吃驚了，反而厭惡起二十幾歲的大男人還哭哭啼啼的。

若不是見玉琳真的臉色不對，皇帝都想一腳踹在他頭頂上。

「發生何事了？你不在自個兒的府中待著閉門思過，反而跑來坤和宮要死要活的？」

「父皇，有人昨夜對兒臣使用邪法妖術啊！」玉琳伏地大哭，程度比之前的玉珩厲害得多。「昨夜有人拿著一把長劍，那劍足足有這麼長，對著兒臣的心臟一直捅一直捅，兒臣的心都裂成兩半了，痛死兒臣了，痛得兒臣都活不成了。父皇，您可得給兒臣作主啊……」

玉琳一面波濤洶湧地流眼淚，一面抬首比劃劍的長度，身子還一抽一抽地直抖。

皇帝聞言，面色更加冷肅，冷厲的目光盯著他不放。「怎麼，難不成連你都被人使用了邪法之術？」

「是啊，定是有人對兒臣用了那妖法啊，兒臣到現在還是痛得連呼吸都不能……」

玉琳這麼會兒又哭又鬧的工夫，寧慕畫也到了。

他一路跟在太監身後進來，目不斜視，規規矩矩請了安，等待皇帝吩咐。

玉琳哭夠了，看見了寧慕畫，這才注意到自己旁邊跪的正是玉珩。

仇人見面分外眼紅，他咬牙切齒，瞇著眼道：「七弟，你怎地一大早也在此，難不成做了什麼邪法妖術之類的虧心事，半夜不能入睡？」

玉珩蔑視著他。「二哥，你臉色慘白、冷汗直流，只怕那作法之人十分痛恨你，要生生捅死你為止。」

延福站在皇帝身後，微微咳了一聲。

玉珩與玉琳各自收回目光，收斂了怒意。

「七弟，如今京中好生混亂，你可千萬要多多注意自個兒的安危。」

「二哥好像疼得厲害，可要多多躺在床上好生休養，不要再費心想其他了。」

說完，各自轉過頭去，同時在心中「呸」了一聲。

玉琳想要讓皇帝抓出元凶，又怕自己講多了，讓皇帝抓住自己請道人的把柄。

玉珩跪在玉琳的旁邊，抬首出聲道：「父皇，兒臣聽說道法之術均要布陣，或許二哥府中亦被人在牆中布下了陣法。此事刻不容緩，定要派人去挖出牆中暗藏的道符才可。」

玉琳正詫異不解他的好心時，又聽見他自告奮勇道：「父皇，兒臣昨夜在府中挖了一夜的牆面，對埋道符之事亦算了解了幾分，為了二哥安危，這挖掘之事不可假手他人，兒臣願此刻就前往王府幫二哥尋找妖符！」

皇帝沈吟，覺得頗有道理，頷首道：「寧統領，你且帶著御林軍相助穆王去景王府。」

寧慕畫挑眉，應了一聲。

玉珩領了旨，看著玉琳笑了。「二哥只管好生在床上躺著，七弟就算掘地三尺，也會幫二哥尋出埋於王府中的道符！」

玉琳整個身子陡然一縮，忽然覺得昨夜被捅的心臟更疼了！

了。

皇帝在早朝時大發雷霆，訓斥了工部尚書，不僅罰了徐盛一年俸祿，更把他革職查辦

底下的大臣個個都瞧出皇帝鐵青臉色下的怒火，人人自危，也不敢當出頭鳥。

皇帝在朝堂上發完火氣，下了朝，又傳秦相與太子來御書房。

對於近日玉琤的表現，皇帝倒是頗滿意。「太子，上次霧亭之事，你可查明了前因後果？」

玉琤恭敬行禮，講述了張元詡的所作所為，最後總結道：「父皇，兒臣覺得張二郎就算有這個賊心，應無這個賊膽，所以此事幕後必定還有黑手。」

皇帝喜於玉琤的成長，滿意地「嗯」了聲。「此事已經交予你處理，你就順著張二郎的線索查下去。如此視皇權為無物者，不管是何人，全都給朕依法嚴懲！」

講完霧亭之事，皇帝再把京中驅逐道人出京的事也交給他處理。

大昭重道，雖然江山都靠一方道人相助而奪下，但到底也忌憚道人那些邪術妖法，故而京城中嚴格限制建造道觀，整個京中除了紫霞觀這座皇家道觀，再無其他。如今秦羽人在紫霞山中，京中卻接二連三地出妖道，還對皇家皇子使邪術，皇帝怎麼會任其發展、置之不理？

「霧亭之事也好，你兩個弟弟受妖道作法所害也罷，都不僅是家事，還關乎著我大昭國

運，你萬不可馬虎為之，切記要處理妥當。」皇帝吩咐道：「朕欲讓你對京中的道人挨個進行審查，那些不能自報道觀的道人通通給朕抓起來，那些正統道人一一遣送出京，讓他們回師門去！」

玉琤意氣風發地領命而去。

玉珩說到做到，當日午後就帶著御林軍去了景王府。

玉琳在玉珩說出要「掘地三尺」時，立即伏地向皇帝說自個兒王府中若有道符，自己會處理，不敢煩勞七弟幫忙之類的話語。

笑話！若讓玉珩進了景王府，別說牆面，估計連他府中的私庫都給捅光光了！皇帝瞧著他半死不活的模樣，只揮手讓他好生養著，挖道符之事卻沒有收回意思。

他見皇帝如此，氣得牙齒都咬碎了。他不過是科舉之事漏了點風聲，栽贓嫁禍了玉琤一次而已，如今為何要把所有的事都推到他身上！

玉珩奉旨來景王府「挖牆」，景王府的下人似喜似憂地站著，你瞧我、我看著你，都不知該不該上前幫忙挖牆的御林軍？

今早，景王臉色慘白地被抬出府外，這是王府下人都實實在在瞧見的，他們憂心這王府真的被人布了符陣，同時又擔心御林軍把景王府的牆砸得磚瓦不剩。

玉珩站在景王府的影壁後，冷厲的目光緩緩掃過比自己的穆王府大了兩倍的王府，冷冷淡淡地笑了。

「妖道作法最講究陣型，景王殿下的胸口一直撕裂般地疼痛，定是中了羅煞陣之故。羅煞陣極凶險，若是埋道符於牆內，只怕整個府中之人都不能倖免，得盡快找出牆中的道符。而我等又不知妖道到底把符埋在哪個方位，所以你們得按五行八卦方位尋找，就從這兒的東南角開始！」

暖風吹來，玉珩輕薄衣袂翻飛，底下眾人個個噤若寒蟬、面帶尷尬地聽完他所言的「無字天書」。

照穆王所說的什麼五行八卦方位，似乎要挖上五地加八處啊……

而且，穆王還說他亦不知曉道符在哪個方位，意思便是挖完這五個地方的八處，若沒有尋到道符，還要再重新挖上八處？這這這……到時，景王府還有牆剩下來嗎？

就算七皇子仗勢欺人，那也是仗了當今皇帝的勢，誰敢不從？待玉珩一聲令下，拿慣了刀槍的御林軍直接拿著鐵鍬就開挖。

建房子費時費力，還得尋日子看風水，拆房子那是一個簡單粗暴快速而為。

御林軍從影壁後面開始拆——喔不，是開始尋道符，一路尋到宅院深深的內宅中。玉琳坐在書房內，聽著下人時不時來報景王府哪兒被拆了、哪兒被挖空了，咬著牙，臉都憋青了。

他關節吱吱響，忍無可忍，忍到青筋也開始暴跳。

早知如此，他就不該去找父皇告狀的，如今真真是賠了夫人又折兵，撿了芝麻丟了西瓜了！

「玉珩，你給我等著！」玉琳一手推下案桌上的所有東西，臉色似要吞噬人一般。

季府收到宮中派人來的傳話，全府上下因這事便忙碌起來。

崇尚道家的大昭不似前朝那樣，男女雙方成親前不可相見。在大昭，只要長輩許可，已訂親的小娘子與兒郎均可出門遊玩，尤其如今玉珩帶著季雲流出府，還是皇帝親口准許的，整個季府都與有榮焉。

翌日，天兒大亮時分，玉珩騎馬到了季府迎季雲流，給足季府面子。

馬車一路從京中出來，直行紫霞山。

季雲流對於此次兩人「度假」亦是興致勃勃，待席善在外頭輕喊：「七爺，咱們到了。」卻發現這兒是紫霞山後山。她環視一圈，帶著不解。「七爺，你特意讓他們繞到紫霞山背，可是有什麼事要做嗎？」

「我來瞧一瞧。」玉珩拉著季雲流下車。「上次來紫霞山時便想來瞧一瞧，後來被玉琳一攪和，便沒瞧成。」

「七爺是要瞧什麼？」

玉珩自然不隱瞞她。「我之前死於紫霞山的北面山腳。」

季雲流詫異地看著他。「原來是紫霞山。」

她之前得了秦羽人的建議，知道能自萬物借生機給玉珩續命。回府後，她在大昭的地圖志上尋了很久，卻一無所獲，原來她竟忘了玉珩前一世死去的地方！

既然玉珩能重生一遍，也許他死的地方就會有能借他壽命的靈物？

玉珩詫異。「可是有何不妥之處？」

季雲流眨了兩眼。「七爺，咱們不如在紫霞山中尋一次寶吧，去瞧瞧到底是何物讓您起死回生的？」

玉珩瞳孔猛然一縮，瞬息領悟什麼。「妳是說，我的重歸一世不是天道為之的？」

「這事，我也不清楚。」季雲流側過頭，看著周圍環境沈吟。「但能讓七爺重活一世，定有靈物相助。靈物是世間千年乃至萬年的奇物，修道人得之可增進道法，尋常人得之可延年益壽。」

玉珩忽然有些茫然起來。他這些日子頗為忙碌，似乎忘了很重要的一件事，此刻卻忽然想起來——他似乎從來沒跟季雲流說明白，他乃是重活一世之人！

那時在宮中，他請求她畫一道平安符予母后，那時的季雲流似乎就知曉了上一世母后的不幸，神情絲毫無詫異之色……

自己每次同她講自己前世之事時，都是那般坦然無隱瞞，那般信任眼前之人……

「怎麼了？」正在觀望的季雲流驀然感覺自己的手被握得更緊，不解地轉過來，看著玉珩。「七爺，你想到什麼了？」
玉珩悠悠道：「牡丹花下死，我做鬼也不會悔的。」
季雲流：「……」什麼鬼?!
兩人從山腳下邊賞景邊上山，後頭跟著一群小廝、丫鬟，遠遠瞧去就是少爺帶著小娘子在踏青的情景。
不遠處，行來幾匹馬與馬車。紫霞山北面來人稀少，馬蹄踏在官道上的聲音十分醒目，席善轉首瞧去，看清楚了馬車上的標誌，稟告道：「七爺，來人是佟府的。」
玉珩瞧著，雙眼不由一瞇。
前日他因邪法入夢，回想起上輩子被刺殺的事，便對佟家充滿懷疑。
佟相到底是最後見他勢單力薄而選擇玉琳，還是一直就是景王黨派？
那頭，馬上的人亦瞧見穆王府的馬車標誌，停下整個馬隊。
「穆王殿下！」佟大郎更是快步下馬，揚聲高喊，拱手行禮。這人正是前些日子娶了寧慕畫嫡妹的佟符生。
佟符生下馬去喚玉珩，坐於馬車裡的女眷自然也聽見了。
坐在後頭馬車內的佟大娘子聽見穆王稱呼，連忙掀開馬車簾子，由楠木所製的方窗往外瞧去。

她目光落在玉珩牽著季雲流的手上，面色一頓，揪著帕子，心頭的酸痛不知道該與何人說？

她在佟府別院住下的幾日，不知道是否心有所念之故，夜夜都會入夢。夢中的她被皇后指婚給七皇子，她清楚記得，指婚那日是皇后的壽宴，七皇子與她當眾接了聖旨謝恩。夢中的七皇子瞧著她，眼中只有她，淡淡的微笑只給她……

一朝夢醒，回京的路上，見到的卻是七皇子拉著季六娘子站在前頭的畫面。

佟符生帶領著馬車後頭的女眷，過來向玉珩行禮。

兩廂寒暄過後，佟符生好奇地問起他們來這兒的原因。玉珩牽著季雲流，神色淡淡的。

「我府中缺幾株樹木，紫霞山中的草木茂盛有靈性，我欲尋幾株帶回去。」

真是好爛的藉口，堂堂皇家王爺要幾株樹木，還需要推遲府中的宴席來紫霞山？佟符生嘴角抽了抽，知曉他這是沒有心思跟自己攀談，於是也不礙人眼，拱拱手便告辭離去。

離去時，他轉眼瞥過自己嫡親妹妹一眼，無聲嘆息。

玉珩見一眾人離去，目光從佟府向自己行禮的女眷身上掃過，在佟大娘子面上停了幾眼。

他似乎記得，這便是上一世皇后指婚給自己的佟大娘子。

上一世在指婚後，見過這女子幾次。他記得謝飛昂還拿佟家的親事調侃他，說京城第一美人就這般被他娶到手了，碎了京中多少好兒郎的一顆芳心。

京城第一美人？他轉目看向身旁的季雲流。
果然，那些人全是瞎的。

# 第七十二章

就算有了佟家的這個小插曲，一行人上山的腳步也沒有被打擾多少。

這頭，玉珩與季雲流還在尋靈物。

大太陽底下滿山地找一株草或花或樹，十分有難度。尋了一會兒，季雲流還是絲毫沒有感受到一絲絲氣場，乾脆從荷包中掏出羅盤開始擇位。

靈物隱晦，說起來就是快要成精的植物，這種東西都會自我保護，不是有機緣之人，可能過目也不認得，只覺得這植物比一般同類品種長得更精神一些罷了。

季雲流緊盯著羅盤，緩慢往前走，玉珩跟在她身後，寸步不離。

一路走來，羅盤中的指標一直在震動旋轉，根本沒有停下的意思，連在後的玉珩也瞧得出來波動很大。

他瞧了許久，不禁開口。「為何會如此？」

「這兒磁場很強，有干擾便會如此，這兒必定會有靈物！」季雲流從荷包中掏出道符，挾在雙指間，立地作法。「天蒼地蒼，諸天道祖無所不在，無處不到……請借弟子慧眼！」

玉珩只見她重重一閉眼，再次睜眼，就聽見季雲流指著東北方道：「往那兒去瞧瞧。」

席善與九娘是見過季雲流的道法實力，此刻一聽，立刻不耽擱，直往前面去。

季雲流看著羅盤辨方位，同時想起了什麼，抓住玉珩的手。「七爺，那裡若真是靈物，許與你有些淵源，若那靈物是個能幻化成人形的小妖精，七爺你定不可被她的美色所迷惑！」

她頂著一張玉珩整日想著怎麼把她拆骨吞肚的臉，再次一本正經地對他說：「不要被美色所迷惑！」

玉珩注視了她一會兒，或許覺得這是生死關頭，特別誠實地說道：「那靈物若幻化成妳，向我撲過來又親又摸又吻，我想我阻止不了……」

季雲流緘默了，動了動嘴，想說什麼，卻說不出來。

你以前明明不是這樣子的！

兩人到了一處青草繁茂之地，羅盤內的磁針往前一挑而起。

在道家內行看來，這就是有氣入內，影響指標的緣故，就是不知這氣是仙氣、陰氣還是鬼氣？

席善朝玉珩道：「七爺，您瞧，這兒的青草比山下的那處青上許多呢！」

這會兒經席善如此一說，眾人轉首往地上瞧去。果然，這裡不只是草，就連地上的野花都比山腳下頭的要有生氣許多。

季雲流蹲下來，摘了一片野花葉放在鼻下聞了聞。這一片都受了靈氣感染。

見她面色越發凝重，起身往前，所有人也都嚴肅地跟在後頭，與她一起走。

日照紫霞山，順著指針方位走了約莫一刻鐘，一排排的紅色美人蕉映入眾人眼中。在山中竟然能看見開得如此好的美人蕉。

「是這兒？」玉珩瞧著季雲流。

羅盤指針不再動，直指前方，季雲流瞧著那些美人蕉散出來的濃郁靈氣，頷首道：「正是靈物，只是不知道是哪一株？按理來說，靈物會是其中開得最豔最好的一株。」

「去找找。」玉珩吩咐左右侍衛。「你等且去瞧瞧哪株美人蕉開得最精神。」

侍衛應聲而去。

季雲流拿出一張道符，準備藉此詢問這靈物。這靈物若沒有靈識，她就準備帶回去；若開了靈識可修得成仙，那就借人家幾年壽命吧。畢竟靈物要修得千年才能有靈識，再修千年才能成仙，而玉珩要借的只是幾十年壽命而已，想來與他有緣的靈物也不會這麼小氣，不借壽命的。

正當季雲流掏出道符，忽然他們所站之處狂風大作起來。

狂風突如其來，很猛、很大，把眾人的眼睛颳得都睜不開。

「雲流！」玉珩頭一個反應就是去抓身旁的季雲流。

「七爺……」

「姑娘！」

頓時，山中亂成一片，人人蒙著頭、抵著風，擋著地上被吹起來的沙。很快，風越來越大，沙石越來越多，連天空都黯淡下來。

「啊——」

「哇——」

接二連三，沒來得及手與手拉在一起的小廝與丫鬟被狂風直颳而走。

「雲流，抓住我！」玉珩同樣睜不開眼，只能緊緊抓著季雲流的手不鬆開。

「七爺，靈物約莫是有靈識了，你且小心一些……」

眾人抵禦強風的時候，忽然覺得眼前所有的風、沙，以及「嗚嗚」的聲音，全數都消失不見了。

玉珩等待風沙停下來睜眼時，卻看見自己抓住的不是季雲流的手，而是他父皇身邊總管太監延福的手。

延福一臉焦慮。「皇上，您沒事吧？」

玉珩睜大眼，本來就震驚的心更加震驚了。皇上？

延福滿臉關切。「皇上，您適才忽覺頭暈目眩，這會兒好些了嗎？可要奴才喚太醫過來瞧瞧？」

玉珩面色古怪，轉目望四周。這是曾經的南書房，是父皇平時處理朝政的地方，自己如今坐在書房的案後，而延福叫他皇上……

他適才明明在紫霞山中，那樣狂風大作，季雲流說靈物有了靈識，如今這樣算什麼？夢境還是幻想？

玉珩重重掐了自己一下，卻發現疼痛仍舊。

「皇上？」

「雲流……」玉珩也顧不得延福瞧著自己的奇怪神色，更沒高興延福喚自己的那一聲皇上，轉首就問：「季府……皇后娘娘呢？」

既然他是皇帝，季雲流如今就該是皇后吧？他如今唯一想見的就是季雲流，看看她是否安然無恙？

「皇后娘娘正在和壽宮，可要奴才派人去喚？」

玉珩直接提步往外走。「你且帶路，去和壽宮。」

他在宮道上拔腿狂奔，奔得宮人全都詫異至極地看大昭皇帝。

「雲流……」年輕的皇帝一頭扎進和壽宮中，看見滿頭宮簪的女子向自己行禮，那聲音說：「妾身給皇上請安。」

重點不是女子說了什麼，重點是這女子的聲音不是季雲流的。

玉珩一把抓起皇后，看見含羞帶怯的女子，好似不相信自己的眼睛一般，猛然甩開這女人。「雲流呢？」

「皇上，您怎麼了？」皇后關切地伸手過來想扶玉珩。「雲流是誰？」

玉珩一把甩開眼前莫名的女人，用力拽住延福的胳膊。「季雲流呢？季尚書府上的季六娘子呢？」

延福不知是疼痛於玉珩的力道，還是驚駭於他的厲聲，整個人都顫顫抖抖，覺得這個年輕的皇帝不知為何入了魔障。

「皇、皇上，奴才、奴才不知誰是季府的六娘子，從未聽過這個人……皇上，季尚書如今還未下值，不如奴才把他喚過來，讓您親自問問？」

從未聽說過？玉珩扔開延福，深深吸了兩口氣。「傳季德正。」

這就是一個幻境抑或是夢境？冷靜下來的玉珩瞬間想到，他不可被情緒所控，他得想法子離開這個靈物所生的幻境！

皇后喃喃兩聲「季雲流」這名字，上前關切道：「皇上，今日您為何會……」

玉珩冷冷一眼掃過去，皇后顫了顫，不自覺退後了一步，揪著帕子，眸中淚水盈盈地瞧著玉珩。「皇上，您到底怎麼了？」

這次玉珩看仔細了，這皇后竟然就是適才所見的什麼京城第一美人，佟府大娘子。

誰給他配的婚？瞎的嗎！還是自己這個皇帝就是瞎的，娶這麼一個女人？不對，這皇帝根本就不是自己！

玉珩提起衣襬就往外走，延福與眾太監戰戰兢兢地跟在後頭。

這次玉珩看得很仔細，與自己曾住過的宮中做了認認真真的比較，發現這與他曾經所在的皇宮分毫不差，就連身上的龍袍也是講究至極。

世間之事真奇妙，玉珩的內心連綿起伏，都不知道該如何描述此刻的心境？原本的重活一世，他就如何都想不明白，如今卻能因世間所謂的靈物而跌入幻境，瞧見自己記掛了五年之久的事。

「延福，現下是何年？」

延福恭敬回答。「回皇上，現下正是昭武二年。」

玉珩問：「我取帝號為昭武？」

「正是。」

他登基兩年了？他淡淡笑起來，眼中有一絲落寞。

半晌，他想到了其他，又問：「玉琳與玉琤呢？」

延福偷偷瞥了今日奇怪的皇帝一眼。「景王如今被關在大理寺的牢中，慧王如今在慧王府中……」

「慧王可是玉琤？」

「正是，是皇上您賜的封號。」

「他本是太子，為何變成了慧王？」

延福臉上詫異，不過依舊老實道：「慧王為太子時，犯下洩漏科舉試題的大錯，被先皇廢除太子之位，後來皇上登基，賜了慧王的稱號。」

「景王又如何被關進大理寺中了？」

「景王因招道人在宮中對皇后娘娘作法——」

「好了，我知曉了。」玉珩止了延福的話，凝視眼前的夕陽往前走。這虛幻之境中的皇位來得似乎頗為容易。

到了御書房，季德正此刻也趕來了。他一撩衣袍，正欲下跪呼喊萬歲，玉珩阻道：「莫行禮了，我只想問你，季雲流如今在何處？」

「皇上？」季德正明顯被這個「我」跟「季雲流」聽得呆懵了，顫著聲音道：「皇上您、您如何知曉下臣的姪女……」

「姪女？」明明應該已經過繼的，如今卻還是姪女？玉珩心中「咯噔」一聲，聲音不自覺都顫了顫。「如今她人呢？在何處？」

「回皇上，下臣的姪女自從被張家退親後，就被家中送到紫霄觀。兩月前，紫霄觀傳來信函，雲流她、她……」

「如何了？」

季德正滿臉的難過、不捨、懊悔交織在一起。「雲流她在道觀中得了風寒，久不見好，就這般去了。下臣家中不久剛入殮了她的屍首。」

玉珩聞言，猛然一個後退，撞到椅腳，失魂落魄地跌坐進太師椅中。

「皇上！皇上？」

「皇上沒事吧？」

玉珩聽不見身旁的關切詢問，就算明知是假的，聽見季雲流已經死去的消息，還是覺得胸口疼得發慌。

「我要離開這兒，我要回去，快放我回去！」

延福與季德正睜大眼睛，不可置信地看著這位年輕的皇帝煩躁不堪，如同瘋子一般吼叫著……

季雲流拿出道符時，狂風驀然一停。

果然同她所想的一樣，之前那麼多的人，只剩下她孤零零的一個，穿著運動衫，在二十一世紀所住的客廳中。

「我去！」季雲流仰天長嘯。「我們都未對你做什麼，你就出了幻陣，你作弊啊！」

她閉上眼，收斂了心神，連忙再抓出道符。「各安方位，備守壇庭……」

風颯颯而起，混雜著絲絲笑聲。

「太上有命，搜捕邪精……」

前頭驀然出現了聲音。「雲流，妳回來了嗎？」

這聲音是她的師父。她的師父帶著患有心臟病、被父母遺棄的她回家，傳授她道法，供她讀書，養育她二十餘年……

季雲流手執道符，睜開眼。

穿著白色中山服的半百老人在客廳中，站在她面前，朝她微笑，一如以前那般和藹可親。「雲流，餓了嗎？為師煮了雲吞麵……」

「師父？」季雲流頓了頓，然後，慢慢抬起手，一巴掌狠狠甩在那半百的老人臉上。「你是不是傻了？裝誰不好，裝那個死老頭！」

被打的半百老人睜大眼，彷彿不相信自己所見的一切。他摀上臉，退了兩步。「雲流，妳怎可打為師？妳、妳這樣沒大沒小，小心為師動用祖師爺的家法！」

「你是不是傻了？還給我繼續裝！」季雲流絲毫不慫，捋起袖子，抓起一旁的掃把，默唸了一句咒語，把道符覆蓋在掃把上，追著半百的老人就一頓打。「妖孽，趕緊給我現出本體，再不出本體，姊姊就毀了你一張臉！美人蕉沒了臉，我看你拿什麼見人！」

「哎喲！救命！不要打了……哎喲，痛死我了！」

剛剛出靈識的美人蕉顯然沒見識過二十一世紀神棍，被追著繞了客廳三十圈的噼哩啪啦、哎喲之後，立刻跪在地上，舉雙手投降。「神仙、神仙姊姊，不要打了，我不敢了，再也不敢了……」太可怖了，外頭的世道簡直太可怖，他還是乖乖待在紫霞山中修煉吧！

季雲流捋著袖子，腿踢凳子。「我的男人呢？」

「神仙姊姊，哪個、哪個是妳男人？」

季雲流掃把一指，美人蕉立即全盤招供道：「適才與神仙姊姊手拉手的男子亦在幻境中。」

「什麼幻境？」

「他心中的執念……」美人蕉抬起臉，諂媚笑道：「神仙姊姊，人生在世，莊周夢蝴蝶，蝴蝶夢莊周，其實誰也分不清誰是真的、誰是假的，不如妳就與我一道在這兒，永遠不出來了吧……」

話落，美人蕉搖身一變，風度翩翩的玉珩出現在季雲流面前。「雲流，在這裡妳要什麼，我便會給妳什麼……」

「啪！」帥到日月無光的玉珩被一巴掌甩回了原型，季雲流看著美人蕉。「看來修煉是提高不了智商的，知識才能改變命運啊！」

又被揍了一頓的美人蕉比較慘烈，看著眼中滿是嫌棄自己之意的季雲流。「神仙姊姊，妳究竟要什麼？」

「我麼……」季雲流想了想，伸手扶起美人蕉，帶著微笑。「小蕉蕉，看在你誠心誠意要贈予我東西的分上，姊姊就好心好意地隨便從你身上取點東西算了。姊姊就想從你身上借點生機壽命，你看，也不需要太多，只要七十年便夠了……」

美人蕉：「……」

人心好險詐，它一點都看不懂外頭的世界！

# 第七十三章

觀星臺上，秦羽人在開壇作法。

「師妹，妳確定這株美人蕉是自願要借生機給穆王殿下的？」

「當然了。」季雲流看著美人蕉，微微一笑。「小蕉蕉啊，你是自願的嗎？」

美人蕉用還不能幻化的樹葉遮著花芯，滿株花都透著生無可戀的神情。「嗯嗯嗯……我、我是自願的……我願意借神仙姊姊的男人七十年壽命。」

嗚嗚嗚，被「借」了壽命，自己還得再修煉七十年……嗚嗚嗚，好心疼……

秦羽人無奈一笑，手上卻不停，一把揮開前頭的一排道符。「天地玄宗，萬炁本根……」

季雲流跟著他，同樣揮開手上道符。「三界內外，唯道獨尊……」

兩人一道，踏七星步，手執道符口唸咒語。

玉珩躺在兩人前頭的竹榻上，依舊閉目沈浸在幻境中，還未出來。

這個夢中，玉珩已經待了三日。在這裡，人人都喚他為皇上，人人都敬他、尊他，他名正言順地坐著萬人之上的帝位，受群臣的朝拜。

但是，這兒沒有季雲流，沒有那輕輕軟軟之聲喚自己「七爺」，沒有那伶俐通透、善解他意的季雲流。

癡癡念了這麼多年的皇位，一身權勢，玉珩竟連一點點的喜悅之情都沒有。

清晨的風吹起觀月臺柱旁的紗帳，延福看著年輕的皇帝不顧皇家體面，撲靠在朱紅石柱上，上前開口。「皇上，該早朝了……」

從觀月臺上往下望，不遠處，御花園內滿園的百花紅綠相間、爭相開放，抬眼再看前頭的皇城外，屋舍儼然、道路整齊。

整個京城，似乎都在腳底下。

「延福，」玉珩望著前頭，淡聲開口。「普天之下，莫非王土……那兒，是不是全是朕的？」

延福跪地道：「回皇上，皇上乃萬聖之君，這皇城內外無論什麼，自然全是皇上的。」

「萬聖之君，那曾是遙不可及的瑰寶……」玉珩咀嚼著這話，手指顫抖。他堅強了數日的不急不躁、不慌不恐，在這一刻全數塌陷了。

玉珩以手靠壁，沿著石柱坐下去，捧上頭，終是無聲地啜泣起來。「沒有季雲流，我要這個萬聖之君做什麼？」

樓臺百尺、江山萬里，若無季雲流同他一道共賞，這些東西，是誰的又有何關係……

所有跪地的宮人全都詫異地看著蹲坐在紅柱旁的大昭皇帝，抱著頭，潸然淚下，哭得跟三歲的兒童一樣肝腸寸斷。

「你都已經是皇帝了還哭什麼？在這兒，我能讓你百歲無憂，這兒多好，留戀外頭做什麼呢？」

一個聲音傳來，玉珩抬起頭，眼光矇矓間，前頭不知何時起了霧，霧氣騰騰飄蕩，眼前一片模糊，竟是看不清眼前的情景。

「你是何人？」他猛然站起。這些日子他傷了心神、食不下嚥，氣力不足的他輕晃一下身體，只好以手撐柱。「趕緊放本王出這鬼地方！」

那聲音又嘻嘻笑道：「你不是王爺，你是皇帝呀，你忘記了？」

玉珩忍無可忍。「混帳東西！身為靈物竟然弄虛作假，天道必定不會饒恕你！」

「我才沒有弄虛作假！」那聲音道：「你本來就該過如此生活，你口中的季雲流本就該死在紫霄觀，只是不知道為何讓你們過原本的生活，你們卻都不喜歡……」

玉珩目光惶惶地注視著前頭的團團白霧，不禁退後一步。本該過如此生活？

「你們都說，人生本就是黃粱一夢，這兒有你夢寐以求的皇位，你想季雲流又如何？只不過是傷心幾日而已，日子就算難一些，也總會熬過去的……」那聲音越來越近，越來越清晰。「你就算出去了，到時成了外頭的皇帝，立了季雲流為皇后，那麼其他的後宮佳麗呢？到時那麼多美人，你會一心一意待那季雲流多久？十年、二十年？還不如現下開始就不要再想起她啦。」

玉珩愣愣站在觀月臺上，倏然再後退幾步。「莫要再胡言亂語！」他倘若在這裡一世都出不去，倘若就這般把季雲流給忘了，該怎麼辦？

她在木桶中含藥傾身而餵、在巷子中翩然如蝶般地作法、在榻上媚眼如絲地與自己擁吻……如此種種，會全數被時光消耗殆盡，隨風而散？

玉珩顫著身子，恍然之間，他又坐在了太和殿的龍椅上。

底下文武百官穿戴整齊，跪地正對他三跪九叩。「吾皇萬歲，萬萬歲……」

三跪九叩乃最正式的叩首大禮，七品以上的官員全數到了殿前，動作整齊，聲音響徹天際。萬萬人之上……便就是如此了。

玉珩一身龍袍，頭戴龍冠，腳蹬千層底的龍靴，真正的萬萬人之上。

然而，他卻從金漆的紫檀木龍椅上一站而起，當著底下文武百官面前，伸手拽下頭上龍冠，甩在地上，一腳踩下去，蹦飛了龍冠上碩大的東海珍珠。

他盯著底下的文武百官，一字一字大聲喝道：「妖孽！你放我出去！」

再睜開眼，玉珩瞧見的是圓形琉璃頂，圓頂用四根大柱撐著，似一枝大傘獨立於萬星之下。

轉過首，一白衣少女站於不遠處，手中的結印姿勢還未收回，似乎是剛剛作完道法。風吹起了她的青絲、髮帶，她轉過身來看見睜眼的玉珩，半瞇了眼，燦爛地笑開了。「七爺，你醒了。」

這目光似一束光，直達玉珩心中。

玉珩看著她，眼睛微微眨動，眼眶中卻有一股熱意滑下眼角。季雲流……

季雲流從旁抓起一株美人蕉，幾步過來，扔下那美人蕉，伸手抓住玉珩的手，攤開那手掌心，見生命線果然得到延續。

她滿意地踹開美人蕉，扶起玉珩，如同沒見到他眼角的濕潤一樣，好奇道：「七爺，適才在夢境中夢見了什麼？」

玉珩凝視她，也不隱瞞。「夢見了皇位。」

「是嗎？」季雲流給他整理衣襟。「坐在龍椅上的感覺如何？」

玉珩張開手，就著這樣的姿勢擁住她。「萬人之上，不及妳的一目光。」

美人蕉看著相擁的兩人，張開枝葉，各種動作幻化著，得意得很。

我的功勞！這全是我的功勞！妳男人這麼死心塌地，我功不可沒！神仙姊姊獎勵我，趕快獎勵我！

季雲流被玉珩緊緊擁著。她的手穿過玉珩腋下，指尖挾了張道符，輕瞇了眼，輕飄飄地往美人蕉一扔。

道符看似輕飄飄，卻迅速又準確地貼在美人蕉的花朵上。瞬間，張牙舞爪的一株奇異之花，即刻成了一株不能動的美人蕉。

嗚……人心真的好複雜，好想回後山繼續待著！

二皇子被皇帝責令閉門思過，又讓七皇子奉旨拆房的一鬧，朝臣紛紛看出當今聖上的意圖，紛紛重新站隊。

七皇子這兒也是風頭正盛，只是人家如今被道法之事嚇到去紫霞山了，正經主子見不到，那就走走側門吧！

於是，季府乃至謝府，每日總會收到一些「小禮」。

玉琤的東宮更是門庭若市，朝臣似乎良心發現了一般，個個登門去「協助」玉琤在京中的道人遣送查辦之事。

京城中風雲突變，紫霞山中依舊安安靜靜，遠離了京城的種種喧囂。

皇家別院中，玉珩擁著季雲流同躺在榻上，在明蘭院搭了天棚的庭院裡仰望空中星辰。

天氣炎熱，庭院中正是納涼的好時機。兩人衣裳單薄，季雲流的臉貼著玉珩胸口，低聲跟他說眾人入了幻境之後，她如何從幻境中出來，如何讓山腳下的小廝上來搬運他們下山，再去紫霞山中的事情。

「七爺命相雖貴極有折損，既然那小美人蕉說願意借些生機與你，我就以便宜師妹的身分，請師兄一道作法咯……」

月光從天而降，落在季雲流的手腕上，如暖玉一般瑩潤。玉珩抓著她手，把玩她的手指，愛不釋手，時不時低問她一些話語，與她交談。

約莫作法受累之故，季雲流講著講著，聲音漸低、漸模糊，而後呼吸開始綿長，竟是枕在玉珩的胸口處睡著了。

玉珩靜靜擁著她，溫軟平和，心中竟然從來沒有覺得如這刻一樣高興、快樂。這人的每一次呼吸、每一聲心跳，他都聽得清清楚楚，感受得明明白白。

他獨自睜眼看了會兒夜闌星辰，目光瞥見站在月洞門旁有話要稟告的席善。

玉珩示意他在那兒，莫要過來打擾，而後坐起身，抱起季雲流入了明蘭院，把她安放在床上，蓋上薄被，這才走出裡屋，站在廊廡下聽席善的稟告。

席善接到的是京中傳來的飛鴿傳書。「……小溫來報，被皇上收押在大理寺中的楚道人昨晚被人劫走了。」

「被人劫走了？」玉珩目光一冷。「可有留下什麼線索？」

「應該是楚道人的同夥，約莫也是有道法的道人。據說大理寺的獄卒全都昏迷不醒，身上卻無傷口。楚道人被救走時，他們全數不知道發生了什麼？」席善又想起一件事。「七爺，牢中的張元詡同樣被劫走了。」

「大理寺可去查了張府？寧慕畫那頭呢？」

席善點頭。「大理寺去了張府，但沒有查到什麼，張侍郎還去大理寺擊鼓，要大理寺查探他孫子的下落。寧世子那兒也沒有查到什麼。」

玉珩轉首瞧身後的門簾。他倒不怕那什麼張元詡，這人已是廢人，再掀不起什麼風浪，他擔心的是救走楚道人的那人。

前日，自己府中剛剛出了被人布陣作法的事情，今日楚道人就被救走，這人是不是前日作法的道人？

若還有會道法的餘孽留著，會不會對季雲流懷恨在心而不利？

就算現下再焦急，此刻也沒能想到什麼好的辦法。玉珩前後想了一遍，吩咐道：「你且讓寧石多多注意著張家，張舒敏乃大理寺少卿，就算那些賊人會道法，只怕也有張舒敏從中幫助。你且讓寧石派人十二個時辰盯著張府，若有動靜，都來稟告。」

席善應了一聲，又說了皇上今早透出欲替太子納側妃的事。

玉琤就算娶了天下所有女人，也同他玉珩無關，只簡單相問兩句，直接作罷。

楚道人躲在張府的地窖裡，看著杭道人抱來一動也不動的黃袍道人，眼中淚水一下子溢出來。「師父、師父，您怎麼了？」

杭道人哭道：「師兄，師父是為了救你才來京城，他想瞧瞧到底是誰讓師兄你吃虧，才想去會會那會道法之人，哪裡知曉竟然、竟然就變成這個模樣……師兄，你可要為師父報仇啊！」

楚道人適才已經聽這個師弟說了前因後果，如今再聽這話，緊握著拳頭，咬牙切齒道：

「我一定會幫師父報仇的！我要讓景王、讓那季府六娘子，還有七皇子全數血債血償！」

張元詡看著兩個道人信誓旦旦要報仇的模樣，自己往角落裡又縮了縮。

他現在的心境，自己也無法描述。本為階下囚，而後卻被父親聯合不知名的道人把自己從牢中劫了出來，如今自己躲在家裡的地窖內，卻連陽光也不能得見，他不知道是喜是憂？

紫霞山人傑地靈，不受人管束，不受禮法制約，玉珩帶著季雲流，每日便是在紫霞觀聆聽秦羽人講道法，而後在後山賞景、賞花、賞對方。

人只要看順眼了，就算眼裡出了一顆沙也覺得對方最妙。

若不是京中的書信傳來，他可以在紫霞山與世隔絕，同季雲流神仙眷侶到老。

臨走時，秦羽人讓小米兒捧著一盆貼著道符的美人蕉過來送行。

「殿下，這株美人蕉與您頗有淵源，如今借了一絲生機與穆王殿下，把它放到您身旁能助它修行，如此貧道替它求一次人情，希望殿下此次下山帶著它。」

這美人蕉也算玉珩的救命恩人，秦羽人都已經這麼說了，他自然不會拒絕，親手從小米兒手上接過花盆，答應下來。

「秦羽人放心，我必定好好照顧這株美人蕉，讓它補回所逝的修為。」

美人蕉被借了生機之後，季雲流與秦羽人在花盆裡用道符、靈力布了陣法聚靈，供它修煉，這會兒雖被道符定了「身」，花開得依舊浪漫。聽見玉珩這麼說，想揮舞幾下枝葉表示自己的高興之情，只是受道符所限，也只好作罷。
秦羽人瞧著美人蕉的姿態淡聲一笑，本欲再說些什麼，眼角忽地被天際強光閃了一下。大白天裡，尋常人瞧不見這樣的星辰，可秦羽人一見這顆星辰，立即斂去臉上的笑容，伸手迅速掐了一卦。
「師兄，」季雲流顯然也瞧見了這麼一顆強閃的星星。「那顆是災星，你適才掐到了什麼卦象？」
有秦羽人在前，季雲流便不打算班門弄斧了。
不知為何，她來此之後，所掐的卦象不能說不準，但是準的都比較「曲折」，所以還是聽行家的好了。
玉珩聽見如此，隨之抬首瞧了瞧天際，卻見萬里晴空中，只有火紅的太陽當頭。他瞧著上頭的豔陽，皺著眉頭想了想。
今年天氣太熱，比尋常之年都要熱上不少，似乎過些日子，朝中將有大事發生……
「災星白日顯現，必是不祥。」秦羽人看玉珩一眼。「貧道適才得了一個空亡之卦。」
「空亡，病人逢暗鬼，諸事不祥，大凶之相！」
「凶？」
「諸事不祥……」玉珩緩緩一愣，而後猛然記起來，今年中原之地遇上百年難得一見的大旱災，死人無數，且出了瘟疫！這事要二月後才傳到京中，據說這時有些村縣的瘟疫已無法控制；也正是這一年，太子帶頭拿出三十五萬兩銀子賑災！

「今年天氣日常炎熱，」玉珩心弦顫動，直視秦羽人，斂神鄭重道：「這樣的天氣最易引發乾旱，農田乾涸，百姓食之無糧。若無糧食，百姓引發饑荒，從而暴亂……秦羽人您所掐的大凶會不會是如此？」

「乾旱？」季雲流知他經歷重生，絕對不會亂說，直接問：「七爺，會是何處發生乾旱？」

「中原之地。先是江夏郡，而後從北往南蔓延，直至整個中原均出現大規模瘟疫。」

秦羽人看著玉珩的臉色，面如寒霜，半點沒有戲玩之意。他細細思量了一番，肅穆作揖。「貧道請七殿下在此再等候一番，待貧道書信一封，轉託殿下帶給皇上。」

這事，玉珩絕對不會拒絕。

信乃是當場寫出來的，秦羽人一筆而就，把所見災星、所掐卦象、所「猜」的災情，全數寫到信中，請玉珩帶回京城交予皇帝。

# 第七十四章

天氣炎熱，玉珩坐在馬車裡趕回京城。

車中，他拿著秦羽人的信，細細回想著上一世的這場旱災與瘟疫。

在中原大規模爆出瘟疫之時，京中卻一點風聲都沒有收到，勛貴人家繼續歌舞昇平，太子同樣醉生夢死……

直到九月時，京中忽然出了許多難民，皇帝才知曉中原出現瘟疫，且都已經到了無法控制的局面。

玉珩攏著眉頭沈浸在思緒中。上一世，他瞧著玉琤的「慷慨」，因這事也拿出五萬兩銀子去賑災。當時皇帝大發雷霆，以欺上瞞下之罪名，把中原各州縣的官員全數關押治罪。

那時以為，連根剷除太子的大好時機已經到來，卻不想，在這事中取利的卻是玉琳。

「七爺，」玉珩雙目無神，思緒正沈，感受溫軟的手撫上自己的眉間。「想什麼？愁成這樣。」

「雲流，」玉珩抓下她的手，緩過神。「我在想此次的瘟疫。如今中原巡按正是蘇紀熙的嫡親弟弟蘇海城，蘇海城因怕被問罪，隱瞞了江夏郡乾旱的事情，以為南缺糧北補給便能穩住局面，還派人追殺那些逃離江夏郡的難民。」

季雲流睜著大眼，專心聽他講朝中局勢。「玉琤坐上太子之位已有二十五年。十歲時，太后替太子指親蘇家，太子就算愚昧無知，而大昭大多數各州縣官員依舊倚仗太子，巴結蘇家。蘇海城為了立功，隱瞞江夏瘟疫之事，導致瘟疫擴散，到最後死人無數。」

後來，蘇海城自是被打入大牢，蘇家也逐漸失權，玉琳乘機在中原各州縣大換血，安插上眾多自己人。

「七爺，」季雲流改握玉珩的手。「這事咱們如今已經知曉，趁著還來得及，你得盡快稟告皇上。就算不能救下全部百姓，咱們也能讓傷亡減到最少。」

「嗯。」玉珩應了一聲。

上一世，他聽聞死人無數，到底沒有親眼所見，也沒有什麼傷心，僅僅那份憐憫之情，也被後來得知玉琳迅速安插人脈進各縣而吹得煙消雲散了。

這一世，不知是慘死一次，還是因為在夢中見過皇位亦不過如此感受，此刻他也顧不得去各州縣安插人手之事，只想快些進宮稟告，做好部署與防範。

想到此，他放開季雲流，揚聲便喊停車。

下了馬車，他留下席善護送馬車，獨自一人駕馬，執鞭揚手，揣著秦羽人的信件，率先直奔京城而去。

皇帝坐在案桌後頭，瞧著滿面因奔跑而泛紅的玉珩，接過他遞上來的信函，不動聲色地從頭到尾看了一遍，臉色陰沈。

「讓侍衛統領寧慕畫來見朕。」

寧慕畫入了書房，皇帝命令他坐在案後，已經平復下心緒。「寧統領，朕有一要緊之事要你去辦。這事事關大昭黎民安危，又關乎朝中臣心所向，茲事體大，朕所信之人你乃其一，這事交予你，不容有任何差池。」

寧慕畫跪地俯首道：「臣必定竭盡全力，死而後已。」

皇帝於是將秦羽人的信件讓太監交予寧慕畫。「朕要你即刻啟程，連夜趕去江夏，看看這事是否如秦羽人所說？若真有其事，你再給朕仔細瞧瞧那兒的知縣與中原巡按對這事是如何處理？茲事體大，你切不可曝露身分，若路上有人暗中跟蹤，你知曉該如何吧？」

寧慕畫不抬首。「臣知曉，臣必定謹遵皇上旨意。」

皇帝「嗯」了一聲，讓太監再送上一塊金漆權杖。「這塊聖旨金牌你拿著，見此令如朕親臨。」

寧慕畫謝恩領旨後，直接回府略略收拾一番，夜上三更時，帶了一名心腹便出了京城。

寧慕畫的出京沒有引起任何注意。第二日，寧伯府傳出的是寧慕畫因練武而摔了手臂告假。

天氣一日熱過一日，皇帝連著幾天上早朝，可朝中依舊無人提及天氣炎熱會導致旱災之事，對於江夏的事，似乎就是秦羽人無意中窺探的天機一樣，無人知曉。

皇帝心中煩悶，臉色陰沈得可怕，朝中眾臣人心惶惶。

這日，玉珩下了朝，直奔君府。

君三老爺聽見穆王親自大駕光臨，趕忙放下店中之事，連忙坐車，讓車夫快快回府，而後滿頭大汗地站在大門處把玉珩迎進府中。

玉珩寒暄兩句，開門見山道：「君家從商已久，在大昭各地行走，你可知曉江夏有天災發生？」

君三老爺也不隱瞞。「不瞞穆王殿下，君家在江夏沒有商鋪，在鄰縣倒是有一家成衣鋪子。前日念哥兒跟我透露此事，我便連夜傳書去詢問了，只是至今尚無消息。」

玉珩聞罷，心中有一絲煩躁。

上一世，這天災造成的後果太大，牽連甚廣，這會兒卻連一點動靜都沒有，如同山雨欲來之前的寧靜一樣，處處透著悶氣。

略略再坐了一會兒，玉珩起身告辭。他騎馬行在街道上，京中的街道上依舊熱鬧，百姓偶爾幾個抱怨今年太陽毒辣的，也只是嘮叨兩句便作罷了。

玉珩坐在馬背上，一面想著江夏乾旱與寧慕畫之事，一面一路往前，不知不覺到了季府門口。

「七爺，」席善機靈地看了一眼季府側門，跟在身後小聲請示。「需要小的進去告知門房一聲，讓門房去通傳嗎？」

玉珩抬首瞧了一眼季府的金漆招牌，微微詫異的同時竟有些安心。他「嗯」了一聲，吩咐席善。「去吧。」

席善很快跑進去讓門房通知季府的老夫人。

季老夫人正午憩起來，聽見丫鬟的稟告，連忙讓人把玉珩迎進來。

過門總要有個藉口，好在過兩日便是一年一度的七夕乞巧節，玉珩坐在季老夫人正院中，喝了茶水，將過幾日相邀季雲流出府觀賞鬥巧的藉口拿出來。

季老夫人喜於他的禮數，連個女兒節都親自上門相邀，哪裡有不同意的道理？

玉珩講完這個藉口，再道：「不瞞老夫人，晚輩過府其實還有一事。昨日晚輩得了一件小禮，想要親手贈予六娘子，這才特意過府而來。」

季老夫人覺得自個兒也不是個不開明的，讓兩個已經訂親的小輩在府中見上一面又不是什麼大事，於是笑道：「穆王有心了。」說著讓身旁的大丫鬟拾月帶玉珩去邀月院。

季雲流與他見了面，見他此時過門必定有事，於是撤了屋中丫鬟，拉他在椅上坐下，問道：「七爺這次過來是有何事嗎？」

「是有事。」玉珩也不含糊。「我今日去了君府，問了問君家三老爺，本以為江夏之事，君家跑商之人長年在外的會知曉一些，但他也說尚無消息。」他瞧著季雲流。「我適才在街上走著，有些心緒不寧，總覺有事要發生，所以過府想讓妳替江夏之事卜上一卦。」

他抓住季雲流的手。「雲流，我擔心這事會與五年前一模一樣。」一樣到最後死傷無數，費盡國力、財力、人力也不能阻止其發展。

季雲流見他滿面疲憊，知他心中擔憂至極。「七爺可否告訴我，你適才一路過來想讓我卜卦時，讓你見到印象最深的是何景象？」她解釋道：「卜卦之事不僅講求時辰，還需心中虔誠。金錢卦雖簡便，但以七爺現在思緒愁慮，只怕金錢卦象也不準。」

「一路行來印象最深的……」玉珩坐在那兒細細回想。「我那時見到了兩人，他們站在一家店鋪的牌匾下，正面帶埋怨地指天說天氣炎熱，還說這麼熱的天氣讓自己要抬水好幾趟去田中，因而我便想到了寧慕畫在江夏那邊的情況。」

「兩人指天而怨？」季雲流再問：「那七爺可還記得，那牌匾上所寫或所畫的是什麼？」

「是虎，是一家以虎骨泡酒的商鋪。」正因這種店鋪在京中甚少，他才記憶深刻。

「七爺當時想的是寧表哥？」

「正是寧慕畫。」玉珩頷首。「我當時正在想他何時能回京，那江夏郡是否已經發生天災？」

寧慕畫出京已經有十六日，按日子算，昨日就該回京，就算未回京，也能讓人派封書信傳回京中，但如今卻是音信全無。

季雲流沈了臉。「人立虎下、指天而罵，這是大凶之象。七爺見這景，想的是寧表哥，只怕寧表哥會有危險。」

「大凶？」玉珩悚然一驚。「寧慕晝在江夏郡會遇上凶險？」

寧慕晝在江夏有凶險，那豈不是說明江夏郡的天災已經十分危急？

季雲流伸手從荷包中掏出六枚銅錢，先豎著道指向祖師爺唸了一段靜心咒，如此三遍之後，才執起六枚銅錢，一擲而下。

銅錢落於桌上，被季雲流一字排開在玉珩面前。

玉珩連歷屆科舉的狀元文章皆能倒背如流，這《周易》六十四卦自然也早已滾瓜爛熟。桌上一字排開的卦象，還未等季雲流開口，他便開口道：「上兌下坎，這是困卦。」

書上曰：日欲光而上下無應，光欲通而造化之功，壅塞阻滯，均是處於窮困之境，君子得此卦，則為困頓之象。這算是下下卦。

「行進道路上被倒塌的石頭困住，而身後又有多刺的蒺藜阻擋……」季雲流一邊更詳細地解釋，一邊動了動卦象，變成了困卦六爻中的六三。她講著這卦中對主方的不利因素。「回到家中若沒有見到自己的妻子，會有凶險。」

「被倒塌的石頭困住，多刺的蒺藜……」玉珩不是三歲小孩，自然不會照著季雲流講解的卦象想下來。不過這卦意大約也代表寧慕晝前路艱難，後頭又有謀害他的人，進退不得，被困住了。

玉珩目光一動，抬首問：「寧慕晝若能衝出重圍回到京中，難不成頭一個要見的是秦二娘子？」

季雲流順勢幫他解惑道：「七爺，秦二娘子擅長是何，你可知曉？」

「她……擅醫術。」玉珩頓時豁然開朗。秦二娘子從小跟在太醫身邊學醫，據說青出於藍，醫術十分了得。「這麼說，寧慕畫這次會重傷而歸！」

玉珩想到此處，瞬間心事滿滿，也不再久待，起身就想告辭回王府部署一切事宜。

他不知道寧慕畫如今在何處，但現在派人去江夏通往京城的必經之路一路搜查過去，指不定也有些微作用。

「七爺，」玉珩一站起來，季雲流也隨之站起來，伸手抓住他的手臂。「秦二娘子那兒，我會去跟她說。七爺若知曉寧表哥什麼時候歸來，請七爺也立即派人知會我一聲。」說著，她再從袖子的暗袋中抓出一張摺好的道符。「這幾日我靈力恢復，又畫了道平安符，七爺無論去哪兒，千萬要貼身帶著它。」

玉珩忍不住滿心愛憐，握著手中道符，在她額頭輕淺親吻，而後告辭匆匆離去。

季雲流動作很快，這兒得知寧慕畫有危險，馬上就讓九娘把消息告訴秦千落。

秦千落聽完面色大變，直接請季雲流想法子去尋一尋寧慕畫在哪兒？

於是，九娘就捧了一個匣子過來。「姑娘想要寧世子的頭髮，奴婢已經拿來了。」

季雲流眼一亮，站起來。「拿到了？」

九娘將匣子小心打開，從裡頭取出一根青絲給她看。「是秦二娘子藉口說要寧世子的頭髮做七夕鬥巧之用，寧伯府的小廝才從鏡臺尋出了一根。」

大戶人家的房中每日打掃三次，寧慕畫已經多日不在京中，寧伯府的小廝為了找這麼一根頭髮，也是差點把寧慕畫的院落都翻過來了。

季雲流見九娘拿出這根頭髮，連忙起身去畫道符，而後讓九娘將頭髮放於白布上，再讓她去用木盆打水來。

九娘將將打了水，季雲流手上的道符還在書寫，外頭的紅巧就過來稟告秦二娘子來了。

自家未婚夫君生死未卜，這一不小心就做了寡婦的事情，她會擔心自然無可厚非，季雲流連忙讓紅巧將秦千落請進來。

丫鬟掀起簾子，秦千落一進門就問：「師姑婆，如何了？今日是不是便可以開壇作法去瞧瞧寧世子在何處？」

季雲流抬手讓她坐於桌後，手上的筆繼續畫著手中道符。「莫要急，讓我把道符畫完了先。」

秦千落於是不再打擾，眼睛盯著季雲流手上的道符。

兩人這樣坐著，一人寫、一人看，房中安靜無聲。這樣約莫過了兩個時辰，院中的丫鬟瞧了瞧天色，覺得晚膳時辰都到了，但姑娘沒有吩咐，她們也不便進去相問，只好站在門外繼續等著。

又過了一個時辰，天色已黑，季雲流這才放好筆，站起來。

「師姑婆？」秦千落再次出聲，卻發現自個兒許久未喝水，聲音都有些啞了。

「好了，咱們等到戌時便能作法了。」季雲流甩了甩胳膊。「來，先去吃點東西。人是鐵，飯是鋼。妳擔心歸擔心，也要把自己照顧好了。」

這裡全是道符，為了避免打亂磁場，兩人便去東廂房中用了晚膳。

秦千落心中有所牽掛，兩人將一頓飯草草了事，很快又從廊廡下走回西花廳。

季雲流手持三炷清香，跪在蒲團上給天尊與祖師爺上香。「弟子季雲流乃淨明道第八十九代掌門人，因受天尊與祖師爺厚愛，得以再為人身。今因大昭國天災之事，弟子要用搜魂法搜寧慕畫魂魄，請天尊與祖師爺准允……」

秦千落站一旁聽她言語，覺得頗為正經，而後再見季雲流手持清香，磕了三個響頭後，就聽她打諢道：「祖師爺，弟子乃是為了成人之美，不拆散人家恩愛小倆口，迫不得已用的搜魂法。弟子如今也是有家室的人了，上有老，旁有伴，您定不能責備弟子而讓弟子有所損傷。為了弟子的男人不獨守空房，祖師爺您也該對這事睜隻眼、閉隻眼……」

說著，她瞧了一旁的秦千落一眼。

秦千落便看懂了季雲流的意思，默默取了自己丫鬟遞上的三炷清香，幾步上前，跪倒在季雲流一旁，磕頭唸道：「天尊與祖師爺在上，師姑婆季雲流乃是為了小女子秦千落才使用搜魂法，若要遭受天譴，小女子願一人承擔所有，天尊與祖師爺千萬勿怪師姑婆。」

季雲流看著秦千落彎了眼角，甜甜一笑，這才麻溜地爬起來把清香插入銅爐內。

這角度，秦千落能看見季雲流眼中「妳真是太上道了」這意思。

「死道友不死貧道」這句話，在師姑婆這兒真是發揮得淋漓盡致哪！

# 第七十五章

三個時辰以現代算來等於六小時，三個時辰畫的道符不說能繞地球兩圈，繞水盆一圈總是沒有問題的。

季雲流手執道符，口中默唸咒語，一邊將手上道符一張一張貼在木盆上。

秦千落站在一旁膽戰心驚地瞧著。世間道法之事匪夷所思，她從小到大也沒瞧秦羽人露過一手，這會兒站在西花廳中，炎炎夏日卻有種讓她陰風陣陣的感覺。

若不是季雲流說寧慕畫還好好地活著，她都以為季雲流這是打算在地府請魂魄歸位了。

季雲流繞了桌子一圈，把木盆也貼了一圈。

「……今請山神五道路將軍，當方土地家宅灶君，查落真魂……」季雲流貼好道符，將適才畫得最長的道符直接扔了一張進水盆中。「收回附體，築起精神……」

朱砂在水中化開，一圈一圈，似乎是小石頭落於水面中一樣，漾開漣漪。

「將頭髮拿來。」季雲流一手執道符，一手伸出來，攤開掌心。

秦千落不敢怠慢，連忙把寧慕畫的頭髮送到季雲流手上。

「天門開、地門開，千里童子送魂來，吾奉太上老君急急敕令……」季雲流將頭髮用道指黏在道符上，同樣扔進水盆中。

這頭髮落於水盆裡，一圈一圈的漣漪泛得更快了，速度越來越快，似乎有魚兒在裡面翻躍一樣。

「寧慕畫，寧慕畫……」季雲流伸出道指在水盆上作法。「你如今身在哪裡？」

江夏郡本是民殷地沃的一處地方，可至今年入春後，雨水就稀少無比，到了夏季，更是炎熱非常。

春季時，百姓還能挑著水去地裡灌溉，到了夏季，卻連自家的飲水都成了問題。這樣的日子也不知何時會是一個頭，百姓左右無法之下，紛紛去道觀磕頭求神仙。

大昭雖舉國通道，道觀卻各有不一。

在江夏郡，百姓所信的並非是三清，而是一個名為清虛真人的仙人。這仙人被當地百姓用金身塑造，供奉在江夏郡的紫陽道觀中。這天宮冊中，聞所未聞的仙人還收了一個弟子，正是紫陽觀中的現任掌門，虛空真人。

寧慕畫帶著侍衛，一路策馬奔馳，路上都是喬裝打扮、隱姓埋名，到了江夏郡附近時，才發覺這江夏郡通往鄰郡的只有一條山道。

山道外頭有縣衙的人持刀把守。那捕快見了寧慕畫，手持大刀粗聲粗氣地問道：「來江夏做什麼？」

「探親。」侍從單賢答。

「探哪家？」

寧慕畫做了周全準備，於是道：「仙家村的柳家。」

捕快想了想，轉首問了一聲同伴。同伴拉開那木質的鹿砦，朝他們叫喚道：「進去吧！」

寧慕畫拉著馬往前走，走了近三十丈遠，聽見適才的幾名捕快笑談。「現在還來探親，真是不知死活。」

「進去了還出得來嗎？」

「管他呢，咱們做好自個兒的事便好了。」

「少爺，」單賢顯然也聽到了後頭的對話，他瞧了瞧四周，低聲道：「這兒一路行來，好像都沒有百姓出山。」

天氣炎熱，他們在鄰郡查探時，有些商家說，江夏的商貨已經延誤多時，卻從未送過來，十分蹊蹺。

「嗯。」寧慕畫翻身騎上馬。「咱們到裡頭去瞧一瞧。」

兩人一路駕馬而去。起先還好，放眼過去皆是滿山枯草而已，到了一戶小村中，家家戶戶排隊在村中唯一的一口井打水，部分村民正在尋另一處往下挖水井。

這樣的景象在鄰郡早已見過，兩人沒有多加逗留，一路往前。越到村落中心，卻見越來越多的人家大門上貼著黃紙。這道符一般貧苦人家反而沒有，只有高門大戶的人家才貼。

一天經過了多戶的村落都是如此，夜幕降臨時，寧慕畫帶著單賢入住一家無人的客棧。

上菜時，小二得知寧慕畫兩人要往仙家村去，大驚地阻止道：「兩位相公有所不知，這仙家村如今是無論如何都去不得了！」

寧慕畫奇道：「為何去不得了？」

小二天天蹲在門口等雨，也是閒得牙疼了。「相公，那裡真是去不得，仙家村全村都得病了，且這個病治不好的！」他神神秘秘地再道：「這位相公，我實話對您說吧，他們得病是因為得罪了槐樹娘娘！」

「槐樹娘娘？」寧慕畫更加奇怪。

「對，就是槐樹娘娘。」小二道：「仙家村之所以稱為仙家村，就是因為有槐樹娘娘。槐樹娘娘在仙家村的正中心，咱們這個村的人每個月也要去槐樹娘娘那拜一拜。槐樹娘娘可靈了，只要用那槐樹娘娘樹上的槐花泡茶喝，什麼病都能治好！後來仙家村的村民也不知道把槐樹娘娘怎麼了，讓槐樹娘娘枯死。大家都說這是仙家村得罪了槐樹娘娘，槐樹娘娘枯死，所以村民遭報應了！」

寧慕畫與侍衛單賢對望一眼，順著小二的話往下問。

小二講完仙家村發生的事，乾脆坐在兩人旁邊又講起知府大人。「杜知府大人請了紫陽觀的虛空真人開壇作法，過幾日，虛空真人便要在仙家村前頭的田地裡作法了。虛空真人一出馬，必定能安撫好槐樹娘娘的。兩位相公也可以去求一道虛空真人的道符保個平安，真的很靈的。」

寧慕畫與單賢再次互望一眼，又十分敬佩般地問起這虛空真人。得知江夏的百姓全都十分相信虛空真人，且這虛空真人還是個頗年輕的之後，寧慕畫不再多言其他，吃完了飯便上樓入房。

單賢給寧慕畫倒了杯茶，用極低的聲音道：「少爺，這個江夏郡似乎整個郡都疑神疑鬼的。那紫陽觀信奉什麼清虛真人，這個真人位列仙班了嗎，小的怎麼聞所未聞？您說，江夏郡的百姓不知道，這當地的知府還能不知曉？還有那個槐樹娘娘……小的總覺得頗為怪異……」

「明日咱們去仙家村與紫陽觀瞧一瞧。」寧慕畫端起茶杯，一口喝下，猛地又吐了出來。

「少爺？」單賢見他衣裳濕透。「怎麼了？」

「裡頭有曼陀羅與草烏……」寧慕畫目光一動，隨著牆角燭光望去。只見屋外有身影悄然從樓梯下頭上來，他立刻揚聲。「小單，服侍本少爺就寢吧，趕了一天路，本少爺十分疲憊了。」

曼陀羅與草烏合起來就是蒙汗藥，這樣的農家小店有蒙汗藥？擺明了就是一家黑店！

單賢立即會意，響亮地應了一聲，上前就去扶寧慕畫。

不過一會兒，房內燭火熄滅，漆黑一片。

「如何？」

「應該倒了吧？」

「不倒也該睡死過去了。」

「這兩人是誰，你可探出來沒有？」

「這兩人說話謹慎，小的還未探出來，不過看著像官家人。」

「你確定？」

「高大人，小的不敢欺瞞您，這兩人身上都佩了劍，那劍小的一眼就瞧出來了，不是尋常人家所有的。」

「高大人，咱們真的要動手嗎？若裡頭的少爺身分不凡，到時候咱們該怎麼解釋？」

「怎麼解釋還能輪得到你去說不成？誰家出門沒有個三長兩短，若想無災無禍，那就躲家裡莫要出來！一般尋常人家便罷了，若是京城來的什麼官，回去把咱們這裡的事往京中一說，京城派人糾察起來，咱們還有活路嗎！」

幾人談妥，提著長槍貓著腰，輕步來到寧慕畫房門口，用力踹開門，一步跨進屋內。

「你們這家黑店！」單賢早已躲於門後，見人進來，頓時撲出去，與那幾個打鬥在一起。

寧慕畫在另一扇門之後，與單賢同時躍出，打了幾人一個措手不及。

這幾個行刺的身手自然不如寧慕畫二人，但勝在他們人多槍長，打得也是難捨難分。

店小二沒有上樓，他站在樓梯口聽見房中的打鬥聲，立即慌慌張張地去屋外放煙火彈了。

煙火彈「砰」一聲發出巨響，在寧靜的夜空異常刺耳。

「單賢！」寧慕畫揚聲道：「此地不宜久留，速速離開！」

一家小小店中有蒙汗藥，還有煙火彈能招幫手過來，最主要的是，躍進客棧殺害自己的刺客，手上拿著的居然是軍營中才能用的九曲槍！

單賢應了一聲，揮開手，一陣疾風似地舞動起來。

寧慕畫見這些人招招狠毒，全是殺意，當下不再猶豫，提劍與他們廝殺。

「少爺，」單賢下樓，奔到後院，立即折回來。「咱們綁在後院的馬估計也都喝了帶有曼陀羅的水，如今都倒在地上了！」

寧慕畫顧不得馬，直奔而出。「走！」

此時不走，等會兒恐怕會有更多人來。

月黑風高，寧慕畫提著長劍與侍從飛奔在山間道路上。後頭星火點點，是大批人馬騎著馬舉著火把追來，風聲中夾雜著陣陣的弓弦連響之聲，由弓弦發出的箭矢在兩人後頭窮追不捨。

寧慕畫使盡全身氣，抓著單賢一拐，撲進了一旁密長的枯草叢中。

兩人在草叢中匍匐前進，只得暫時尋個安全之地隱蔽躲藏。

前頭的火把在黑夜中映紅了半邊天際，曠野中連綿起伏的竟然全是人影，箭矢同天上落大雨一般地灑下來，不管地上何物，紛紛死在這般密集的箭矢之下。

「少爺，」單賢蹲於草叢後頭，嚥下一口吐沫，手緊握長劍。「江夏郡怎麼會有如此多的人馬與武器？這些人到底是山賊還是官兵？」

火把無窮無盡，箭矢這類的鐵器在空中發出嗚嗚聲，馬背上的人大喊：「知府大人有令，定要把兩個謀財害命、殺人放火的江洋大盜尋出來，殺無赦！你，還有你們，去那邊再仔細找找！」

這聲高喊之後，底下躍然奔跑的人紛紛應聲，向前道：「是！」聲音整齊統一，竟然像訓練有素的軍營中出來的。

「這是官賊勾結在一起了。」寧慕畫沈著臉。「不過一個郡縣，養了如此多會武擅弓之人，還有營中的九曲槍，難不成這江夏郡要造反不成？」

「少爺，我們如今該如何逃出去？」單賢急得滿臉是汗。「若江夏郡真有造反之心，被賊人控制了整郡，咱們得快些回去稟告皇上才是！」

「走！」寧慕畫提起劍，再往山上而去。

若江夏郡真的有造反之心，那麼就算他拿出御賜的權杖，只怕也會被當作江洋大盜處置了。為今之計，只能保住性命回京覆命。

兩人在草叢與枯藤中彎腰俯身往山頂走。

上弦月明亮地高掛天空，寧慕畫一抬首就看見了那彎彎月亮。明月在天照九州天下，他的心底蒼涼而落寞。

此次若無命回京，他便成了一個不忠、不孝、不義之人。

不能完成皇上使命為不忠，不回京見父母為不孝，壞了已訂親的秦二娘子閨譽為不義……

季雲流唸完咒語，秦千落就看見水盆中倒映出昏暗的景象。

「師姑婆？」秦千落驚奇地盯著水盆中的景象。

「這是寧表哥所見到的景象。」季雲流手上結印不停，口中道：「從這水盆的倒映來看，寧表哥應該是在一處山洞中。」

「師姑婆，」秦千落看得仔細，發現不對勁的地方了。「為何這景象會一明一暗，又模糊不清了？」

「咱們用的搜魂法，是以神魂引導咱們去見他所見之物。」季雲流解釋。「媒介便是寧表哥的眼。如今景象一明一暗，又模糊不清，大概就是因為寧表哥一睜一閉、視線模糊的緣故。」

「寧世子定然是受傷了！」秦千落聽後，整個人一驚，有種不平靜的焦心。「寧世子從小練武，江夏郡到底出了何事，會讓他受傷躲在山洞中這般嚴重？」

「妳莫要著急，」季雲流雖然這麼說，也能理解她的心思。如果現在是玉珩受困至此，她只怕要不管不顧地衝到他身邊去了。「寧表哥命不該絕，不會有事的。」

「師姑婆，妳能知曉寧世子在哪兒嗎？」她們如今人在京中，不知道寧慕畫人在哪兒，就算出京去救他也只是無頭亂竄而已。

「我問問。」說著，季雲流抓起道符在虛空中畫出一道符，壓進水中。「寧慕畫、寧慕畫，你能說話嗎……」

寧慕畫倒在崖壁上，眼前模模糊糊。

兩日前，他與單賢被追殺，他堅持要回京後，單賢帶著他往京城方向奔走。但是兩人一馬怎麼都快不起來，寧慕畫便讓單賢放下自己，讓他帶著權杖去京中稟告皇上。

他在這兒待了一天有餘，傷口在一天一夜的風塵中受了感染，他撐著意識在洞外尋了兩株草藥，草草地包紮傷口，就一直在這兒養傷，等待單賢派人來救援。

思緒正模糊之際，耳畔突然傳來一個輕微的女聲。

「寧慕畫、寧慕畫，你能說話嗎……」

「誰？」他攏著眉頭四下觀望。

洞中幽暗，觸目所及全是岩壁，他看了一會兒，卻發現什麼人都沒有，更別說一個女人。

「寧世子，我是秦千落，你可知曉你在哪兒嗎？」聲音繼續從寧慕畫耳邊傳來，越發空曠與清晰。

「秦二娘子？」寧慕畫大吃一驚。為何秦二娘子能與他隔空對話，難不成他受傷未治、高燒不退，出現幻覺了？

「秦二娘子，」發燒極重之下，神志也混沌，曾經走南闖北的寧慕畫這會兒竟然也信了自己將死，自語道：「我寧慕畫臨死之際想到的並非皇命，也並非父母，竟然是妳……原來在不知覺中，我對妳已經用情至深……可惜我今生與妳無緣，還拖累了妳的名譽，這地府一走，也不知妳要如何面對他人的不善言語……我乃是不義之人，若這世間有輪迴，必定在下一世相報……」

# 第七十六章

秦千落顯然也沒有反應過來寧慕畫會這麼說，站在那兒呆呆反問了一句。「若真有下一世，你想如何相報？」

寧慕畫道：「若有下一世，必定早早娶妳為妻，此生只唯妳一人，只待妳一人好。」

「嗯哼？」季雲流眉目輕挑，抖著肩膀微笑。

秦千落就算性子再爽朗大方，亦是二八未嫁的小娘子，這會兒未婚夫君口吐真心情話，再遇季雲流炯炯而觀，臊得直搗臉。

可她就算臊紅了臉，依舊對著水盆吐了一句。「寧世子，你可千萬記得你的承諾，此生只待我一人好。」

「好。」那頭的寧慕畫還應了一聲。

「哎喲！」季雲流受不了了，只想捶胸頓足，去外頭繞著院子跑三圈。「你們能不能在做正經事的時候稍微正經一點！」

大事在前，真的不可再含糊下去，得了寧慕畫保證的秦千落，帶著嬌羞又擔心之情問他。「寧世子，你可能告訴我，你現在人在何處？我若去尋你，該去何處？」

寧慕畫記得清楚。「在鍾武縣附近的會稽山。」

「好，我、我……」秦千落脫口而出。「我這就去救你！」

季雲流見她提著裙襬要走，抓住她道：「妳打算出京？」

「師姑婆，寧世子受傷頗重，以他的口氣，看來怕是撐不住多久。這兒離鍾武縣又遠，沒人去及時醫治，他會死的！」秦千落神情決然道：「我得去救他！」

「他如今意識不清，」季雲流道：「之前與妳講話，他的意識稍微清楚了點，我與妳一道去，用道法讓妳與他講話，妳要讓他撐到妳過去。」

「師姑婆……」秦千落本以為她會勸說自己，不讓自己過去，卻不想是……她心中感動時，被季雲流一巴掌拍在肩上。「沒事，妳乃是我孫一輩的小輩，奶奶照顧小輩是應該的，妳不必感動。」

於是秦千落果然不再感動了。

夜幕中要出京城，這是兩個女子都不好辦的事，第一個關卡便是各自家中。秦千落的藉口好找，只要跟秦相說明緣由便可；季雲流卻不行，她總不能說：「因我作道法，從水中看見寧世子要掛了，所以我要去救他。」

季雲流這頭剛問了秦千落該用什麼法子出府，就見秦千落倒在地上，捂著胸口呻吟，一邊呻吟，一邊向外頭口齒清楚地吩咐道：「九娘，妳趕緊去正院稟告季老夫人，就說我心絞痛犯了，還夜夜從夢中驚厥，需請六娘子去我府中陪我幾日……」

許是這心絞痛的藉口用得多了、裝得像了，這麼一躺，立刻躺出了黛玉妹妹的美姿。九娘去正院稟告。

秦千落躺在地上，手捂胸口，對季雲流吐出秘密。「師姑婆，實不相瞞，上次在寧伯府的那次心絞痛，我也是故意的。」

季雲流蹲在一旁與她閒聊。「那當日妳為何故意犯心絞痛？」

「因為宋大娘子推我時，寧世子扶著我。」秦千落毫無保留。「我想讓他多扶一會兒。」

「怎麼，暗戀寧世子已久了？」

「暗戀？」秦千落目光一轉。「是戀慕嗎？」

「就是暗中戀慕的意思。」

「嗯，」秦千落低低應了一聲。「確實也滿久了。」她垂下長扇般的睫毛。「只是沒有想過，我會嫁給他……」

「這邊暗戀人家，那邊又沒有想過要嫁給他？」

秦千落笑了笑。「師姑婆有所不知，我不想要他心不甘、情不願。若不是真心，即便嫁了他又有何用？一個男子再清俊，待人再溫柔，但若不是對我一個人溫柔，又有什麼用呢？我能癡迷一時，他若無心，我也不會癡迷他一世……那些能讓人陷進去的事情，一開始都是美好的，可若沒有保持那片美好，總是無用……」

季雲流拍了拍她額頭。「傻瓜，妳若盛開，清風自來。」

「妳若盛開，清風自來？」秦千落喃喃一聲，微微牽唇，笑了。她眨眼又問：「師姑婆，若穆王與妳大婚之後又納側妃，妳會如何？」

「不如何，」季雲流笑了笑。「因為他不會。」

如此自信自得的模樣，讓躺在地上的秦千落同樣跟著笑了。她怎麼沒有早些認識這個無賴又仁德的師姑婆……

不一會兒，季老夫人身邊的拾月便來了，後腳跟來的還有陳氏。

秦千落從小受心絞痛所困，近幾年已不再犯病，只是該出手時絕不含糊的秦二娘子，裝起心絞痛那可是手到擒來。

陳氏與拾月看到在地上呻吟的秦千落都驚恐萬分，生怕她有個萬一，以至於她說需季雲流連夜陪著回府中，陪她於府中住幾日時，陳氏立即答應下來。

自家女兒黑夜坐馬車出門跟秦二娘子回府是有些不妥，但再不妥也不能與人命相比。

過了第一個關卡，接著就是出城門。這城門早已關閉，如今兩個小女子要出城，要麼開城門，要麼會飛簷走壁。

秦千落坐在馬車內，微掀開簾子瞧著外頭。「師姑婆，咱們該如何出城？」

「怎麼，」季雲流捏了捏她手掌。「妳沒有計劃好如何出城，就信誓旦旦地對寧世子說要去救他？」

「我想過去我阿爹那兒求手令。」秦千落實話實說。「大不了讓阿爹被皇上責罵一頓……」至於皇帝那兒，就說她耍性子，同秦相鬧僵氣急而到莊子上了。

季雲流從腰帶中掏出一塊權杖來。

秦千落大吃一驚。「師姑婆，這塊通行令哪兒來的？」這可是皇上的手令！

「喔，那時候在宮中，妳大伯翁掉在地上，我撿來的。」季雲流把它交予九娘，讓九娘遞到前頭，塞給趕車的阿三。

秦千落。「……」

為何這話，她一點都不相信？

馬車裏得嚴嚴實實，不露一絲縫隙，守門的士兵看過阿三手中亮出的宮中權杖，不敢怠慢，打開城門中的小側門，放了馬車出城。

夜色漆黑，阿三駕車帶著幾名女子一路奔走在官道上。

玉珩坐在穆王府書房中，這時，寧石快步過來稟告。「七爺，城門處傳來消息，有輛馬車徹夜出了城。」

「誰家馬車？」

「拿著宮中通行權杖，也許是皇上派出去的人……」

寧石剛說完這話，席善一頭奔進來。「七爺，季六娘子讓人傳信。寧世子命在旦夕，秦二娘子要連夜去救寧世子，季六娘子陪秦二娘子連夜出城了！」說著，連忙遞上還未拆封的季雲流的親函。

「什麼?!」玉珩猛然站起來。「她們怎可這般魯莽！」

如今城門口各方人馬虎視眈眈，不知道有多少人暗中監視著，她們就這樣出城，明日也不知道有多少人跟蹤了。

玉珩伸手接過信函，一撕開便快速掃視，上頭只有寥寥幾筆：二娘子情之所鍾，心中擔憂之情，我能理解，亦不可見死不救，因此顧不得思慮周全，便與她一道出城了。

得知是用皇帝親賜給秦羽人的宮中權杖出了城門，玉珩又略略放心一些。

皇上手令無人能擋，且就算有人懷疑馬車中的人，也不敢冒犯。

寧慕畫當初出城便是坐馬車，使用皇帝手令，出城至今，從來無人去皇帝面前多問一句，如今各朝臣均以為寧慕畫在家中養傷而已。

「城門處如今都有誰的人馬？」玉珩放下手中信函。「若見到暗中有探子回去稟告的，通通攔截下來；還有，送信給秦府告知秦二娘子出城的事。幫我備馬車，我要立刻出城！」

玉珩打算連夜出城，近幾日的早朝藉口也要想好。

寧慕畫說自己因練武摔斷了胳膊，他自然也得用一個，這藉口也得秦相一道幫著隱瞞才行。

安排好各事，玉珩從寢臥中捧著美人蕉出來，上了馬車。

這美人蕉在他府中好些時日，他從未摘下過美人蕉上頭的道符，如今有求於它，玉珩摘下花上的道符，向美人蕉道：「美人蕉，本王有事請求於你，你可幫本王這個忙？」

他說得忐忑，本以為美人蕉這種開了靈識的靈物也同常人一樣要睡覺之類，說不準此刻不會回話，卻見美人蕉擺了擺枝葉，仰了仰花朵。

那日在幻境中叫我妖孽，現在有求於我，就開口喚我美人了！哼，虛偽！

玉珩不知美人蕉擺枝葉的意思，但見它動了，再次開口道：「本王欲出城尋季六娘子，夜間城門已經關閉，本王想借你之力出城尋她。」

美人蕉擺了擺枝葉，扭了扭枝幹。求我呀！求我就幫你！

「你若同意，便動一下花朵；你若不同意，我這兒還有道符，據說這道符貼在棍子上可——」

玉珩話未完，就看見前頭的美人蕉花朵重重地點「頭」，點著點著還俯下來，用花朵在他的手掌間轉了一圈，同撒嬌的貓兒一樣溫順。

嗚嗚嗚……被貼道符的掃把打真是太疼了！

這一回，玉珩看懂意思了，那便是美人蕉同意了。

所以說，強權之下必有妥協。

會稽山之大，站在山腳便是一望無際的連綿山脈。

兩日沒梳洗，季雲流與秦千落均是風塵僕僕，不過兩人也顧不上這些了。

季雲流站在山腳處，拿著羅盤辨尋方位。之前的搜魂禁術都使出來了，這會兒尋方定位找人簡直小菜一碟，僅一刻鐘，她便得出人在東南的結果。

秦千落聽了方位，提起滿是風塵的衣襬直接往東南奔去。這會兒她心中急如火燒，幾次在灌木叢中摔倒，哼都未哼一下，爬起來繼續跑。

一入洞中，看見側歪在崖壁上的寧慕畫，秦千落低呼一聲，便跑去抱住他。「寧世子、寧世子？」

寧慕畫歪在崖壁上，一動不動，早已聽不見秦千落的呼喊。

他的肩膀用衣袍下襬撕下的一角胡亂綁起、打了個死結，裡頭弄了一把搗碎的草藥覆蓋在傷口。如今傷口似乎流膿了，一片血色、黃色還有綠色全數印在衣料上，很是觸目驚心。

秦千落見狀，心中一片火辣辣地疼，但如今她急不得，必須要沈下心來救人。

「銀針拿來！」秦千落一手把脈，一手撐開寧慕畫眼皮觀察，再沈著臉瞧了瞧他肩膀傷口，立即伸手向後索要銀針。「流月，妳立刻去把紅參拿來，放於寧世子口中，讓寧世子含著。」

銀針在火燈上一一烤過，第一針，秦千落吸了一口氣，一點不抖地施在寧慕畫的百會穴，第二針是後頂穴……

洞中安安靜靜，只聽到火柴聲、水沸聲。

寧慕畫傷勢嚴重，九娘在洞中掃出一塊地，鋪了簡易的床鋪，又與流月一道把施了針、包紮了傷口的寧慕畫搬到床上躺好。

將將弄好，只見本在外頭守著的阿三慌慌張張地跑過來。「六娘子，不好了，山下有人過來了！小的不知道這人是誰！」

「有人？」

幾人一驚，皆戒備起來。這來的人是敵是友？

山下，玉珩捧著美人蕉一路上山，若遇到分岔路口要停下的，美人蕉就會用花朵一「指」，而後，他向著花朵指的方位而去。

寧石跟著玉珩往山上走。他上次未跟著玉珩上紫霞山，這兩日被這麼一株美人蕉的神奇之力驚到無以復加，如今像指南針一般作用，在他看來已屬平常。這世間奇物太多，他驚嚇過來也全盤接受了。

九娘伏在灌木叢中，屏氣凝神地往山下瞧，忽然看見一個穿淺翠衣服的男子往這兒行來。那手捧美人蕉的不正是穆王殿下？

「七爺！」九娘心中大喜，從草叢中站起來，高聲就喊：「我們在這兒！」

看見了九娘所在的位置，玉珩不再慢尋，直接把美人蕉往腋下一裹，提起腳步飛奔而去。

九娘回山洞告訴眾人這消息，人人臉露喜色。

秦千落看一眼身旁的季雲流，再把目光落在寧慕畫身上。穆王為了師姑婆，不顧安危連夜奔來，足見他的真情實意，希望她與寧慕畫亦是一段良緣。

驀然，她又想到季雲流說的：妳若盛開，清風自來。

玉珩到了洞穴中，見所有人都平安無事，鬆下心口的大石。

頭一件事，他過去便抓住季雲流的手。「妳要出城，怎不讓我與妳一道？」

「七爺現下不是也來了？」季雲流見他神色溫和，一點責怪自己魯莽的意思都沒有，反握他的手撒嬌道：「七爺為了我竟然連夜出城，我心中感動……」

嬌撒到一半，忽然看見拱在玉珩腋下的美人蕉。它的主枝幹被玉珩夾在腋下，花朵伏在他胸口處，那張「臉」直往他胸口埋進去，險些都要把自己的花朵鑽進他的衣襟內了！

妖孽！且看我十米長的貼符打妖神棍！

山洞內絲絲涼意，一行人在洞中商量回京的打算。

那株美人蕉已經被季雲流從玉珩的腋下抓出來，一腳踹到了洞口，萎萎地待著，美其名曰：守門。

「寧世子說，江夏郡的知府隻手遮天，官商勾結，他們才進客棧，便受到了追殺……」秦千落把自己從寧慕畫那得知的事全講了。「他還說那有個槐樹娘娘與虛空真人，槐樹娘娘被當地百姓奉為神靈，虛空真人被看成仙佛之人……」

玉珩掏出一塊皇帝的權杖，接著道：「單賢說，江夏郡的府衙擁有軍營中才會有的九曲槍。」

「穆王殿下，你如何得來這權杖？」秦千落面色大變，立即猜道：「你見過單賢？」

這塊權杖乃是「如朕親臨」的欽差權杖。寧慕畫跟她說過，單賢帶著權杖趕回京中向皇帝稟告，而如今這權杖卻在七皇子手中……

果然，玉珩道：「在尋你們的路上，由美人蕉帶路，我遇到了單賢。他正被人追殺，我趕到的時候已經奄奄一息……」

# 第七十七章

寧慕畫受傷，而玉珩遇到單賢之後，知曉江夏郡的情形，自要進去裡面瞧一瞧。他要進江夏郡，季雲流哪裡放心，神色堅定道：「我與你一道去！」

玉珩在路上遇到了追殺單賢之人，這會兒出門在外，大家都不敢大意半分。季雲流會道法之術，但秦千落等人卻不會，大家商議了下，她打算把美人蕉留在這兒以保護他們安全。

美人蕉一聽說要離開玉珩，那枝幹好似長藤一樣，繞著玉珩的小腿戀戀不捨地一直往上纏，大有把自己身體都嵌進去的架勢。

季雲流面無表情地看著美人蕉「抱大腿」模樣，靜立當地，淡定地掏出一張道符來。

美人蕉看見道符，嘩啦一下，縮回纏著玉珩的枝幹，往季雲流腿上纏過去，慫了。

季雲流把道符放在秦千落手中。「切記，遇到危機就燃掉它，若打不過……」她又指著腳下的美人蕉。「把它往敵方裡隨便一丟就成了。」

一行人出了山洞，一路從會稽山騎馬到江夏鄰郡，途中尋了一家來往之人最多的酒樓吃飯休息。再出來時，幾人都換了套尋常百姓的衣裳，寧石已經買了一輛半新不舊、尋常人家的馬車，藉著玉珩與季雲流乃夫妻要探親為藉口，駕車往江夏郡去了。

同樣地，山道守衛攔下馬車，謹慎問了玉珩等人來江夏的原因。

寧石說了個外出做生意好些年、回鄉探親的理由，而後極有眼色，偷偷送上幾塊碎銀子。

守衛掂著手中銀子，滿意手中的重量後，頗好心地提醒一句。「如今天災乾旱，知府大人請了虛空真人在仙家村前頭作法，你等亦可去求個平安。」

寧石學那些小人模樣，點頭哈腰謝過。

待到馬車駛過，守衛的幾人瞧著馬車方向嘿嘿而笑。「車中的兩位妞長得真水靈。」

「尤其那個年紀小的，比起咱們知府的女兒都好看！」

「嘿，你說咱們……」守衛頭子掂著手中銀子，挑挑眉，做了個斬殺的手勢。「車上除了那個駕車的會些拳腳功夫，這一車都是手無縛雞之力的……咱們不如就此殺了她男人，搶了他們身上銀子，帶走那兩個小娘子？」

一群大漢還未笑完，忽然見馬車那頭有一張黃黃的紙飛出來。

「這是什麼？」

「怎麼會有一張紙在天空飛那麼久？」

黃紙如長了眼的流星，急速直飛而來，勢不可當，猛然來到眾人前頭，在半空頓了一會兒，就炸了開來，「轟」一聲如晴天霹靂，聲音響徹山道中。

「啊！」

「啊……好痛！」

被道符炸飛的守衛都撲在地上，灰頭土臉，還未爬起來，躍來的寧石一劍斬殺下來，很快只剩下將將爬起來的守衛頭領。

他看著拉著季雲流緩步過來的玉珩，嚇得魂飛魄散，撲通一聲跪在地上，磕頭如篩糠。

「大、大爺，小的有眼不識泰山，縱容屬下講神仙姊姊的壞話，小的該死！求大爺行行好，放過小的一命……」

他哭得越發痛哭流涕，把自己的祖宗十八代都給罵遍了。

「江夏郡的府衙內，如今有多少捕快？」玉珩張口，語氣淡淡，但帶著不容輕犯的威嚴。「裡頭那些九曲槍又是哪兒來的？」

同伴全數已死，這個年輕男子身旁的侍衛殺人不眨眼，守衛此刻半點不敢隱瞞，一五一十地道：「回大爺，府衙內一共有一千兩百名捕快，咱們這些只是做墊底的，就被派來守山道。至於那些九曲槍，都是有人運到府衙裡。這些九曲槍，小的是不能使用的，都是給那些專門的捕快用的……」

「專門的捕快？」玉珩再問：「尋常府衙中，捕快加起來就十餘人，江夏郡為何有千多人的捕快？」

「因為、因為山中有山賊……」守衛道：「祁山中經常有山賊出沒，為了江夏郡安危，杜知府便招安了山中的山賊，讓衙門養著他們……」

寧石一腳踹在守衛身上。「莫要耍手段欺瞞我家少爺！若有一句假的，我現在就剜了你舌頭去！」

「沒、沒有撒謊，那些人真的都是知府大人招安來的，他們曾在祁山中為山賊，自從一年前，到了府衙裡……」

「一千多名捕快，這兒的杜知府如何支付他們的俸祿？」玉珩一句問在重點。

「這、這……小的也不知曉，他們月月是拿了俸祿的。小的把知道的都已經說了……自從來了那些捕快，我們這些真正的捕快就沒有被重用過……」接下來，守衛一口一句「我其實也很苦」之類的碎碎唸。

玉珩讓寧石寫了供詞，讓守衛頭領簽字畫押，又把他塞住嘴，綁在山腰的大樹之後，回頭要帶他回京中做證人。

幾人再次坐上馬車往前行。

這一路行來，幾乎沒有過往的行人，旁邊全是山，越發覺得這個江夏郡十分封閉。行過一家村子才看見人，遠遠看見這些人通通往一個方向去，還是十分急切的模樣。

玉珩掀開簾子往外看，吩咐寧石。「咱們也去那兒瞧一瞧，看看那虛空真人到底是真道人，還是個弄虛作假的？」

「七爺，等會兒若是情況不對勁，你千萬不要離我太遠。」季雲流肅穆道：「就算死，也是咱們一起死，你不能單獨下地府去會孟婆！」

這裡頭可是有一千多士兵，他們四人打一千多人，就算有祖師爺幫忙，也是完全有難度的事情。

後面一句話語彷彿隔空的怨念，朝玉珩撲了過來。

如今的他被季雲流這層其厚無比的豬油蒙了心，完全看不到她的劣處，只覺她適才吃美人蕉的酸醋也好，如今吃孟婆的飛醋也罷，都讓自己欣喜非常。

當下，玉珩保證道：「有妳在，我定不會私自下地府會孟婆。」

坐在馬車外頭趕車的寧石與九娘默默對望一眼。

說好的危機似乎被狗糧一塞，全沒了呢……

越往仙家村而去，道路上見到的人就越多，幾乎每個百姓都出動了，浩浩蕩蕩的如同去趕集一般，兩步之內就能聽見一人說「虛空真人真靈驗」的話語。

夕陽快要落山時，一行人到達仙家村前頭，一抬首，四人便見到了前頭設好的神壇。神壇設在高處，在這一片全是人頭的土地上，十分顯眼。

所有江夏民眾成馬蹄形站好，正好把中間的神壇給包圍住。

看百姓臉上個個虔誠的神色也能知曉，這紫陽觀中的虛空真人在江夏百姓心中，確實頗有地位，被蒙蔽甚矣。

不一會兒，江夏郡的杜知府上了臺，站在神壇前頭，神情肅穆。「諸位，本官自從任命以來，一心為民，不敢有稍微懈怠。如今江夏天災又人禍，實為大不祥之兆，本官只好請來虛空真人作法，求雨得平安。而昨日虛空真人已經藉由法術請示了槐樹娘娘，槐樹娘娘不原諒仙家村村民，如今虛空真人再求上蒼指示一番，爾等亦要誠心相求槐樹娘娘原諒。」

百姓中，不知誰站在那兒喊了一句：「懇請槐樹娘娘原諒！」

不用猜，用腳趾頭一想，就知道這是一個樁腳。他一喊，一時間，站在下頭的百姓紛紛跪在地上高喊。「懇請槐樹娘娘原諒。」

眾人下跪，玉珩四人若是不跪便顯得非常突兀，寧石與九娘連忙看向玉珩以求請示，卻見他亦是一撩袍就單膝跪地。

見他跪了，兩人不敢怠慢，也連忙跪下來。

季雲流蹲身在玉珩一旁，由九娘擋著，看了一眼單膝真跪的玉珩，心中嘆息一聲。

封建皇子跪天跪地跪皇帝，哪裡向他人跪過？這重活一世的皇家第七子如今磨去了那一身傲骨，如此能屈能伸，以後必定是個有大出息的人。

眾人這麼一跪，喊天呼地的聲音終於引出了今日的主角，一個穿黃紫交替道袍的男子從神壇後頭，飛身上了臺。

寧石乃練家子，以這道人的飛身功夫，他立刻瞧出虛空真人的拳腳功夫如何。

虛空真人一上臺，表情高深莫測，也不廢話，伸手執起前頭的桃木劍，在眾人面前就舞起來。

寧石雖不懂道法，也知曉這跟季雲流的作法手勢完全不一樣。虛空真人就是在舞劍，還是一套賀家劍法，呵！這人就是個半吊子的武師！

接著，虛空真人雙目緊閉，口中與人似乎交談了什麼，而後雙膝一跪。「請上蒼指教！」

百姓紛紛面色驚恐，凝重地瞧著虛空真人與上蒼「交談」。

寧石看著，糾結地去拔自己靴中的匕首。

秦羽人都不敢說自己能與上蒼交談，這廝滿嘴鬼話連篇，竟然裝得如此起勁！

虛空真人得了上蒼的指示，站起來，向底下眾人道：「自作孽，不可活。槐樹娘娘在仙家村庇佑眾民甚久，而仙家村村民不知感激，反而加害槐樹娘娘。上蒼仁德，卻不原諒此等刁民，如今上蒼不收回仙家村這天病，還讓本真人替天行道……」

百姓的心都提到了喉嚨處，凝神靜氣等著虛空真人的下一句。

「這些仙家村村民身上帶有惡疾，只因作孽太深，爾等不必再替他們求情，還要速速架好火架，送他們去天庭向上蒼請罪！」

在百姓的愕然中，一旁的幾個小道人與捕快已迅速把火架放在坑窪處，就連仙家村的村民亦被捕快拿著長槍架出來。

看見這長槍，玉珩眼一瞇。

九曲槍！還有那些捕快，看著訓練有素，也絕不是一個郡縣的捕快該有的姿態。

「真是好一招借天仙殺人奪命！」季雲流瞧著前頭，冷笑一聲，道：「這招都出來了，難不成仙家村有什麼讓這些人窺覷的東西不成？」

經她這一提醒，玉珩臉色一變，種種疑惑頓時浮上心頭。

上一世的江夏案子傳到京城中是兩個月以後，皇帝勃然大怒，要徹夜讓人去查辦，可京中亦缺人，便派了京中位高卻無權的琪王去勘察。

琪王去了一個月左右，就聽說感染瘟疫，只是在江夏郡及時醫治，待到第二年開春他才返回京中。

那時琪王回京，還有順天府查證到的，全都沒有提及江夏郡私養重兵與仙家村的槐樹娘娘、虛空真人的事情。

就算槐樹娘娘與虛空真人並非什麼大事，這府衙私養重兵的大罪呢？

他正想著，就看見那些哭哭啼啼、不肯就範的仙家村村民被押到火坑旁，有的村民欲衝出捕快的長槍陣，卻猛然被捕快一槍刺穿胸膛。

人命如草芥，就地而倒。

百姓見如此，紛紛後退，也有人低呼摀嘴的，只是大家礙於上蒼的旨意，無人上去替仙家村村民求情。

這村民當場死亡引起了其他村民的嚎啕大哭與驚叫，怨天怨地、哀嚎求饒，拉著兒童、抱著嬰兒跪地而哭的，舉不勝舉。

玉珩身為堂堂男兒郎，如何能看著那一村的老弱婦孺被推進火炕中？

「住手！」他當即站起身，一面腳尖點地，飛身一踏寧石肩頭，借他肩膀之力再一躍，連踏了兩個前頭百姓的肩膀就飛上了臺。

比起虛空真人適才那一飛，玉珩的姿勢可謂平沙落雁，美態非常。

眾人順著聲音看他流暢飛躍，全都為之一震。

玉珩一上臺，廢話什麼的全然不多說，一腳踹在虛空真人身上，把他踹飛。「本王奉旨巡查江夏郡的天災人禍，既然虛空真人能與上蒼神明溝通，還請真人先行一步，上去告訴上蒼，皇上已經知曉江夏郡的災情。皇上仁德，不忍心見仙家村村民就此去請罪，得讓他們齋戒沐浴三日再送至天庭！」

杜知府、虛空真人與一眾捕快之前怔怔地看著玉珩飛身上來，如今見他二話不說，一上來抬腳就踹虛空真人，都嚇得呆滯了。

莫說上頭的這些人了，一時間，就連下頭的百姓全都目瞪口呆，看傻了。

「你、你、你是何人？」杜知府伸手，好不容易喊出這麼一句。「你大膽——」

然而還未說出下一句，玉珩不由分說再一躍向前，又重重踹了想要逃跑的虛空真人一腳。

這一腳腳力十足，玉珩睜著雙眼，瞎話句句吐出來。「上蒼有好生之德，既然地上的九五之尊都已開口，讓仙家村村民齋戒沐浴後再去請罪，想必上蒼也不會不通融的。紫霞觀的秦羽人稍後就到，還請虛空真人速速去稟報，快去快回！」
「你……」虛空真人一句話都沒說出來，連被玉珩踹了兩腳，不偏不倚地直接被踹進燃著熊熊大火的火坑中。
「啊啊啊啊！救命……救命，杜江！」火坑中被澆上棕油，虛空真人落進火坑便全身燃燒，如同一個火人。
這麼一幕情景把在場所有人的心都嚇得跳出來，底下的百姓呆呆看著，瞠目結舌，卻無一人敢上前。
臺上之人到底是誰，竟然能兩腳就把虛空真人踹進火坑？
「還愣著做什麼？趕緊去救虛空真人啊！」杜知府急得跳腳。「你們這群飯桶！」
但如今這樣的熊熊大火，有點腦子的誰敢下去救人？
「虛空真人乃得道金身、上蒼神明弟子，小小火坑怕什麼？」玉珩負手站在那兒，卓然而立。「你等用這等凡塵俗物去侮辱虛空真人，是小瞧了虛空真人得道法之術，還是虛空真人本就是個假的道士？」
「你、你、你……一派胡言！」杜知府氣倒。「你到底是何人，竟敢踹了虛空真人下火坑，這是褻瀆神明！來人哪，把這人給我抓起來……」
「誰敢！」寧石拿著權杖一躍而上。「我家主子乃是當今皇帝的第七子，穆王殿下，你們動一下寒毛都是死罪，有誰敢抓！」

# 第七十八章

眾人傻愣愣地站在那兒，看看寧石手上的權杖，又看看傲然站在那兒的玉珩，再看著臉色鐵青的杜知府，也不知道該不該跪？

「大膽杜江！」寧石一腳踹在還傻站在那兒的杜知府身上。「你乃五品江夏郡知府，見權杖、見穆王殿下不跪，是要造反嗎！」

杜知府臉色幾番變化。這樣的御賜權杖，他只聽說過卻沒有見過，穆王殿下乃皇帝第七子，他如今來這兒做什麼？

火坑之中，濃煙騰騰而起，火光燒紅了黑夜的半邊天空，在炎熱的夏日，更讓人汗如雨下，一陣陣的火苗往外噴射。火坑內，已經聽不到虛空真人的呻吟聲。

虛空真人的「仙逝」如同大江東去，杜江當著眾目睽睽的面，不能做不忠不義的奸臣，只得撩了官袍跪下來。「下官參見穆王殿下。」

杜江一跪，後頭眾人紛紛跟著跪下。「參見穆王殿下。」

玉珩看著前頭的杜江，冷冷一笑。「如今虛空真人已經化為一縷輕煙，駕雲騰空而去，本王竟然忘記提醒虛空真人，請上蒼賜雨救濟江夏萬民。杜知府愛民如子，得上蒼厚愛，又與虛空真人交情深厚，如今有虛空真人在前頭保駕護航，必定能保杜知府平安，不如杜大人一道過去天庭，替江夏萬民求福祈雨吧！」

「你、你敢！」杜江嚇得面色一下死白。「我乃五品知府……」

「寧石！」玉珩不由分說，在杜江的惶恐眼神下，幾步過去伸手抓起他，一腳索利無比，如同蹴鞠一樣，一下子就將這杜江踢了起來。

這狗官不除，只怕他要同寧慕畫一樣，在江夏入夜就要被追殺了！

寧石得了玉珩的吩咐，亦是快步而來，助著他一腳過去，與玉珩一起把杜江踹進了臺下的火坑中。

有飛身打算去救杜江的，只是撲到火坑邊又縮回來，那熊熊大火，真的無人能靠近。

「啊——救命……救救我……」杜江的淒厲叫聲讓眾人不敢再看。

這一下，百姓耐不住吃驚，心窩子都攪了起來，紛紛想站起來指著玉珩說他弒殺朝廷命官。

「大膽！就算你乃當今穆王，手持皇上權杖，也不可不問罪就把杜大人如此給推進火坑！」一旁的包衣護衛厲聲指責。「知府大人乃朝廷命官，你可知私殺朝廷命官是何罪！」

寧石手持權杖，惡狠狠地道：「皇上親臨的權杖在此，你竟然要問罪皇上不成？」

「就算皇上親臨，也不能如此草菅人命！」

「仙家村百姓又所犯何罪，你等如此草菅人命！」

包衣護衛爭辯道：「那不是草菅人命，那是仙家道人在施道法送仙家村村民上天庭請罪！」

「虛空真人適才已經說得清清楚楚，這火坑乃是通往天庭之路，虛空真人道法高深，能與上蒼溝通，自當來去自如。如今杜知府為民請命，隨著虛空真人一道飛仙入天庭，功成之後，必會化為神仙位列仙班，爾等竟然在這裡胡言亂語，壞上蒼大計，難不成都想跳入火坑上天庭請罪不成？」玉珩站在臺上，映著火光，他那張臉如同地府過來的惡鬼一般，看得人人不禁後退一步。

所有持槍的侍衛轉著眼珠，你瞧我、我瞧你，一臉冷汗，個個心中都哇涼哇涼的。穆王不瘋不傻，卻又裝瘋賣傻，就算他滿嘴荒唐話，這頭也是虛空真人與杜知府起的，是他們借用神明之名欺騙百姓，如今反過來生生被人利用了！

包衣護衛被玉珩一噎，噎得說不出話來。

江夏的百姓都在前頭，他們不能放個黑槍，一槍捅死了勞什子的穆王，也只能尊著這皇帝的權杖，聽穆王的睜眼瞎話。

玉珩送了虛空道人與杜江上天，但這齣戲還未演完。

他站在桌前，一拍桌面。「虛空真人與杜知府為爾等上天庭請命求雨，如此費勁費力，你們還不跪地祈求上蒼以助虛空真人一臂之力！」

下頭的百姓哆嗦一下，你瞧著我，我看著你，都不知道該用何種表情面對如此情形？

眾人忐忑懷疑時，陰沈的天空忽然雷聲滾滾而來。

「打雷了！」

「要下雨了！」

「天哪，上蒼真的聽到了……」

玉珩站在臺上，瞧了一眼天際，又厲聲道：「虛空真人與上蒼溝通有了成效，你等還不速速一起祈雨？」

眾人紛紛精神一振，再次跪在地上，伏地大聲道：「祈求上蒼賜雨！」

眾人看到希望，那雷聲如同一抹亮光，讓人心頭一片光明，祈雨之聲響徹江夏上空。

遠處的一棵大樹之後，九娘掩護著正在作法的季雲流，目瞪口呆地看完玉珩演的這齣大戲，震驚到半天都回不過神。

「正是需要這個祈禱之聲！」季雲流手執道符，在咒語中迅速燃了一張又一張。

「雷電吐毒驅五龍，四溟霎靆羅陰容……」腳下的七星步一來一回，步步精準。「金光斬旱虹，洞陽幽靈召霻霳……」

季雲流手中燃掉的道符，帶著百姓的祈雨聲，裊裊騰空而上。人多力量大不是隨便說說的，開壇作法本就是藉由壇場的力量，透過經咒符籙與上界溝通，把事主的意願上達天庭，或者交給相關的神仙，而人民的信仰力量能大大增強這種壇場的力量。

所謂的錢塞得足，後門才開得大，也就是這樣的表現方式了。

「……敕紫虛元君降攝，急急如火鈴大帥律令！」季雲流燃完最後一道符，唸完了口中所有咒語，倏然間，天空的雷聲越發響亮，雷聲夾著雨聲，讓跪在地上的眾人險些喜極而泣。

「真的下雨了……」百姓仰頭歡呼又恍惚。

這場雨很大，同黃河之水倒回天際又灑落下來一樣，把一旁的火坑都澆滅了。

眾人這才回過神，看著「通往天庭之路」的火坑熄滅，都有些手足無措。

有人斗膽問了一句。「這天火熄滅了……杜大人與虛空真人該如何回來？」

玉珩站在雨中，大雨打在他身上，卻不減皇家威嚴。「上蒼見虛空真人與杜知府為民請命有功，讓兩人留在天庭中位列仙班，兩人即將永享仙福、長生不老，爾等莫要擔心，應該高呼謝過虛空真人與杜知府才是！」

一旁的包衣護衛耳中嗡嗡兩聲，昏死過去。

這人胡言亂語，簡直要瘋了！

玉珩連夜開堂審案，更是打開府衙大門讓江夏百姓全數圍觀，人山人海，把府衙前頭的大街都給擠滿。

頭一件事情，便是要問仙家村到底犯了何錯？

季雲流在一側的簾子後，盯著跪在地上的仙家村村民，感覺奇怪。「為何這些人臉上煞氣越發濃厚了？」

陰煞之氣就算到了公堂中還是如此濃厚，就說明這些人失去運道，被陰煞之物感染了。

之前在村口，她在遠處看著這些村民冒出的黑氣，還以為他們受傳染病影響，病氣過重才有黑氣，可如今近距離一看，這病只怕也不是那麼簡單。

玉珩打破砂鍋問到底，把仙家村崇拜的槐樹娘娘問了個詳細。

這棵槐樹在仙家村已有三百多年，百多年前朝野動盪，大昭先祖起兵反大越，那時大越因皇帝昏庸、失去民心之後，國庫空虛，兵力不足，江夏郡知府便到處抓壯丁充軍。當時被抓去充軍的江夏百姓許多死於戰場上，只有仙家村村民全數返鄉歸來，回來的人都說，自己每次上戰場前，都會聞到槐樹上頭的花香……

至此之後，仙家村村民奉這槐樹為槐樹娘娘，家中有人生病或有所求什麼的，都會去槐樹娘娘那兒拜一拜。漸漸地，隔壁村或者江夏郡的人，都會在槐樹娘娘開花時過來參拜，求些槐花去吃。

見整個江夏郡的人都對槐樹娘娘如此崇敬，玉珩也不猶豫，當下就要村長帶路，去瞧一瞧槐樹娘娘。

有人替仙家村伸冤，眾村民不會死於火坑，還有可能救一救槐樹娘娘，這個已過五十年歲的村長立即跟吃了返老還童藥一樣，唰一下抬起頭來，連說「好、好、好」。

但出府衙前，還有一件事要辦妥。

「把這府衙中兵房的典吏喚過來！」玉珩醒木一下桌，沒有官袍，同樣威嚴。「寧石，你挑幾個村民一道去府衙的兵房，數一數這九曲槍的數量，再去瞧一瞧這府衙還有什麼軍營中的兵器？」

寧石應聲，挑了十幾個身材高大的壯漢就往內堂去了。

杜江已經不在，府衙中人心渙散，兵房的典吏一過來，雙腿軟在地上，伏地就哭道：「穆王殿下，下官是冤枉的……」

「冤枉你什麼？」

手持「皇帝親臨」權杖的皇家王爺連五品知府都敢殺，哪裡還會在意他這個未入流的小差役？他伏在地上顫聲道：「小的真的不知曉兵房中那些九曲長槍是哪兒來的？都是知府大人派人運過來，小的只負責清點、計入帳目中而已，請穆王殿下明察。」

見兵房的典吏這麼說，玉珩就讓人把府衙中的典吏通通帶到自己面前對證。幾人伏在地上，痛哭流涕地哭訴自己的冤枉，也不敢撒謊了，將杜江是如何管理江夏郡的全數講了。

這些人講來講去，講了大半天，從中只得出杜江搜刮了大量民脂民膏的證據。

原來杜江一直沒有住在府衙，平時住的就是紫陽觀，紫陽觀除了前頭之外，後院卻是連接一家陳員外府邸；而這富甲一方的陳員外卻是假的，是杜江讓人假扮的障眼法。

杜江住在陳府中，這陳府由兩座五進的宅子打通，裡頭大如皇宮，讓人眼花撩亂。

「先去那紫陽觀。」玉珩不猶豫，讓民眾扣押這些捕快，再讓府衙中的主簿記下供詞畫押、收繳兵房的武器後，帶著人馬直奔紫陽觀。

之前的作法祈雨，後來的開堂審案，這麼連著一折騰，已經到了第二日早晨。

即便一夜未睡，思慮重重的玉珩依舊全無睡意。如果這事情不解決，心頭大石就無法放下。

「七爺，」玉珩下了堂，打算與季雲流一道去紫陽觀，就聽她小聲道：「只怕這紫陽觀早已經人去樓空了。」

「妳是說……」玉珩心中一沈，反應過來。若杜江在這裡另有窩點，在他們殺杜江與虛空真人時，大概下頭已經有人去稟告紫陽觀中的人了。

「這些仙家村的村民臉上有陰煞之氣……」季雲流把猜想的給說了。「這槐樹娘娘也許就是杜知府要借天殺人的根源所在。」

玉珩奇問：「難不成這也是一株靈物？」

「萬物皆有靈性，這槐樹娘娘在在仙家村三百年，應是只有些靈性，尚未有靈識，這才受了邪法所控。」季雲流嘆息一聲。「這株即將有靈識的靈物約莫已被人借去生機。」

「可以如此借生機？」玉珩有些吃驚。當初美人蕉也是借了生機給他，但美人蕉借了生機之後，似乎沒有受到多少影響，秦羽人還說，美人蕉與他頗為有緣，而美人蕉也是喜歡在他手心中翻滾。

「這槐樹娘娘還未開靈識，本欲不能借生機。」季雲流道：「這樣強行借生機，又未徵得它同意，便要害它失去本命。」

玉珩臉色凝重，與季雲流一道出了府衙，一群人浩浩蕩蕩地往紫陽觀而去。

這紫陽觀果然同季雲流所說，已經人去樓空，不過這人大概是走得急，很多東西都未能收拾走。

如今百姓得知虛空真人是個假道人，搜查得更加賣力，不一會兒就從後院一處廂房裡發現一處暗門。打開暗門往裡走過甬道，果然通到陳府的院落，光是一個院落就可見奇珍異草、假山流水，軒榭建造得好比皇家別院一般。

庭院依舊鬱鬱蔥蔥，不見半棵花木枯萎跡象。

「這個狗官，竟然貪了這麼多銀子！」有百姓憤恨杜江貪得無厭。

「工房的典吏，把這些庭院的造價全數給我寫清楚了。」玉珩指著前頭的假山亭榭，心中只怒不喜。「爾等一山一石都不可亂毀，本王要上報朝廷，通通交由皇上定奪。」

一行人在富麗堂皇的陳府穿梭，尋找證據，季雲流也拿著羅盤看了一下，得出這宅子風水很好，必有高人指點的結論。

玉珩冷冷一哼。看來，江夏郡有個假道人做幌子，後頭竟還有個懂道法的真道人。

季雲流收了羅盤，一抬眼，前頭一股死氣撲面而來。她目光一閃，將將掐算了一卦，眾人就見之前快速而去的幾個大漢急匆匆跑回來，慌慌張張地道：「穆王大人，那兒、前頭死了好多人！」

「死的都是何人？」玉珩眉頭一攏，寧石即刻出聲道：「人都死在哪兒了？速速帶路！」

「七爺，」季雲流伸手抓住同樣想走的玉珩，她適才掐的卦象是凶卦。「此地不宜久留，咱們得退出去，這裡也許是他們設下的請君入甕陷阱！」

「請君入甕？」玉珩眼一瞇，瞧著四周磚瓦，攥緊了手。「這兒修繕得同皇宮有幾分相似……」

到底這裡藏了一個怎樣的驚天秘密，要如此不惜代價，把進入這兒的人都要斬殺在此？

「全數撤離！」玉珩不再猶豫。留得青山在，這裡遲早可探出一個究竟。

寧石氣聚丹田，高聲向進來的農家百姓傳達命令。「全數都退出宅子外頭！全數撤出去！」

「著火了、著火了——」前院那頭驀然傳來呼喊，還有震天的廝殺聲響從宅子外頭傳進來。

「走！」季雲流拉起玉珩的手就往過來的路上奔。

「全部退出宅子外頭！」

百姓一陣混亂，好在火勢與賊人一時間也沒有來到這院子中，此處由寧石與九娘指揮著，還算井然有序。

# 第七十九章

賊人許是早就算計好，紫陽觀被一道大火燃了起來。火災之際跑進通道，莫說大火燒人，就連滾滾濃煙都能熏死眾人，反倒站在這寬廣院子中，火勢一會兒還燒不到這裡。

眾人齊心協力劈下院中假山上的大石，疊在一起當成階梯，再用繩索掛於外頭，打算一人接一人地踏石而上，翻牆滑繩而出。

寧石當頭出來，一翻牆，立即驚慌喊道：「你們莫要出來！」

隨即，牆外就傳來刀劍打鬥之聲。

「外頭有埋伏！」院中人紛紛驚慌失措。「這該怎麼是好？」

九娘毫不猶豫，雙腳一踩，隨後就翻出去幫助寧石脫困。

玉珩同季雲流交代一句，亦是撩開衣袍下襬踏牆出去了。

這樣翻牆的舉動讓百姓更加心慌，如同失去主心骨一樣。這裡身分比自己等人高的只有季雲流，有百姓捧著陳府得來的痰盂，顫聲問她。「夫、夫人，咱們該怎麼辦？」

之前他們一路隨著過來，可都是看清楚的，穆王待這女子關心備至，更有佩刀的女侍衛，不用猜，定然就是穆王的夫人。

這一聲讓百姓記起了還有個季雲流，紛紛出聲。「王妃，咱們是出去還是不出去？」

也有熱血的壯漢，不由分說直接踩著階梯爬上牆，坐在牆上開始向下丟石頭。

這一舉動讓幾個百姓豁然開朗，有樣學樣地爬上牆，擲出手中痰盂、水盆、花木、石塊等物，還有專門站在臺階上傳遞東西的。

另外幾個圍著季雲流打轉的，就見她同樣踏上階梯。之前站在臺階上的一壯漢開口勸道：「王妃娘娘，您千萬莫要上來，這兒很危險……」

季雲流看了他一眼，略一點頭。「知道了，你們幫我一把，讓我坐上牆頭去。」

牆上的百姓轉過首去，看了季雲流一眼。

他們嘴上不敢說什麼，心中卻覺得奇怪。這個王妃年紀小小，外表看似很柔弱，可又隱隱透出一股霸氣，讓人不敢忽視。

「你來拉我一把，讓我上牆頭去。」季雲流向牆上的一漢子伸出手。嗯，這裡全數是男人，這被人蹭豆腐的事情必須要找個其中最帥的，還得瞞著玉珩偷偷地做。

被點到的漢子便是之前頭一個上來的，此刻緊要關頭，也沒有想到什麼男女大防，說一句「小心了」，就伸手把季雲流拽上來。

牆下打得激烈，也有見同伴被石頭、痰盂砸中的賊人想上牆來的，看見一個少女上了牆，紛紛轉了目標，都向她伸長槍捅過去。

牆上的眾人正疑惑季雲流的打算時，就見她從包袱中掏出一張黃紙。

「這是……」道符！

道符兩字未出，忽然聽見季雲流坐在那裡提醒下頭道：「散開！」

「散開」兩字讓賊人全數不當回事，然而玉珩三人聽到之後卻極害怕一樣，真的急急跳開，有多遠往多遠跑，好似三人見了鬼一樣。

轉變太快，賊人全數沒有反應過來，倏然，一張道符從天而降，似展翅蝴蝶，翩翩落在眾人視線中。

「糟糕！」為首的一聲大喊，還未再做什麼，「轟」，道符就同他的聲音一道炸開。

這聲巨響帶著強烈的震動，讓坐在牆上和在院中的眾人不自覺地捣上耳朵。

再睜眼，塵煙滾滾之中，地上的賊人已經都躺趴在那裡。

玉珩等人早在進入江夏郡時，便見識過這道符的威力，當下反應迅速，不等賊人爬起來，提劍過來開始斬殺。

也有動作矯捷的賊人從地上彈跳而起，再次與三人打鬥在一起。

「愣著做什麼？咱們要繼續扔石頭與重物啊——」季雲流再從荷包中抽出一排道符，準備再次扔擲。

周圍的幾人紛紛倒抽一口涼氣，底下的首領見上頭的少女又掏出道符，整個人一顫，叫喚同伴道：「先殺了那女人！」隨即就想踏牆而上殺了季雲流。

「王妃，他們、他們過來了！」壯漢們不慫了，挺起胸膛指著底下賊人，大有我指哪兒妳扔哪兒的架勢。

季雲流一張符飛出去，那些人果然有了防備，通通停下手中的動作，往地上一撲。然而，這道符只燃成了一團火，在賊人的衣裳上燙了個洞出來。

「王、王妃，為何這符沒有打中他們？」

季雲流又丟下一張道符，解釋說：「喔，這不是五雷符。五雷符殺傷力是大，但也比較難畫，頗耗靈力道法，也易損德，我就畫了兩張。現在兩張都用完，就沒有了。」

牆上的幾個壯漢冷汗流了一臉，只覺得寒冷的北風從身後颼颼地呼嘯而來，颳得整顆心都拔涼拔涼的。

王妃真是太率直了。瞧，您沒道符的事情，不只我們聽到了，下頭的人全聽到了，這不，他們提劍踏牆殺來的力道似乎更勇猛了！

「愣著做什麼？咱們要繼續扔石頭與重物啊！」季雲流又重複一句，伸手丟出一張道符，燃燒著擲去。

「快，快給我們傳石頭過來！」幾個大漢回過神，轉身就朝院子裡大喊。下頭的穆王如此神勇，打了這麼久絲毫沒有受傷，他們同樣也不會有事的！

三人在下頭揮劍如雨，真槍實刀地打鬥，一行人則坐在牆上高空拋物。

但這次請君入甕，陳府派出了眾多侍衛，從前院斬殺其他百姓之後繞過來，源源不絕地加入戰鬥，勢必要將這些人都埋葬在這裡。

「砸他們、砸他們……」牆上坐了十幾人，農家漢子是打水漂、射鳥長大的，砸人砸得頗為準確，一石頭下去就能砸到一個人。若下頭的人想上來殺了他們這些牆上的人，季雲流的道符就像長了眼一樣地從上頭落下來。

媽的，果然是小人難纏！牆下的賊人無法之下，只好群起去攻擊底下的三人。

時間一息一息過去，九娘體力堅持不住，被賊人一劍刺穿了左肩。

「九娘！」寧石一步躍過去，用劍擋下前面揮來的那一刀。

九娘受傷似乎成了賊人眼中的一個突破，紛紛向她攻擊而來。

「散開！」季雲流自牆上站起來，對下頭忽然又喊了一句。

玉珩不假思索，扯著兩人就往後退。

「不要散！」為首的賊人高喊一聲，率先持劍衝過去。「她已經沒有——」

「轟」！一張飛來的道符再次在人群中炸開來，塵土滾滾，飛沙走石，牆上眾人再次摀上耳朵。

不是說好沒有五雷符了？

玉珩只掩住口鼻，還未等塵砂散去，他一提劍，縱身幾步躍去，一劍穿透了為首賊人的胸膛。一劍斬殺之後，他絲毫沒猶豫，抽出劍，又一劍劃過前頭那些被炸到的侍衛的喉嚨。

為首的賊人倒地時，看見季雲流站在牆上，居高臨下地蔑視著他。

少女的聲音悠悠地說：「這位壯士，難道你阿娘沒教你，這世上有謊言這兩字嗎？」

「走！」其餘賊人的手一擺，紛紛退後，飛跑離去。

待眾人原地等了一會兒，見賊人真的離去，這才紛紛軟了腿，剛想轉頭向季雲流誇上一句厲害，就見這個仙女王妃站在高牆上，顫著雙腿說：「哎喲，七爺，抱我一把，我有點懼高。」

這種與生俱來的恐懼真是讓靈魂穿越了也還是改不掉的！

玉珩適才的疲憊被她這句話一掃而空，丟下長劍，忍不住漾出一絲笑意。「下來，我接著妳。」

這人抖成這樣，之前與他們一道抗敵打了這麼久，卻全然沒有露出懼意，也真是難為了她。

「那七爺可千萬要接好了！」季雲流喊完一句，閉上眼，視死如歸一般，立即跳下去。

玉珩腳步一旋，接得穩穩當當，把她裹在懷中又旋幾步才停下來。見她睜開眼，眼中全是劫後慶幸之色，玉珩笑道：「秦羽人身為紫霞山掌門，擇風水、觀星如神，卻不辨方向。妳身為他師妹，竟然懼怕這小小的兩丈高牆。」兩人都是奇葩道人。

季雲流撇撇嘴。兩丈約等於六公尺，相當於站在三層樓高的獨木橋上，還是沒有扶手的，不怕那是鬼啊！

玉珩見她如此，清淺一笑，道：「自古華山有天下第一險之美稱，妳我大婚後，父皇定會准我告假，不如咱們去華山攀登懸崖絕壁如何？」

這時，幾十人在巷子裡聽到前頭傳來一陣馬蹄聲。馬車行駛得快，不一會兒就到了幾人眼前。

馬車一停，流月掀起簾子，秦千落一臉擔憂地鑽出來。「師姑婆，妳沒事？真是太好了！」

季雲流看見趕到這裡的秦千落，快步上前，也是迅速打量她一下。「你們也都沒事吧？」

「沒事、沒事。」秦千落連忙道：「我們一路順著美人蕉指引的方向過來，一個賊人都沒有遇到。」

「寧表哥呢？」

寧慕畫此刻也醒了，坐在馬車內，靠在車壁上微微探出頭，動了動嘴，虛弱地說了兩個字：多謝。

本就年輕，又是長年練武，如今皇命在身，寧慕畫恨不得死了做鬼也要去皇城向皇帝稟告呢，求生意志很強韌，不過一夜便醒了。

一定眼，季雲流就看見了美人蕉。那株美人蕉正在寧慕畫的手掌心中打滾賣萌，翻著花朵，抖著枝葉，簡直滾得不亦樂乎。

秦羽人說個什麼鬼的與七皇子頗有緣，這妖貨應該是與天下所有美男子都頗有緣吧！

秦千落見大家安然無恙，便把之前他們過來時看到百姓圍堵賊人的事情給說了。

玉珩聽聞後，立即上前問他們是在何處見到百姓圍堵賊人？

那些反賊武力不凡，普通人不可能隨便與他們相抗。玉珩帶著一行人，擔心至極地匆匆趕去時，卻見上萬的百姓圍著那群反賊死命地捅。

反賊武力不凡又如何，也架不過人多啊！

就這樣，抓完了反賊，那些救火的群眾也到了。只是火勢太大，就算之前下過一場暴雨，也沒有太多水能澆滅整個陳府的火。

待到黃昏時分，眾人才將大火撲滅。除了一些空曠點的庭院，陳府所有地方都被燒了個精光。

寧石帶著人查探火場留下的證據，尋來許多半焦的東西，其中有皇帝所用的綠頭牌，還有一張金黃色的龍椅！

百姓看見龍椅抬出來時，紛紛一怔，竊竊私語、指指點點。

玉珩見後勃然大怒，臉色都變得鐵青。這分明是有人明目張膽地在這裡蓋了一座皇宮，自立為王了！

這人到底是誰，養了這麼多反賊，還有個會道法的道人，是不是再出幾年，他就會從江夏郡起兵造反？何止是造反，更是連龍椅都要坐上了！

寧慕畫帶著傷，輕聲向玉珩道：「殿下，這些人會不會是前朝的餘孽？」

見玉珩帶著驚疑的目光掃過來，寧慕畫解釋說：「我三年前到塞外，塞外民風淳樸，當地百姓不會說謊，當時我就聽說過，有自稱是大越的商人與塞外一些人經商。之前我亦不在意，本以為是塞外百姓聽錯了，現在看來，或許真還有大越的餘孽想奪回江山。」

玉珩當下冷笑一聲。「大越已經亡朝百多年，還想奪回江山，真是癡人說夢！」

他立即讓人把江夏郡所有畫師都請過來，吩咐畫師把陳府內的所有格局，一磚一瓦、一草一木，全數照樣添色畫出，而後帶回京中呈給皇帝做證據。

這兩天一夜過得驚險刺激，眾人全神貫注了這麼久，鐵打的也受不住。如今安危解除，玉珩的心腹都全數過來待命，一行人便在江夏的府衙後堂直接歇下。

數了人數，寧石坦然讓府衙下人收拾三間臥房出來。

三間臥房……秦千落扳著指頭算了算，穆王一間，寧慕畫一間，那麼，師姑婆就是同她住一間房了。她正這麼算著，卻不想便看見玉珩拉著季雲流的手就進了一間臥房。

秦千落瞠目結舌，眼珠子都險些瞪出來。

再去瞧一旁眾人的反應，九娘與寧石似乎見怪不怪，該幹麼就幹麼。

寧慕畫也十分淡定。他的右手臂綁在胸前，坐在輪椅上，朝一旁的秦千落溫和一笑，道：「趕了一天路，妳也早些歇息。」

「那、那……」秦千落還未從玉珩拉著季雲流入房的震驚中回過神來。

寧慕畫瞧了那已關上的房門一眼，伸出左手，拍了拍她，指著門的右手。「妳累了，去歇息吧。」

原來寧慕畫也早就知曉了！

許是季雲流以身作則、「教育」得當，秦千落見他伸手過來，不自覺就抓住他的手。見寧慕畫抬起眼，以詢問的眼神看著自己，她才反應過來。

可秦千落不鬆手，反望住寧慕畫的雙眼。

他眼中沒有怒與不喜，略略側了一下頭，亦是握住她的手，滿眼包容地等著她開口。

當然，秦千落不可能學了季雲流的無恥與厚臉皮，張口就說：少年郎，你長得好看，我們一起睡覺吧！

不過好歹是秦羽人的姪孫女、秦相的愛女，秦千落心中就算羞出了天際，口中卻是直率表白道：「我羨慕穆王待師姑婆的真誠與真心，也羨慕他們相知、相愛、相助……世子，我八歲那年去寧伯府，第一次見你躍下來站在我面前，向我遞出桃子時，我便滿眼中都是你。這整整八年，我不敢表露，又害怕你會娶他人……我知你意不在京中，期望妻子陪你各處遊歷……我有心絞痛，匹配不得你，但我會盡力陪你完成心中所期之事。世子，既然你我已被皇上賜婚，日後咱們禍福與共，我若哪兒沒做好，你告訴我，讓我改掉，讓我與你匹配可好？」

# 第八十章

寧慕畫坐在輪椅上，聽著她緩慢又直率的話語，心弦顫動。他深深凝視著秦千落，百般滋味繞上心頭。

這人的手很小，力氣也小，可她似乎已經費盡所有力氣抓著自己。

「千落，」寧慕畫抓住她的手，摸著她手指上的薄繭，不由出聲道：「是我匹配不得妳。」

他曾聽小妹說，她整日窩在太醫院學習針灸包紮止血之術，都沒空與她一道玩耍。那時他還取笑了一下小妹，說她舞刀弄槍經常受傷，秦千落會這些醫理，不是正好之事？

如今想來，這人八歲就在太醫院學習，為了自治心絞痛的同時，約莫也為了自己吧？或者，其實兩樣都是為了自己……

他寧慕畫又是何德何能，讓一個千金貴女整日與太醫院的老頭子為伴，對著豬皮練習包紮針灸……如今想來，都是滿目的心疼。

秦千落還未練就季雲流的金鐘罩鐵布衫臉皮，她聽見之前寧慕畫吐出的「胡話」，見了穆王與季雲流的舉動，才大著膽子吐出心中所有事。此刻再見寧慕畫這麼說，當下火紅了一張臉，抽回手，別過臉。

「你真的沒有匹配不得我，你很好，我很喜歡你，喜歡了你很久……」然後提著裙襬，不再瞧一眼椅上的人，直奔進房中。

寧慕畫見她離去，再看一眼自己還留有餘溫的手，眼帶柔情地笑起來。她自己大概不知道，適才露出小女兒嬌羞的模樣，真真動人極了。

待院裡的人全數走光，美人蕉猛地伏到地上，映著月光獨自啜泣。一群大壞人！你儂我儂、如漆似膠後，就把它忘記在這裡！

翌日清晨，幾人啟程去仙家村瞧一瞧槐樹娘娘。

馬車裡，季雲流與美人蕉打商量。「小蕉蕉，等會兒見到槐樹，你去看看她到底怎麼了？若那槐樹還沒出靈識，我也不好與它溝通，你們皆是……」

話講到一半的季雲流終於發現美人蕉不對勁，捅了捅彆扭的美人蕉，奇道：「怎麼了？誰得罪你了？」

美人蕉仰了仰「臉」，又扭了枝幹。哼！

休息一夜之後，玉珩心中怒氣平復，之前與美人蕉「獨處」兩日，即便不出言，亦知它的喜怒哀樂。他見美人蕉如此傲嬌，伸手撫了一下它的枝葉，同樣問：「怎麼了？」

美人蕉見到伸手摸自己的玉珩，軟下枝幹，直接滾著花朵，滾到了玉珩的手掌中，來回打滾。

玉珩見它如此，笑了兩聲，也不收回手，與它商議道：「美人蕉，待會兒同雲流所說，你且去瞧瞧那仙家村的槐樹是否亦是一株靈物？」

美人蕉抬起「臉」，枝葉拍著枝幹，向玉珩做出保證狀，表示這事絕對沒有問題！

季雲流只覺得，就該把這株植物燉了煮湯喝！

到了仙家村，村長早就站在村前等著，看見一行人，親自帶著村民迎上去跪地磕頭。

身為醫者的秦千落在眾人起來後，第一眼便注意到他們的不妥之處。「村長，你是不是在發熱？可有耳鳴伴隨？」

村長面有潮紅之色，見秦千落如此說，頷首不隱瞞地道：「正是，小民自感睏倦無力，也感覺耳中嗡嗡作響。不瞞小娘子您，村中許多村民都與小民的狀況相同。自從兩個月前，杜知府封了這村子，村子裡已經死了好些人了。」

一眼望去，仙家村的村民全數面色又白又紅，有幾個似乎還嘴角都發青，秦千落不再猶豫，隨著村長就想進村。

「千落。」寧慕畫一手抓住秦千落的胳膊。

見未婚夫君眼中的擔憂，秦千落心中喜悅，反而抓住他的手，不由得柔聲道：「世子，你莫要擔心，我不會有事的。只要本氣充滿，邪不易入。你放心，我必然要保自己安全出來。我還要與你成親，一道遊歷山河……」

「咳！」季雲流毫無眼色，頭一抬。「既然本氣充滿，邪不易入，咱們就快些進去瞧瞧吧。救人一命勝造七級浮屠，人命關天，耽誤不得。」說著扯住秦千落的手就往裡頭走。

「姪孫女，妳如今是越發直率了啊！」

秦千落坐在仙家村的中間，幫人看診。

這疫疾的症狀明顯，壯熱煩躁，頭痛如劈，腹痛泄瀉，或見衄血、發斑、神志皆亂、舌絳苔焦等。

季雲流與玉珩則帶著美人蕉去瞧那棵槐樹娘娘。這棵三百多年的槐樹就在仙家村正中央，樹幹約莫要兩個人環抱才能圍住。

如今莫說開花，就連上頭的枝葉都已經枯萎了。

玉珩不懂如何看出一個植物是否有靈識，手托美人蕉，繞著槐樹慢慢走了一圈。

他好奇地走近，卻瞥見美人蕉擺著枝葉在亂顫。

「怎麼了？」玉珩再瞧了那洞穴一眼，攏眉問手中的美人蕉。「你怕那個洞穴？」

美人蕉似乎知道有危險找帥哥是沒有用的，噗哧噗哧地張開枝葉，扭著枝幹就往季雲流身上撲。

卻見季雲流正眼都沒有轉過來，一張黃紙拍到它的花朵上。「我最恨自己拋棄自尊來對我投懷送抱的。」

「雲流？」玉珩見她掏出黃紙，有些不解。

「沒事的，七爺把它放遠一些便好。這裡有霸道的邪法殘留，它身為靈物，害怕是應該的。我貼了符，它靈氣便不會被捲入進去。」

玉珩聞言，讓寧石把美人蕉端到寧慕畫那。

秦千落說「本氣充滿，邪不易入」，指的便是抵抗力高了，病毒就不會輕易入內；但是如今寧慕畫本身就受重傷，怕再感染瘟疫，便讓他坐在外頭的馬車裡等著。

美人蕉被放到寧慕畫旁邊，寧石說了玉珩的交代就走了。

寧慕畫把放在秦千落身上的目光收回來，掀了美人蕉的道符，問它。「裡頭不好玩嗎？」

他之前醒來時，見識過美人蕉的不凡之處。秦千落得了寧慕畫的肺腑之言後，同季雲流一樣，瞬間淪陷為戀愛中的女人。那時為了讓寧慕畫意識清醒，講完了太醫院的事情，就把她大伯翁曾經講的世間靈物和一些道法之事，都拿出來當談天內容。

寧慕畫見多識廣，見識到會動、有靈識的美人蕉，也沒什麼吃驚，見它喜愛在自己掌心翻滾，便時常伸手讓它玩。

聽到美男關心，美人蕉痛哭流涕地連連點「頭」，而後又開始了滾臉大計……

村長讓秦千落瞧完病症，見那頭的玉珩已經瞧上槐樹娘娘，連忙去取之前村民賴小三塞進槐樹樹洞中的東西。

「穆王大人，這槐樹娘娘是被賴小三挖了個洞，塞了這件東西焚燒才變得如此的，是村中的劉大親眼所見。賴小三拿著一團東西塞進槐樹娘娘的樹身中，劉大當時上前阻擋，可不知道為何，塞進樹洞裡的東西竟然發出火焰，把槐樹娘娘焚燒起來。」村長滿臉難過之色。「後來就算我們滅了火，槐樹娘娘還是沒有恢復過來，今年夏季都未開花過……」

這團黑乎乎的東西煞氣直冒，季雲流快一步打落村長手上的灰燼。「村長，莫名之物日後還是少碰為宜，指不定你們村中的疫疾便是它傳來的。」

村長嚇得一哆嗦，整個臉都白了，連連說好，以後絕不會再碰。

那賴小三約莫在挖洞塞道符時太過緊張，或是被村民發現得早，塞進去的道符沒有全數燃完，上頭還有殘留的黑墨筆畫。

季雲流施法散去了道符上頭的陰煞之氣，伸手取了其中一張最完整的道符。

「是五方納靈符，是吸納靈氣和吉運的。」她遞給玉珩。「畫這符的人靈力不弱，不過我也不知大昭到底有多少門派，這道符出自何人之手？也許七爺要向秦羽人問一問了。」

玉珩也正有此意。「反賊不僅自立為王，還借靈物生機，這些人不盡快剷除，大昭人心不穩。」這事，他得盡快稟告父皇。

「夫人……」村長見季雲流似乎懂道法之術，自然要懇求一番能不能救槐樹娘娘之類的。

生機已經被借，季雲流就算是個厲害的也回天乏術，只能嘆息，建議與其讓槐樹枝幹白白爛在這兒，還不如利用來煎了當藥。

槐樹本來是靈物，被借了生機依然還有靈性，當成藥煎了服下，也許能緩解他們身上的疫疾。

村長與村民聞言，相繼嗚嗚傷心大哭。

秦千落那兒已經把村中大部分人都大略看過。瘟疫這種疫情由來已久，太醫院經過歷代相傳，也有了許多治癒和防治的方子；好在仙家村的疫情亦有記載，秦千落望聞問切之後，寫了兩張藥方，聽見季雲流說槐樹能入藥，又改了改藥方，再吩咐侍衛去抓藥。

這抓藥可不是一帖、兩帖了，是要用馬車拉的。

事情處理完畢，村長忽然又帶著一個女人過來，跪在玉珩面前，連磕了幾個頭。「大人，小民們罪該萬死，有事隱瞞了大人。」

玉珩不禁奇怪地問：「你們有何事隱瞞？」

村長道：「這女子名叫阿翠，她的丈夫阿達帶著兒子一個月前從村中逃跑了，那時候阿達說，要把這裡的事情稟告給巡按大人……」

兩個月前被封村，一個月前逃跑……玉珩一聽便知。「他們亦感染了疫疾？」

那女子懺悔而哭。「正是。」

如此更不可耽誤！也不知道這兩人到底跑哪兒去了？身帶疫疾再傳染給他人，那麼其他地方又是一場感染。

玉珩留了幾個心腹在江夏郡，收拾好東西，讓人馬上啟程返回京城。幾輛馬車前後跟著從江夏郡直行而出，一路上有美人蕉指路，一行人相安無事地回到京中。

這京中，除了寧慕畫是被皇帝名正言順同意前往的，其他人全是偷偷摸摸、裝神弄鬼出去的，如今怎麼出去的，自然要怎麼回來。

回去的時候，風度翩翩的寧慕畫只微微一笑，美人蕉立即心甘情願、掏心掏肺地讓寧慕畫見識了拿手的幻象大法，讓一行人避開城門盤查，悄無聲息地入了城門。

寧慕畫歷來幹練、不誤正事，只回府沐浴更衣，直接到宮中覆命。

此次江夏之行證據充足，不僅有物證還有人證。皇帝坐在南書房中，看到那張被人抬進來的龍椅，直接一腳踹翻了自己前頭的御案。

「查，給朕查！到底是誰如此膽大包天，難不成他還想坐在龍椅上，與朕一起共統江山？真是反了天了！」一山不容二虎，雙雄不並立，有人窺視自己的江山，皇帝氣得險些就殯天歸去。

伺候皇帝這麼久的宮人沒見過聖上發這麼大的火，通通伏在地上，不敢出一聲大氣。

翻了桌子，飛了摺子，踹了幾腳凳子，皇帝終於按捺心中的怒氣，問寧慕畫江夏郡之事的細節。

寧慕畫不敢欺瞞，除了其中玉珩等三人私自出京的事，其他在江夏所見的，全數一五一十給說實。

皇帝見寧慕畫臉色蒼白，右手不能動彈，心中憐惜幾分，讓他退下之後，提筆一揮，寫了升他為從四品御前帶刀統領的聖旨。

至於季雲流隨著秦千落回到秦府，兩人將將入院沐浴更衣，二門處就來人說季府派人來，打算接六娘子回府。

兩人正以為是季府出了什麼大事，卻見秦千落的大丫鬟笑說：「姑娘、六娘子，妳們忘了嗎？明日是乞巧節呢，想必是穆王邀六娘子同遊七寶街觀小娘們的鬥巧，季府才來人接六娘子回府的吧！」

「哦！」季雲流一驚。她險些忘了，好像季雲妙與宋之畫商議好了，明日要演一齣大戲作給她看！

秦千落見她聽到七夕佳節，眼睛半瞇，用手肘微微碰她，好奇道：「怎麼了？難不成妳明日要與穆王學那牛郎與織女，雙宿雙飛？」

季雲流看她一眼，笑道：「我掐指一算，應是妳心中想與寧表哥雙宿雙飛吧！」

秦千落如今春風得意，正與寧慕畫濃情密意，當下也不嬌羞，頷首大方承認。「師姑婆真是料事如神。」

人不要臉真是天下無敵！

得知明日是七夕，季雲流也沒心思在秦府多待了，收拾一番，坐了馬車就回季府。

秦千落則「委婉」地派人「無意」給寧慕畫透露，明日是七夕。

季雲流回到季府，頭一件事就是讓紅巧把青草帶來。

青草近日在邀月院該吃該喝，小日子過得頗不錯，之前聽說了霧亭之事，更不願意為景王辦事。

景王連自家王妃都可以為了利益推給太子，還有什麼事做不出來？她們這些小小下人，哪裡會被景王當人看待？

青草全心全意在玉琳那兒反探消息，而季雲妙還在季府時，也到過她那表明了一回身分。

青草如今見了季雲流，毫無隱瞞，把季雲妙、宋之晝還有玉琳暗中相助的事通通招了。

「姑娘，七姑娘是打算讓表姑娘邀您到無人之地，請您喝茶相聊，再讓一男子壞您名聲。至於九娘，她準備用無賴引了九娘離去……」

在閨中長大的小娘子見識不廣，閱歷就這麼一點，來來回回靠的只是這麼一招。季雲流聽了妙計，瞬間像燒旺的火炭被人澆了盆冷水一樣，失望地擺手讓青草退下去，再讓人稟告玉珩，讓他全權處理這無聊無趣的圈套。

玉珩進了穆王府，亦得知了明日是七夕的事，本來打算仁厚一番，外敵當前，不再與玉琳玩小孩子家家的兒戲，卻聽見席善哭笑不得地將玉琳的計謀說了出來。

「七爺，景王不知從哪兒尋來一個同季六娘子長得有幾分相似的女子，前兩天一直跪在咱們王府門前賣身葬母呢！」席善邊說邊擦汗。「明日，景王不會尋個同七爺您長得有幾分像的去季府那兒吧？那青草說，景王連宮中禁藥都給季七娘子了……」

虧得玉珩手中無筆，不然聞言，必然又要狠斷幾根。

好啊，自己適才還覺得這是小孩家家的兒戲，想放玉琳一馬，原來人家賊心不死、死性不改，越演越烈，手段更是越來越齷齪！

既然他一意孤行，那他便成全了玉琳！

# 第八十一章

寧慕畫摔了手之後，與在府中休養幾日的玉珩一道上早朝。

兩人不在的幾日，朝中風向又變。玉琳兩日前被皇帝傳來上早朝，重新受寵，頗為得意。

皇帝還未到來之前，他站在玉珩面前從上到下打量一遍，笑道：「七弟，許久不見，好像氣色不好？怎麼，風寒若沒有好，再在府中多待幾日便是，何必急急上朝？朝中少個你，多個你，又沒什麼大礙。」

玉珩看他一眼，垂下眼，繼續靜候皇帝的到來。

父皇已過天命之年，玉琤極奢愚昧無能，玉琳心胸狹窄，朝臣見風使舵……如今，這樣的山河還來個虎視眈眈的反賊在江夏自立為王。

玉珩忽然深覺坐高位不易，為皇為王更是不容易。自己秉性不善、睚眥必報，亦非完人，心中一直執著地爭權奪位……就算有朝一日夙願達成，他可能守好大昭百年江山？

玉琳頭一次見玉珩沒有橫眉冷對，十分稀奇地「咦」了一聲。「七弟，怎麼，一個風寒竟然如此嚴重，讓你連話都說不出了嗎？」

玉琤如今依舊不待見玉琳，見他如此說，當下哼道：「二弟，你還是小心一些你自己吧！心腸黑太久了，也許日後連帶你的舌頭都要爛掉了。」

「大哥，你——」

玉琳為玉琤作了這麼多年嫁衣，卻落了個如此不受待見的下場，粗眉倒豎，就想與玉琤講理。

「皇上駕到——」

太監一聲高喊，群臣開始站列位次，玉琳也只好暫時作罷。

早朝上，皇帝揚聲讓人抬來寧慕畫從江夏收集的證據。

燒毀了一角的龍椅與綠頭牌被端上來時，群臣霍然睜大眼，只覺無風無雨的金鑾殿中響起巨雷，直滾而下。

皇帝站在金鑾殿中，把群臣罵了個狗血淋頭，尤其是中原巡按的長兄蘇紀熙。他在堂上如何把頭磕破，說自己不知情，還是被皇帝革職查辦。

群臣紛紛誓死表忠心，個個諫言，就算掘地三尺也要把這個反賊尋出來！

這場瀰漫著火藥、一點就炸的早朝，終於在群臣諫言，和太監宣讀封寧慕畫為四品帶刀侍衛的聖旨後，才退朝。

朝臣跌出殿外時，感覺冷汗流了一地，每個人的朝服都濕透了。

玉珩撩了官袍，從勤勉殿中走出。玉琤隨他之後，見這個七弟似乎很煩愁，不禁問道：

「七弟，你有何心事，這般鬱鬱寡歡？」

玉珩瞟了玉琤一眼，搖搖頭。

這副模樣，似乎越發有事，玉琤自然再追問。「七弟，你我乃親兄弟，若遇難事，你只管告訴我便是，何須這般自己苦惱？」

玉珩遲疑一下，果然有些動容。「大哥怕是幫不了弟弟。也不是什麼大事，只是一些小事，弟弟自己能處理，大哥莫要擔心。」

玉琤不問到不甘休，再三追問。

「不瞞大哥，」他被逼無奈，只好不瞞了。「弟弟惱的是二哥。今日七夕，不想二哥在私下不知用了何種方法，讓季府的七娘子與表姑娘尋個男子來壞六娘子的名譽清白……」他借了這個由頭，把玉琳不知道去哪兒弄了個同季雲流長得相似的女子跪在穆王府門前之事，一併說了。

「其實這些也不是什麼大事，只要今日不讓六娘子出府即可；那賣身葬母的，也讓臣弟交由順天府處理了……只是同大哥所講，我們本乃親兄弟，二哥卻……」說著，玉珩嘆息一聲。

玉琤瞬息想到霧亭之事，火氣噌地上來。「好一個景王！當初設計陷害我，如今又要陷害七弟你——」玉琤一拍玉珩肩膀。「七弟，你莫要擔心，這事就交由大哥幫你處理！」

玉珩十分詫異，注目看了他兩眼，而後又垂著眼睫，喃喃皺眉。「大哥的好意，弟弟心領。那什麼表姑娘便罷了，季府七娘子總歸是姓季，弟弟不是沒想過抓人了結此事，但若就此抓了人，季府面上也不好看。」

玉琤見他神情萎靡，動了動眉，開始替玉珩想主意。只是他想了半晌，也沒有想到什麼好主意。

正煩惱之際，忽聞玉珩自言自語道：「季府若是能將七娘子與表姑娘早早匹配良人，或許就不會如此麻煩了。」

「她們兩個蛇蠍心腸，被人挑撥兩句，竟連自家姊妹都放不過，還談何匹配良人？就該讓她們狗咬狗，奸邪配歹徒——」玉琤話到一半，忽然想到一絕妙良策，立即展顏笑起來。「七弟，你放心，這事就交給本宮了，本宮必定不會讓季府失了臉面，也不會讓二弟的陰謀得逞的！」

玉琤心中有了計謀，同玉珩告辭，欣然地奔走而去。

玉琳今日在早朝上亦是吃驚不小，坐在回王府的馬車內，靠著車壁，似是睏倦地閉上眼。

他自小在宮中，每每見太子被人伏地跪拜，太子有的東西自己沒有時，心中就忍不住憤恨。

太子受皇帝誇獎，他只能露出笑容，假裝替太子高興，自己的一切似乎都是為了太子大哥而存在的。因而從十五歲開始，他就一心想著要奪下太子之位，讓自己受朝臣伏拜，卻不想，如今江夏出了個要造反的大反賊。

玉琳再睜開眼時，眼中已經一片清明。

使陰謀讓儲君變更，抑或征戰讓皇朝替換……成王敗寇，也許都是一樣的吧？

就算皇帝在朝中大發了一通脾氣，京城中該熱鬧的依舊是熱熱鬧鬧。今日乃是七夕，七夕佳節由來已久，京中為了這日也是準備豐富。

張燈結綵的七寶大街上，各家店鋪從初一開始便置辦了許多乞巧物品供客人選購，東街的八寶樓上更是早早被人訂完坐席。

許多尚未婚配的小娘子，都會在八寶樓前的結繡臺上比試穿七孔針和雕巧果，這樣一年一度的比試，讓七寶大街馬車不通、人流如潮。

宋之畫聽見婆子過來稟告，說季府的馬車到門前了，垂下頭，在銅鏡中打量自己一回，提著裙襬出了大門，上了馬車。

雖然季府與寧伯府沒有把她的事傳出來，但季府也因此不再管她的親事。如今她快要十七，幾日前，阿娘告訴她，父親相中一個清貧的書生，今年進京趕考不中，在浮水亭中吟落榜詩，被宋父聽到便看中，便想著把她匹配給他。

落榜的清貧書生……宋之畫聽完阿娘的話，就像心窩上被人劃了一刀地疼。

曾經家富、有才學的君子念，還有高高在上的寧慕畫……如今，她就只能匹配一個清貧的落榜書生？

宋之晝坐在馬車內，擰著帕子，收回思緒，目光冷冷。

今日的七夕，她要尋一個如意郎君！阿娘這樣的苦生活，她已經過了近十七年，不能再過上一輩子！

旁邊的季雲妙見她臉上退去了從前的死要面子，多了一絲堅毅，從袖中掏出一樣東西，笑道：「宋姊姊妳瞧，這是什麼？」

「這是什麼？」宋之晝順著問。

季雲妙笑道：「是那日妳所用的禁藥。」

「七妹！」宋之晝連忙壓低了聲音，不自覺往馬車簾子處一瞧，咬著牙齒。「妳這個是哪兒來的？」

「是想助我們一臂之力的貴人贈的。」季雲妙把藥按在宋之晝手上。「宋姊姊只要往六姊的茶水中加入一些便好，之後，餘下的事都交由我來做。」

七夕這日，各家小娘子只要行到七寶大街上，便不再戴紗帽。

京中對這一日的治安巡邏甚嚴，侍衛始終來回地穿梭在大街中。

季雲流從馬上下來，一面與玉珩往八寶樓走，一面左右看了看。

玉珩見她好奇，一路走得慢，又帶著她去一旁的商鋪中，買了兩個雕得栩栩如生的並蒂蓮。

略逛了一會兒，季雲流把並蒂蓮交到九娘手上。「七爺，宋姊姊與七妹的事，你打算如何處理？」

玉珩解釋道：「這事，交由太子去處理了，太子跟我拍胸脯保證，他必會把事情處理得妥妥當當。這事由他處理也好，結果如何，季府也怪不到妳身上去，我也就隨太子去安排了。」

正說著，有人在玉珩的身後喚了一聲。

兩人轉身往後望，只見一身月白長袍、腰繫翡翠玉帶的人快步走來。

「七弟，」來人正是玉琤。他看見一同出來的小倆口，目光落在季雲流面上，又笑了一聲。「啊，七弟妹！」

太子出府就算換了尋常衣裳，尊卑之禮也該要遵守。玉珩與季雲流各自向玉琤行了一禮。

玉琤今日存著心思看大戲。「七弟，今日你和你媳婦就坐那八寶樓上看大戲，今日的大戲必定精采絕倫！」

許是這次大計實在太合玉琤的心意，說完話，他搖搖手就帶著侍衛離去了。

在八寶樓中能訂上位的均是高官子弟，有已經成親的，亦有訂了親的，甚少是還未婚配的。未婚配的小娘子也不會坐在這兒看人家鬥巧，而是會去前頭的結繡臺上參與。

玉珩帶著季雲流在八寶樓的二樓坐下，轉首一瞧，寧慕畫與秦千落已經到了，更近一些的是君子念與季雲薇。

君子念與季雲薇還好，兩人隔著方茶几端正坐著，秦千落與寧慕畫就不一樣了。寧慕畫傷了右手，秦千落便給他親手剝橘子，纖手映著橙橘，更顯白潤如蔥，秀色可餐。

一縷髮絲從秦千落的耳後落到眼前，寧慕畫伸出左手，食指微微劃過，把她的青絲再撩到耳後。

秦千落抬起漆黑眸子看他一眼，見他眼中嘴角帶笑，她跟著一道笑了。

寧慕畫與秦千落的這一幕，看到的不僅是樓上的幾人，站在對面結繡臺上的宋之畫也看見了。

她整個人狠狠一震，心中就像被撕了一塊般，怔怔看著那對望互笑的兩人，不禁連連後退幾步。

八寶樓中，玉琤獨坐在拐角的廂房中。他搖著酒盞，瞧著下頭的小娘子，神情隨意地道：「那兩個就是季府的七娘子與表姑娘？」

「回殿下，正是下頭的兩人。」玉琤的貼身護衛如今換了人。謝煜是玉琤親手選出來的，瞧中的就是他行事沈穩。「那穿粉衣的就是宋府的宋之畫，宋之畫之前在寧伯府下藥想迷惑寧世子……」

玉琤一口喝掉手中的酒。「景王那兒呢？你安排好了沒？」

「殿下，小的已經派人去送口信。王爺吩咐過，他戌時必定會到怡紅樓的。」

「嗯。」玉琤滿意了，聽見結繡臺上的敲鑼聲，知曉鬥巧比試開始，又把目光移到臺上去。

他見宋之晝頻頻向八寶樓這邊望來，笑道：「宋家貧寒，只怕從小過慣苦日子的她，中意的不僅是寧慕晝這個人，更中意他的功勛家世吧。」

對於女子，他太懂了。世間之物，想得到的方法就三種：以謀得之，利益換之、誘之，還有就是以權勢壓之、逼之。這三種方法，他不會用在朝堂上，在女人身上，卻可謂爐火純青。

「送盒巧果過去給那表姑娘與季七，且看看她們各自的反應。」玉琤一手抓起一個麵果子塞進嘴中。「別說是誰送的，就說你家少爺送的。」

這兩個少爺指的是誰，下屬全都是知曉的，應了一聲退出去。

宋之晝得了一個「巧」字，剛退到一旁看臺上其他小娘子比試，瑤瑤從後頭過來，捧著一個食盒，道：「姑娘，有人給您送了巧果來。」

七夕送巧果，不管是男送女還是女送男，都代表有意。

宋之晝讓瑤瑤打開那一盒巧果，見裡頭巧果精緻，非一般人家能做出來。「妳不知曉那人是誰？那小廝衣著如何？談吐又如何？」

瑤瑤知她想問的是什麼。

「姑娘，奴婢細細瞧過了，那小廝穿著不俗，對奴婢亦是甚有禮數，應是哪個貴家少爺的貼身小廝。姑娘，這次應是心想事成了！」想一個好郎君，就撞過來一個好兒郎了！

宋之畫一下揪住了手上的帕子，心中的緊張欣喜之情都漫到了喉口處。若這人真的是哪家的少爺，若真的因鬥巧比試對她有意……

相比宋之畫的緊張欣喜，季雲妙看見金蓮捧來的巧果，直接打翻在地上。「別隨便拿人家的東西！裡頭若有個五石散，把妳給噎死了都沒處說理去！」

而送了巧果回來的謝煜，低聲把適才宋之畫與季雲妙的表現都說了。

季七這頭自己不下坑，只能從旁人再入手。本來為了季府臉面，玉琤也沒有想過對她來太狠的。

「既然姓宋的中意有權、有勢，又有錢財的，那本宮便在七夕節這日成全她吧！」玉琤瞧著那頭又參加了雕花果比試的宋之畫，笑了兩聲，見她眼神果然不再只看寧慕畫，而是偷偷滿場亂尋知心人，笑容更大了些。「星月樓那頭都安排好了？」

「回殿下，都安排妥當了，屬下還親自去瞧過了，半點沒有瞧出來。」

玉琤點頭，再吩咐謝煜。「待她雕完花果，你再把那副頭面送過去。若她把自己所雕的花果託你轉交，你也不用再做什麼了，就把她請去星月樓。至於怎麼請，不用本宮再說什麼了吧？」

謝煜一語便知，領命出去了。

坐上馬車，玉琤直接吩咐去了怡紅樓。

# 第八十二章

之前小廝送巧果來，宋之畫沒瞧見，正悔著，不過一會兒，小廝便又端著一小匣子過來。

小廝看見她，極恭敬地遞上匣子。「姑娘，這是我家少爺託小的給姑娘送來一些七夕小禮。」

他一面說，一面打開手上的匣子，頓時紅光從匣子裡跑出來，全數映入宋之畫的雙眼中。

這是一副紅寶石打造的頭面？宋之畫盯著那副閃閃發光的頭面，只覺得一陣暈眩襲來，心跳不止。這家少爺是誰？怎麼會連女子的名字都還未知曉，就送了這麼貴重的禮物。

「少爺說這頭面與姑娘極相配。」小廝托著匣子到宋之畫面前。「區區小禮，請姑娘莫要推辭。」

只要一伸手，這價值千銀的頭面就全數是她的……

宋之畫沈住了氣。「這禮太過貴重，小女子承受不起，還請你拿回去還給你家少爺。」

好一齣欲拒還迎！

小廝心中冷笑一聲，捧著匣子，當場跪了下來。「實在不瞞姑娘，我家少爺身分貴重，不可輕易自主親事。但我家少爺對姑娘一見傾心，只見了姑娘第一眼，便決定非姑娘不娶，這頭面是讓小的快馬加鞭，從府中庫房拿來的。我家少爺從未對女子如此，心中亦是忐忑無比，就想藉此問一問姑娘的意思。若姑娘有意，我家少爺必定會叫皇——」小廝像是一下子說漏什麼，立即又明顯地改口道：「少爺會讓我家老爺指親的。」

「指親？」宋之畫不解地問了一句。

「不不不，」小廝越慌越亂了。「是上門提親、上門提親，必定會上門提親的。」

小廝的慌亂讓宋之畫似乎明白了什麼。

這能指親的，似乎只有皇上吧？那小廝適才都說漏嘴了，皇上兩字也快要被說出來了！

宋之畫心中震驚不止，彷彿不相信自己的耳朵，但這事是真的發生了。

皇帝會給她指親，她會被指婚給一位皇子！

她如今全然不相信季雲流是被皇上與皇后娘娘瞧中才指的親，定是她從中耍了什麼手段，才得了這個七皇妃之位的。

於是宋之畫站在那兒，矜持地道：「既然你家少爺定要將這東西贈予我，那我就收下了。」她想了想，又道：「禮尚往來，我也該讓你帶些回禮過去。你等會兒，我將之前雕的花果讓你帶回去。」

小廝聽見宋之畫這麼說，很高興，連忙起身把匣子放在瑤瑤手上。

宋之畫回去捧了花果，深呼幾口氣，瞥見一旁那些打著團扇、笑不露齒與人交談的貴女們。

只要把這個花果送到那皇子手上，她日後便會比這些貴女們更尊貴，會讓這些人都仰望著自己……

她心中決然，穩穩地捧了花果到小廝面前。

小廝欣喜地接過花果。「姑娘，今日織女娘娘相會牛郎，您不如寫兩個字與我家少爺吧，只要幾字即可。我家少爺若能見到姑娘的字，必定會高興壞了的！」

宋之畫的柳體頗下過一番工夫，這會兒見小廝這麼說，不再矜持，寫了一篇〈鵲橋仙〉讓瑤瑤遞過去。

他捧著花果與信走了，一直拐到一處巷子中。謝煜嫌棄地扔了花果與信，而後從袖中扯出一塊玉珮和另一封信，吩咐等在一旁的車夫。「把馬車駕出來吧，跟在我身後即可……」

他等了片刻，又拿著玉珮與信出去了。

這頭的宋之畫見那小廝走遠，拉著瑤瑤到人煙稀少處，見左右無人，伸手打開那只匣子。

裡頭的紅寶石閃閃發亮，在月光下更顯耀眼，華美富麗。

瑤瑤看得都癡了。「姑娘，這副頭面可真好看。」

宋之畫恍若未聞，伸手從匣子裡捧出鑲了最大顆紅寶石的鳳凰挑心簪，愣愣地插上自己的頭頂。「我必然不能錯過如此良人……」
「姑娘，下頭還有一封信。」瑤瑤伸手就想去取信。
「小心一些，莫要弄壞了這些頭面！」宋之畫連忙阻止，顧不得拔下頭上的挑心簪，伸手就去取信。
打開信函，上頭的字體遒勁有力，寫的正是：山有木兮木有枝，心悅佳人兮佳人可知？
宋之畫看完信，捧在胸口處，彷彿看到了自己日後成為皇子妃的日子。
「姑娘！」她正自我陶醉，適才小廝的聲音響起來。「小的尋到姑娘，太好了！」
看情書被當場抓住，宋之畫嚇了一大跳。這信握在手中，藏不得，解釋又說不出，那匣子中的頭面此刻還插在自己的腦門上呢！
「姑娘，我家少爺見了姑娘的信，當真高興非常，怕姑娘您……讓小的又送了一塊玉珮過來……」小廝彷彿沒有見到宋之畫的尷尬神色，雙手捧上玉珮，下頭又有一封信函。
反正都被瞧見了，若自己做了他家的王妃，哪裡還需要在意一個小廝？宋之畫戴著紅寶石頭面，握著信函猶如握著定心丸，伸手取過玉珮，打開信函。
「你家少爺邀我觀星？」看了兩遍，宋之畫咬了咬唇。「你家少爺邀的是何處？」
「是星月樓。」小廝回答。「姑娘，我家少爺真心實意，只想邀姑娘去瞧一瞧那織女娘娘的星辰而已……」
宋之畫想到上頭字體的情意綿綿，心中更定了，拔下頭上的簪子，收了信，理了理裙罷，也不再做嬌羞狀。「好，你且引路吧。」

見到那極奢華的馬車，她心中決然，一路端正著姿態坐在馬車內。

她摸著袖子底下的瓶子，心中想著，這次定不能再手抖，弄錯對象了。君子念算得了什麼，寧慕畫如今又算什麼，她日後必定會以贏家之姿站在季雲薇與秦千落面前！

玉琳下了馬車，一抬首，看見怡紅院今日安安靜靜，笑了笑。「今日織女會牛郎，怎麼，難道這樓裡的那些娼妓都出去會牛郎了？」一抬眼，又看見門匾。「怎麼，還改叫星月樓做什麼？」

龜公從樓中迎出來。「二爺，快些裡頭請，大爺等您有一會兒了。」

玉琳聽了笑了笑，跟著龜公入了樓中。果然，太子極奢慣了，之前裝大方把歌姬全數送出東宮，只怕這是又尋他要銀子了。

入了樓中，他才發現裡頭居然一個人都沒有。

「大爺呢？」玉琳問帶路的龜公。

「二爺！」紀嬤嬤的聲音從裡頭傳來，人未到，聲先到。「大爺今日包下了咱們整個樓，正在牡丹院中等您呢。」

紀嬤嬤邊說邊帶路，很快就到了單獨成院的牡丹院中。「二爺，大爺說今日他給您備了個新鮮的可人兒，保證您喜歡得緊呢！」

「新鮮的？」玉琳瞇了瞇眼。「該不是你們從哪裡弄來的良家女吧？」

這怡紅樓乃官家妓樓，尋常官員在這樓中喝酒、尋個樂子，就算被人見到了，也不算什麼大事；但若是玩了個良家的，被御史參上一本，那就得不償失了。

「可不是我們弄來的！」紀嬤嬤急忙推脫責任。「人是大爺帶來的，大爺帶人來，咱們可不敢去給她驗明正身。老奴也是瞧過了，這人來這裡能走能說，沒有半點不同意，二爺您就放心吧，事後頂多就是銀子的事。」

玉琳果然有些心動。

他與董氏成親不久，成親之前為了對王妃以示重視，把府中的通房散了個乾淨。董氏善妒，濃情密意時，覺得小女人善妒一些也頗為有趣新鮮，但如今王妃連著兩月不理他，再加上他被皇帝禁足思過，玉琳亦是好些日子沒有痛痛快快與女子好上一場了。

入了院中，看見太子坐在一旁茂竹後頭，同綺羅、春柳把酒而飲。紀嬤嬤跪在地上磕了個頭，吩咐綺羅、春柳好好伺候太子，便退了出去。

玉琤看見玉琳，哈了一聲，指著遠處的屋子道：「二弟，本宮給你準備的可人兒可在裡頭呢。今日乃七夕佳節，你也要盡興而歸才好。」

「大哥，」玉琳也不能一頭就扎進去，他又不傻。「裡頭的是何人？」

「你怕啥？」玉琳瞥他一眼。「你還以為本宮會把蘇氏迷暈送來給你，再嫁禍你不成？還是說，你覺得本宮會尋個女殺手，在床上一刀殺了你？」

說著，玉琤招呼兩個女子架起他，瞧著玉琳又笑嘻嘻道：「二弟，本宮就在百合院，倘若那女殺手真的舉刀殺你，你提著褲子來本宮院中求救吧……」

謝煜跟在後頭，看見玉琤遠去，自己迎上來。「景王殿下，太子給您備下的禮，已經在房中等了些時候，屬下帶您去吧。殿下放心，太子殿下與景王殿下乃是同胞親兄弟，之前太子那些話，都是同殿下您說笑的。」

玉琳本還有絲懷疑，此時都被玉琤的話弄了個煙消雲散。

對啊，在官家的妓館中，太子就在一旁的百合院，他又怕什麼？太子雖蠢笨了點，也不會在官家妓館中殺他滅口吧？

他這般想著，一揮手，就讓謝煜帶路。

至於瑤瑤受了宋之畫吩咐，探頭在房門外頭緊盯著，此刻看謝煜帶著一身華袍的高大男子，由月洞門的鵝卵石小路過來，連忙縮了頭，在宋之畫耳邊低語一聲。「姑娘，來了，是個很英俊的男子！」

「真的？」宋之畫心頭狂喜。

「真的，那少爺通身貴氣，比季府的大少爺還要貴氣！」瑤瑤肯定道。

比季府大少爺還貴氣？宋之畫心中怦怦直跳，連忙打開茶壺蓋，從袖中摸出季雲妙給的那瓶禁藥，全數倒了進去。

「姑娘！」外頭傳來敲門聲。

「來、來了。」瑤瑤七手八腳地收了那瓶子，連忙去開門。

玉琳進了屋內，看見端正坐在圓桌邊、起身向自己行禮的宋之畫。陳舊的衣裙、廉價的珠釵、包金的鐲子……一身的窮酸樣，就那張臉，也能瞧出不是什麼貴女出身。

他在打量宋之畫的同時，她起來福身，也在偷偷打量著玉琳。

如意錦緞靴、素紗錦袍，玉牌乃是胭脂白玉，玉上雕的花樣在銀樓中從未見過，那腰中錦帶鑲嵌的都是真正的藍寶石……

宋之畫的心隨著目光上移，一點點地強烈跳動，只覺得心臟都快要跳出喉嚨來。她在季府住了大半年，加上之前傾慕寧慕畫，也是偷偷打量過寧慕畫全身，可眼前這人穿的、戴的似乎比寧慕畫還要精細一些！

宋之畫的雙眼移到玉琳的臉上，卻看見他眼中一絲嫌棄之意。

她從小自尊心便強，只要對方眸中露出一絲嫌棄，立刻能瞧出來。

宋之畫連忙低垂下頭，轉身親自倒了一杯茶，托著茶杯到玉琳面前。「玉公子，請喝茶……」她定然不可錯失了這個良機。

宋之畫這樣的自卑模樣，確實讓玉琳有了一絲新鮮感，那種逗弄婢女的樂趣油然而生。

他伸手托起她的下巴，嘴角勾起一抹笑意。「妳這身衣裳料子不好，會刺著妳。美人需要好生養著，下次本王讓人做幾件綃紗的給妳。」

宋之畫不知是因這句話，還是因為「本王」二字而喜，眼淚在睫毛下頭滾了滾，滾了下來，睜著濕漉漉的眸子癡癡看了一遍玉琳，紅透了臉，又托著茶水輕說一遍。「王爺，您請喝茶……」

玉琳越發滿意這樣受寵若驚、梨花帶雨的宋之畫，一手接過茶杯，一飲而盡。

宋之畫瞧了後頭一眼，謝煜十分有眼色，把瑤瑤與玉琳的侍衛都帶出去。

玉琳喝了水，忽然覺得更加口乾舌燥了，嗯了一聲，放下杯子。

宋之畫看了看他，又去倒了杯茶。「王爺，您還渴嗎？」

「本王渴。」玉琳再次接過茶杯，一口喝光了水，笑盈盈道：「本王不僅口渴，心也渴……」看著前頭已經替自己解衣的宋之畫，他一把抓過她，忽然就笑了。「本王就喜歡妳這種不扭捏的……」

陳德育正在大理寺的後廂房吃巧果，下人一頭奔進來。「大人，宮中傳來皇上的手諭！」

陳德育噌一下地跳起來。「哪兒呢？」

後頭的太監捧著聖旨就走進來，大理寺眾人呼啦啦跪在地上聽聖旨。聖旨很簡單，就是說近日京中風氣不佳，邪法道人猖獗，外頭又有反賊，要大理寺整肅京中風氣，今晚去暗樓娼窯中查辦，可有朝中官員吃喝玩樂誤正事。

「查娼窯？」陳德育收了聖旨，送走太監，整個人都有些懵。

下頭的戚主簿嘿嘿兩聲，連忙跑過去，小聲道：「陳大人，這可是個美差呀！」其餘眾衙役司事紛紛附和。可不就是一樁美差嘛！去那種袒胸露兩點的地方來回穿梭，時不時還能摸上兩把，真乃人間天堂呀！

衙役們興沖沖，很快就帶起了傢伙，浩浩蕩蕩往京城第一樓去了。

宋之畫看著累倒睡在一旁的玉琳，就算身上疼痛，亦抵不住心中生米煮成熟飯的高興。只要天色大亮，她便可嫁入皇家了。

只是，她才將將沈醉在自己夢境中，就聽到外頭的攔人聲響。「太子殿下，我家王爺在裡頭，您讓小的先通報一聲再進去吧……」

「通報個什麼？在怡紅樓還需要通報個屁！你當這兒是景王府嗎？」玉琤瞥向一旁侍衛，幾個侍衛立即有眼色地過來，駕走了還在嘰嘰歪歪的景王侍衛。

「王爺、王爺……」宋之畫聽到外頭的話語，嚇得連忙推一旁的玉琳。

玉琳被灌了兩碗禁藥，之前生龍活虎，不管不顧地連著要了她幾次，這會兒就算累極，亦被外頭聲音吵醒了。「活得不耐煩了嗎？本王在這兒睡覺，誰敢在那兒吵！」

「起床了，我的好王爺！」玉琤一腳踹進門來。「咱們還得商量正事呢！」

宋之畫一把縮進被褥中。

「大哥，天還未亮，可是綺羅、春柳伺候得不舒服，來我這兒換人來了？」宋之畫羞急，玉琳卻一點也不急。

怡紅樓中的女人而已，哪裡不能兄弟齊享了？他一把坐起來，光著身，瞧了一眼縮在被中只露出一顆頭的宋之晝，笑了。「大哥備下的這個可人兒果然有意思，竟然熟知其中技巧，大哥不妨也試試……」

宋之晝聞言，瞬間死白了一張臉色。什麼叫大哥不妨也試試？

# 第八十三章

「二弟滿意便好。」玉琤在屏風後頭坐下，擊掌兩下。「你們過來伺候景王穿衣。」

玉琳雖還有睏意，但被他這麼一鬧，也沒有什麼興致了，掀開被子就下床。

他穿戴整齊，繞過屏風，直向坐在圓桌邊的玉琤走去，笑道：「大哥不妨也試試裡頭的美人兒？」

「不必了，本宮對你中意的沒興趣。」玉琤的手伸到後頭，謝煜很快遞上一張文書紙。玉琤一手壓了那張白紙黑字在桌上，緩緩道：「二弟，這紙，你簽了吧。」

「簽什麼？」玉琳探過頭去，看見一張納妾的契文。「這是何物？」

「白紙黑字寫得清清楚楚，」玉琤指著那文書。「難道二弟沒看懂？如此，可需要本宮尋個人來給你唸一唸？」

「大哥！」玉琳看懂了，臉上震驚，也怒了。「大哥，你竟然讓我納她？我是你的同胞親弟，你怎麼可以讓我納個娼妓回府中！這事若被御史知曉，咱們皇家顏面往哪裡放?!」

屏風後面的宋之畫聽見娼妓兩字，咬著唇角，面色死白一片。原來她在他們的眼中，是個娼妓？

「本宮就是瞧你不順眼，就是看你不爽利，就是坑害你，你又能奈我何？你有本事，去父皇面前告發本宮啊！」玉琤抓起紙，「啪」一聲把那紙拍到玉琳身上。「二弟，本宮勸你趕緊簽了這文書，不然待會兒陳德育帶著人來了，你就是想簽都沒機會了……」

玉琳顫了一聲。「陳德育來這兒做什麼？」

玉琤理著袖子。「本宮今日稟告了父皇，京中風氣不佳，朝中大臣私下入娼窯甚繁，讓父皇命大理寺帶人來整肅京中的風氣。本宮覺得，尤其是你這種哄騙了良家小娘子，一夜貪歡之後又想不認帳的，更要整肅嚴懲！」

玉琳盯著玉琤，只覺得眼前一亂，一陣陣的暈眩襲來，他整個背部都濕透了。

太子什麼時候變成如此模樣，明明白白以權壓人？自己冤枉了他人，竟然、竟然還做出一副理所當然的模樣！

「大哥！」玉琳不到黃河心不死。「你為何要如此算計我！」

「府中多個侍妾而已，哪裡需要這樣要死要活？」玉琤一把抓過筆，放到桌上。「你與人家顛鸞倒鳳了，還不給人家一個名分，你當人家小娘子是什麼了？」

謝煜看準時機，站在玉琤後面就揚聲大叫。「宋娘子，妳莫怕，二皇子若以權勢欺辱妳，妳就大聲說出來，這裡有太子殿下給妳作主呢！」

宋之晝抓著被子，如今明白這是最後機會，錯過了，就什麼都沒有了。當下披著被子衝出去，跪在地上。「太子殿下，您可要為我作主啊……」

玉琤要的就是宋之晝這人證。娼妓與侍妾給宋之晝這樣的女人選擇，他完全知曉她會選哪一個。

玉琤高興了，坐下來，拿著扇子使勁搖。「二弟，趕緊來簽了吧！你再等下去，陳德育來了，你可要被抓到父皇那兒簽了……」

「好！」玉琳被逼上梁山，咬牙切齒。「我簽！」

宋之畫看著拿起筆來的玉琳，心跳如擂鼓，眼巴巴看著吐了一句。「太子殿下，當初他說要給我正妻的名分……」

「啪！」他一把扔掉手中的筆，一巴掌向宋之畫就甩過去。「賤人，妳當妳自己是什麼？本王就算瞎了，本王的正妻也輪不到妳！」

玉琳火氣一上來，手勁很足，一巴掌搧得宋之畫直接撲到一旁，被子大開，整個人雪白一片就入了眾人眼中。

嘩！一旁玉琤帶來的幾個侍衛匆忙瞪著眼看完，再轉過首去。

玉琳簽完字，見宋之畫彷彿看著殺母大仇的仇人一樣，神色陰鬱地走了。

七夕的事就這樣不清不楚，卻又清又楚地被玉琤解決了。

宋之畫成了玉琳的妾侍，被玉琤打包送入景王府；而季雲妙，本想讓季雲流因小無賴而失貞失德的，卻變成自己被小無賴調戲，虧得後來來了個俠義之士相助，才脫險境。

也因這事，季雲妙名節有損。然而俠義之士有擔當，直接向季府提親，何氏還在猶豫之際，玉琤又向季府保媒……這下，不敢得罪玉琤的季三老爺，就把季雲妙的親事給定下了，任憑她如何哭鬧都沒有用。

季雲流聽了九娘描述的前因後果，只覺太子真不愧是有三千佳麗的紈袴子弟，對女子的性情把握得準確無誤。

七夕第二日，皇帝派了真正的欽差下江夏查證，這人正是自願請命的玉珩。

事情緊急，茲事體大，玉珩得了皇命，只用了兩日便收拾了所需之物，帶上美人蕉和朝中隨他下江夏的官員，一行人浩浩蕩蕩地出了京中。

臨走之前，玉珩也未曾去季府見季雲流一面，怕的是這一見便不肯再去江夏。

日晝變長，天氣炎熱，中秋節如期而至，本是人月兩團圓的時候，玉珩還在江夏郡。

上次的仙家村疫情果然在其他村落蔓延開來，整個中原區域都被這次的瘟疫波及。季雲流的作法祈雨只僅僅解了燃眉之急，遠遠不能徹底解決旱災，在紫霞山修道的秦羽人也請旨去了江夏郡。

民生不穩，皇帝便不高興；皇帝不爽快了，朝中大臣自然個個自危，於是整個京中也是人人膽戰心驚，導致今年的八月十五都是冷冷清清。

這日，季雲流起床，將將梳洗完畢，紅巧把淨手盆端到外頭，抬首便看見九娘捧著一個紙漿做的盒子，從月洞門那兒進來。

待她走近了，紅巧連忙問：「妳手中捧的是什麼東西？今個兒十五，可有穆王傳來的信？」

玉珩一去便是一個多月，這一個多月中，除了之前讓人送來的告別信，還從未送過什麼家書過來呢！

九娘拍了拍盒子。「都在裡頭了。」

「那得快些給姑娘送去，姑娘怕是想急了！」

屋中，季雲流看著九娘手上的紙盒，果然問道：「手上拿了什麼給我？看著不像京中的糕點盒子。」

紅巧抿嘴笑。「回姑娘，是穆王殿下託人送來的。」

「七爺託人送來的？」九娘剛放在桌上，季雲流伸手挑起紙盒上頭的紅線，兩手左右一拉，解開了那紙盒。

盒裡包了一層又一層，一層層打開後才看見裡頭的東西，是幾個月餅。

紅巧探頭一看，不禁「呀」了一聲，可惜道：「這月餅都壞掉了，穆王的一片心意都沒了。」

九娘道：「天氣炎熱，江夏頗遠，七爺一路託人帶著，路上一直悶過來，怎麼都會壞了。」

隨著月餅送來的還有一封信，季雲流見了信上的「雲流親啟」四個字，立即大手一揮，讓紅巧與九娘都退出去。

紅巧抿嘴，笑著拉了九娘退出門外。

信上，玉珩寫得洋洋灑灑，事無巨細，把他到江夏的每一天都像日記一樣地寫下來，還交代了遲遲未寫信的原因：瘟疫擴散，中原地區都被封鎖，只進不出。

看完信，季雲流覺得眼前那幾個壞掉的月餅也特別順眼，還仔仔細細欣賞了好幾遍。

中秋過後，秋老虎退了去，天氣便開始轉涼。

季雲流最近比起忙碌的陳氏與王氏，也是沒有好上多少，同樣忙得跟陀螺一樣團團轉。

季府的三姑娘與四姑娘要出閣，陳氏便把府中的中饋交給季雲流。陳氏說得也是句句在理，穆王單獨住一府，日後府中的中饋之事沒有婆婆或妯娌打理，全數王妃管著；如今若不在自家府中早早上手，日後在穆王府手忙腳亂，丟的都是季府的臉面。

忙著忙著，天氣開始轉涼，涼風習習，便到了季三姑娘出閣添妝的日子。

季府如今在京中正當紅，添妝日來了不少小娘子與貴婦，眾人正在花廳聊著閒話，有丫頭匆匆過來稟告說：「景王府的宋姨娘來了。」

各個少婦與小娘子瞬間炸開了鍋。

眾人本以為宋之畫以那樣的身分與手段入了景王府，日後應該無法見人，可如今在景王府過了兩個多月，竟然還能來季府給三娘子添妝？這是當自己有多大的臉面呀！

宋之畫在小丫鬟的引路下，在女眷的複雜目光中，緩緩走進來。她一身緋紅綢緞衣裙襯得整個人更瘦更白，像一張紙剪出來的人，風一吹便能吹走一樣。

她在眾人面前一一行禮，看著季三姑娘清淺一笑。「三妹大喜之日，我也來討個喜頭。」說著，讓自己跟來的婢女送上一個匣子。

匣子裡頭是一尊送子娘娘。大昭通道，道家求子便是求送子娘娘，這尊送子娘娘神態平和，很是慈祥。

道家仙人面前，眾人不敢多言，卻聽見宋姨娘的婢女道：「我們姨娘願三娘子能像姨娘一樣，早日身懷六甲。」

這話一出來，眾人的目光又向宋之畫的肚子瞧過去。怪不得能如此囂張呢，原來是有了皇家的種呀！

季雲流也向宋之畫瞧過去。她眼下空陷，子女宮還未顯現出來，這樣的面相根本不是身懷六甲的面相；再看她上庭，額頭寬而不滿，光彩昏暗，也能看出她福分較薄，子嗣不明。

她該不會找死到撒謊自己懷了景王的骨肉吧？

秋風吹來，把忙到險些忘記內宅裡頭彎彎繞繞的季雲流驚回了神。「宋姊姊，」她出聲說：「我聽人說，懷胎前三月最要緊，如今秋風涼，姊姊身懷六甲，可不得在這兒吹風站著……」她忙吩咐旁人道：「姒瑾，妳去正院稟告老夫人這事，讓老夫人也高興高興；九娘，妳去請個御醫過來，替宋姊姊請個平安脈……」

「不必了！」宋之畫一口拒絕，一手扶在肚子上，看著季雲流笑道：「不必請御醫過來。在景王府中，王爺專門給我備了兩個御醫，我適才去過正院向祖母請安，祖母亦已經知曉這事了，煩勞六妹了。」

季雲流站在一旁看明白了，宋之畫一點也不心虛，那真有其事的模樣不像裝出來的，應是她也不知道自己是沒有懷孕的？

宋之畫似乎也不喜眾人見她的眼神，顯擺完了，摸著肚子就說要回景王府。

季府眾人被一個妾室顯擺肚子弄得窩火，等季雲流回了邀月院，就讓青草去探一探宋之畫的肚子是怎麼回事？

不過兩日，青草就打探了消息回來。

「姑娘，奴婢打探過了，景王府裡頭，眾人都知道宋姨娘有孕的事，定時給宋姨娘請脈的是上官御醫。景王妃在兩個月前便不怎麼管事了，當初宋姨娘進景王府時，住在清輝院，便是個偏僻的院子。有一日，在清輝院伺候的嬤嬤稟告景王妃，說宋姨娘月事遲遲未來，便這樣尋了御醫來看診，就查出宋姨娘有了一個多月的身孕……」青草想了想，又道：「姑娘，宋姨娘有了身孕，景王似乎也沒有多高興，反倒是太子知曉了這事，把這事稟告給皇上了。」

季雲流皺眉問：「那景王妃的反應呢？」

「景王妃從來不去清輝院，知曉宋姨娘有了身孕後，也只是再撥幾個丫鬟、婆子過去伺候而已。」

季雲流揮手讓青草退下去，坐在榻上思考這件事。

她那日看得清楚，宋之畫面相絕不是有孕，可光這樣聽著，又似乎一切都正常。所以，那御醫明明知曉宋姨娘沒有懷孕，又為何要冒著殺頭風險說她有身孕？

景王不是很高興，景王妃不管不顧，太子力保這個皇家子嗣，連皇帝都知曉了……

季雲流讓九娘拿來紙筆，把宋姨娘懷孕一事背後的詭異都說了，讓九娘託人把這信送到玉珩手上，向他問一問。

信連夜被送出去，幾日後，季三姑娘出閣那日，季雲流就得到了玉珩的回信。

信上寫了他在江夏郡的發現。他曾經抓到反賊活口，讓美人蕉對反賊使了幻象之術，得了一些消息，覺得這個反賊在京中定是有同黨。

上頭還寫到前世的事。景王妾室懷子之事，他已經想不起來，但他還記得太子妾室懷孕一事，因太子年過二十五還未有子，所以這妾室懷孕讓皇家都很重視。可太子子嗣沒有保住，在皇帝生辰那日一早，就傳出太子妾室小產的事。

因為這事，皇帝那日的生辰宴氣氛低迷。

信中最下頭，著重寫出了當時民間百姓的輿論——皇家子嗣單薄，後繼無人，太子非順天命而授，不能坐上帝位。

季雲流拿著信，又仔細看了一遍。

他的意思是，前世太子的妾室懷了孩子，然後又在皇帝生辰那日掉了……而這一世，因為太子跟二皇子鬧了不和，太子便散了東宮的鶯鶯燕燕，所以這次輪到二皇子的妾室「懷」

上皇家子嗣。

難道這次也是要等皇帝生辰那日「掉了」孩子，再讓民眾來一次輿論，說皇家連個繼承者都沒有，非天命皇家，要皇家讓位？

她眯了眯眼。大昭皇帝的生辰正是三月後的大寒之日。還有三個月，這麼說起來，要等到四個多月才讓她小產？

問題是，如今宋之畫根本沒有懷孕，得用什麼辦法才可以在她不知情的情況下，讓她覺得自己懷孕四個多月……

「姑娘？」九娘站在一旁，看自家主子側著頭，不禁開口問了句。「您在想什麼？」

「喔，」季雲流道：「我在想賤人都是如何矯情的……」

# 第八十四章

過了九月，秦千落與寧慕畫的婚事也近了，近日也是忙到腳不著地，片刻不得閒。這日收到季雲流相邀，秦千落放下手頭事，便去了季府。

到了季府，她見季雲流單手托腮，坐在滿樹金燦的桂花下頭，不禁坐到她身旁道：「獨坐傷神，師姑婆何事這般心思沈重？莫非是想穆王殿下不成？」

「嗯，是想了。」季雲流也不否認。「不過想也沒有用，又不跟妳與寧表哥一樣，再過幾月便成親，怎麼摟摟抱抱親親都沒問題。」

「原來師姑婆看見姊姊出嫁，是恨嫁啦！」秦千落笑嘻嘻地說：「我就算與寧世子親親摟摟抱抱，師姑婆也是看不到的，莫要擔心我會拿此事炫耀。」

季雲流默默轉過頭去，憋了一喉嚨的血。唉，師門不幸！

「其實今日尋妳來是有正經事的。妳能否去趟太醫院，然後把一名上官御醫的毛髮帶一根給我？」

「師姑婆要上官大人的毛髮做什麼？」秦千落吃了一驚，也不說那些不三不四的話了。「難不成要對上官御醫作法？是何事需要對上官大人作道法？」

季雲流也不瞞她，把宋之畫的事情說了，又說了玉珩的來信與自己的推測。「我想知曉，到底是上官御醫假意要隱瞞宋姨娘懷孕之事，還是有人在背後裝神弄鬼？」

若真的讓宋之畫在自己也不知情的情況下，懷到四個多月再「掉胎」，那只有一種方法，就是用蟲撐起肚子。

秦千落聽了季雲流說的，更覺得事情離奇曲折。「妳是說，景王府的宋姨娘明明沒有懷孕，但整個府裡，甚至連上官御醫都說她懷孕，還傳到皇上的耳中？」她是真的看不破。「七皇子擔心宋姨娘會在皇上壽辰那日小產，民間輿論便說天家沒有子嗣，不能繼續順應天命……既然如此，若這事真是反賊的一個陰謀，為何不讓太子妃蘇氏假意懷孕，然後讓她在皇上面前小產？太子妃不能保住子嗣，不是更能讓人信服，一個妾就算貴到了頭，也是個妾啊！」

「因為插不進去人手。」季雲流分析道：「若真的是反賊安排如此一齣陰謀，太子妃與董氏，她們自己院中的東西，必定都是經過層層把關的，外人根本插手不進去，所以才只能從妾室下手；而太子院中的人又全散光了……」

秦千落想了想，頷首道：「這倒是，莫說師姑婆妳了，就連我，平日用的、穿的、吃的東西，都要讓兩個大丫頭看仔細，其餘人也不能插手這事。太子妃在太子府中七年，蘇家傾全力栽培的嫡長女，將來是要統領整個後宮的，只怕這方面比妳我那是要小心得多。」

有了重要的事情，秦千落也不再多待。她動作快，第二日便帶來了上官江的一根髮絲。

「我今日去了太醫院，」秦千落細細說：「便好奇地向上官御醫問了問婦人懷孕的事。

趁上官御醫回答的空隙，我便提了景王府宋姨娘的胎象……」

「如何？」

秦千落道：「上官大人似乎真的隱瞞了什麼，提起這事時眼神有些閃躲，似乎很不想提這事，只匆匆說宋姨娘身子健朗，胎象也是極穩的，如今已是一個多月的身孕。」

季雲流目光轉了轉，拈起上官江的頭髮看了看。「若如此，我們便自己瞧一瞧吧。」說著就讓九娘打盆水來。

她掏出道符，邊唸口訣邊把木盆周圍貼了個遍，拿另一張道符包了那根頭髮，連著頭髮和道符都扔入水盆中。

「十方世界，上下虛空……符至則行……借我天眼，急急如律令！」

道指一點，水盆中果然就顯出上官江的身影。

上官江坐在馬車內，到了景王府的二門處，裡頭的嬤嬤已經等著了。秋風涼爽，他額頭卻驚出了一層細細的薄汗。

進了清輝院，照例把完脈，宋之畫坐在那兒摸著肚子，看著上官江笑道：「上官御醫，今日我的胎象如何？」

「宋姨娘胎象很穩，好生休息便可。」上官江收起東西，拿出紙和筆。「我再開幾帖安胎藥，每日喝兩碗便可。」

秦千落透過水盆看上官江寫出來的方子，不自覺道：「這個方子……」

「這個方子有問題？」季雲流問。

「尋常人是沒有問題，但是上官大人明明說宋姨娘胎象很穩，那尋常的安胎方子為何需要這麼多味藥材？這方子看著倒像是宋姨娘身體極虛、需要大補的模樣。」

季雲流若有所思。

待上官江走出景王府，坐上馬車時，卻見他在馬車中跪下，對著上蒼拜了拜。「三清在上，我撒謊亦是有苦衷的，宋姨娘的胎象只是不穩了些，我定會幫她安胎固本……」

「師姑婆，」秦千落看著水盆道：「聽上官大人的意思，他診脈確實診出宋姨娘的喜脈了？」

天空忽然「轟」一聲，驀然就打了個響雷。

上官江一驚，倒在馬車裡，季雲流這邊的水盆也模模糊糊之後，便失去了影像。

「怎麼了？」秦千落大驚。

季雲流抬首瞧一瞧天際。「約莫是我窺探了天際，天道發怒打雷，想要我的命了。」

師姑婆，能不能不要用這種無所謂的態度說這件要命的事情！

時日過得飛快，很快便迎來季雲薇的及笄禮。

在這個及笄禮上，季雲流與秦千落也有謀劃，就是想讓懂醫的秦千落給宋之畫號脈。

今日正廳中，賓客如雲，真心祝福季雲薇及笄。

季雲流與秦千落站在一旁，看著王氏將季雲薇的黑髮綰成一個髻，隨即又用一根簪插上髮髻。

秦千落低聲道：「師姑婆，妳說今日宋姨娘會來嗎？」

季雲流張了張嘴，剛想說，就聽見二門的人小跑到季老夫人面前，附耳低語一聲什麼。

季老夫人隨即面色肅穆地站起來，而後，廳外傳來一道呵斥聲。「我肚子裡的可是皇家子嗣，誰敢不讓我進門？都讓開！」

這聲音不正是宋之畫？想要曹操到，果然就真的來了！

秦千落聽到宋之畫來了，心中也安定了，還有心情在季雲流身旁說笑。「那些人挑個姨娘下手，怎麼也不挑個聰明伶俐一些的？就宋姨娘這樣，只怕還未到皇上壽辰那日呢，自己就先露出馬腳了。」

季雲流也挺無語。之前她只覺得這個宋之畫自尊心極強，又貪慕富貴人家而已，自從在寧伯府撲倒小廝之後，立即放飛了自我，真是難為了她，連宮鬥劇中活不過三集的炮灰套路都摸清楚了。

季老夫人看著挺著尚不顯懷的肚子進來的宋之畫，整個臉黑透了，站在那兒厲聲就吩咐。「來人哪，把景王府的宋姨娘請出去！」

「祖母！」宋之畫不信季老夫人要把自己趕出去。「四妹今日及笄，我是來給她賀喜的！」

「你們愣著做什麼，沒有聽到老夫人的話嗎？」王氏抓著季雲薇的手，咬牙接了一句。「把宋姨娘請出去！」一個妾而已，就算懷了天家的子嗣，就當自個兒是王妃了？即便是王妃，小娘子及笄禮時，有這樣端著架子半途囂張而入的嗎？王氏肺都氣裂開了。

之前丫鬟們還不敢多加阻攔，這會兒硬了態度。「宋姨娘，您請回去吧！」

「我……」宋之畫看著廳中的季雲薇，再瞧過不遠處的秦千落，忽然就挺起肚子，揚聲道：「我乃是景王府的人！」

這句話震撼了全廳的女眷，有幾個夫人直接出聲就是一笑。「真是好一個景王府的妾，我長了大見識了。」

丫鬟置若罔聞，不動不讓。「宋姨娘請回。」

宋之畫閉口咬唇，一跺腳，轉身就走了。

眼見她轉身離去，季雲流在秦千落的遮掩下，側身攏手在袖中，極快地做了幾個手勢。這就像當初在紫霞山中一樣，藉著聚陰之地微改宋之畫的運勢而已。

而後，那頭的宋之畫似乎軟了一下腿，往前踉蹌了一步。

「宋姨娘，您沒事吧？」外頭傳來景王府丫鬟關切的聲音。

季雲流朝秦千落看了一眼，她立即會意地笑了一聲。

她從人群後頭繞過，在丫鬟匆匆過來稟告季老夫人時，毛遂自薦道：「老夫人，晚輩略懂些醫理，讓晚輩先去瞧瞧宋姨娘有無大礙。」

就算只是一個妾，但懷的是皇家子嗣，季老夫人也不想惹出大麻煩，自然同意。丫鬟扶著宋之畫坐到一旁的石桌旁。樹蔭下，她覺得自己似乎傷了胎氣，看見遠處帶著流月過來的秦千落，這胎氣頓時傷得更重了。

她手一遞，交給旁邊的丫鬟就想站起來走人。

「宋姨娘還是莫要再動，我瞧妳臉色不好，還是先歇著。」秦千落緩步過來，盈盈一笑。「我也算久病成醫之故，懂一些醫理，此刻等御醫過來也還需一會兒，我替宋姨娘把個脈瞧一瞧可好？」

宋之畫覺得秦千落吐出來的「宋姨娘」三個字很刺耳，她動了動嘴，想一口拒絕，卻見秦千落自己坐下了，左手理了理右袖口，伸出右手，輕笑一聲。「請宋姨娘把右手伸出來。」

宋之畫的目光落在秦千落右手的鐲子上。那是只血玉鐲，價值不菲，更巧的是跟寧慕畫一直戴在身上的那塊血玉的紋路極相似。

「這是寧表哥送妳的？」她忍不住就開口了。「他竟然送妳與自己一樣的血玉鐲子?!」

秦千落側頭，垂下眸子看了一眼寧慕畫送的血玉鐲，不由自主一笑，卻不回答。

「為什麼？我為寧表哥做了這麼多……」宋之畫雙手緊握在一起，目中疼痛，雙眉緊攏，觸動情傷而心中難受。這一難受，似乎肚子也更難受了。「他為何喜歡的是妳，被皇上賜婚的也是妳？」

秦千落恍若未聽到這話，抓起宋之畫的手就把脈。這脈搏跳動有力，往來流利，如珠滾玉盤之狀，確實是喜脈，但其中又帶著鬱氣、氣血不充盈之象。

「妳一個半桶水的庸醫也想替我把脈？」見秦千落不開口，宋之畫一把甩開她的手，站起來，撫了肚子。「我懷的可是皇家子嗣、皇家長孫！妳算什麼！」

「宋姨娘，」秦千落亦站起來。「妳胎象不大穩妥，還是早些回去臥床靜養吧。」

宋之畫覺得那被袖子遮住的血玉鐲子更有種欲蓋彌彰的炫耀，一把撲過去，抓起秦千落的手。「妳是不是早就用了卑鄙的手段和寧表哥私相授受了？」

「宋姨娘，請妳對我家姑娘尊重點！」流月一把拍開宋之畫，擋在兩人面前。「我家姑娘不是誰都能碰的！」

宋之畫不服氣。「我與妳比，只輸在一個家世而已，我只是比妳少了個當相爺的爹，憑什麼寧表哥娶的是妳——」

「宋姨娘，」秦千落從來口不留情，她站在流月手臂後，眼神微冷。「凡事今日之果，昨日必有因。妳當日既心甘情願成了景王妾室，何必在這哭說自己傾慕的是寧世子，不顯得太虛偽了嗎？妳又是想做給誰看？」

宋之畫欲再說，卻見秦千落頭也不回地走了。

回到廳中，她就把自己診出的脈象給說了。

「果真如此。」季雲流道：「能瞞過眾人，自己也不能察覺，這就是神蟲蠱了。」

「神蟲蠱？」秦千落嚇了一跳。「竟然有人用這種旁門左道的邪法謀害皇家！」

這蠱她也是聽過的，是苗疆的一種蠱術，據說那神蟲是百蟲之王，能在人腹內成長，吸取人體精血……只怕小產那日，也是宋姨娘的性命結束之日了。

「皇家之事，咱們插不上手，就讓寧表哥把事透給太子吧。」季雲流道。

秦千落頷首，動作也很快，翌日便把這事透露給寧慕畫。

寧慕畫得知這事，便分派人手去搜尋證據。在沒有證據之前，他不能對宋之畫做什麼，以防打草驚蛇。

過了及笄禮不久，季雲薇與君子念的婚期就跟著來了。

女方的出嫁宴設在早上，季府本屬寒門，表親不多，府中姑娘也不多，季老夫人為了熱鬧，便也讓沒有男眷女眷分開，只用屏風隔開。

季五姑娘就坐在季雲流身旁，時不時會抓一抓帕子、理一理衣袖，還會跟她說一說不知道季雲薇那兒如何的話語。

季雲流看著她緊張的模樣，低聲笑道：「五姊莫緊張，五姊美麗如蘭，五姊夫見了妳，只怕是眼都移不開的！我適才瞥到了五姊夫，他文質彬彬，定是個謙謙君子，妳與五姊夫郎才女貌，必定和和美美、白首偕老。」

季雲妙定了親事，五娘子隨後也定了親事，此人正是今年中舉的寒門學子，據季老夫人說，此人品德亦是不錯。

季五姑娘紅透了臉，小聲嗔怪道：「我才沒有緊張……」見季雲流笑盈盈地瞧著自己，垂下首承認道：「六妹，妳不知道，我心中是擔心……」她只是個庶女，未婚夫君家中雖然是寒門，但到底是進士，為了日後的家族著想，誰都不會想娶個庶女吧！

「不必擔心，」季雲流笑著抓住她的手。「妳同樣優秀。」

不知道是因季雲流為日後的皇子妃緣故，還是她的眸子太過認真，季五姑娘心中的焦慮不安慢慢散了。她抓了季雲流的手，笑道：「六妹與穆王殿下才是郎才女貌的一對璧人呢！」

不講玉珩還好，一講到他，季雲流倒是有些難過了。

唉，幾月不見人，她日思夜想的。

正說著，二門處跑來兩人，小廝向男眷那邊小跑而去，丫鬟跑向季老夫人，在她耳邊低語一句。

「真的？」季老夫人神色激動，連連道：「趕快請進來，趕緊的！」

說著，連忙站起來，招手讓一旁的丫鬟過來給她整衣袖。

女眷紛紛不解地發問，再見那邊的男眷也通通站起來。

季老夫人道：「穆王殿下過府賀喜，妳等也周正周正衣裳，莫要失了禮數。」

「穆王……」

眾人全數把目光都轉向季雲流。

季雲流站起來，欣喜之情溢滿整張臉。

# 第八十五章

轉眼間，玉珩已經從二門那兒讓人迎進來了。

他頭戴嵌玉紫金冠，身穿紫色滾金繡線綢緞衣袍，腰束白玉帶。晨光中，這人就似會動的明珠寶器，緩緩到了眾人眼前。

廳中眾人全數行禮。

玉珩停步，笑道：「今日大喜之日，本王日後亦是季府女婿，自家人之間自不必多禮。」

他年紀輕輕，臉若清風拂面，一身貴氣不似凡人，這話好似一股清泉，潤進眾季府眾人的心間。

季雲流看著他，只覺得自己靈魂出了竅，跟著他的身影飄飄而出，心中激盪。

顏值果然是正義！

玉珩說完這句，目光亦停在她臉上，眸子漆黑猶如天空星辰。

兩人兩、三個月不見，這一見似乾柴見了烈火，噼哩啪啦，燒得兩人心中癢癢。

但眾人面前，這乾熬的相思之苦還得放一放。

兩個人心有靈犀地錯開目光，而後眾人便看見玉珩去了屏風後的男眷宴席入座。

這一頓宴席在玉珩的加入之後，變得更加熱鬧。

眾姊妹略略吃了一些，便到內院中送嫁。

很快到了吉時，前院的丫鬟滿臉歡喜飛奔而來。「新郎官到了、新郎官到了——」

眾人一道送新娘子出閣。君子念高坐馬上，面上潮紅，人卻不慌，帶著花轎離去時，拱手謝禮半點不抖。

季府大門前厚厚撒了幾籮筐的銅錢，熱鬧了一陣，眾人紛紛回內宅。

季雲流進了二門，踏上遊廊往邀月院而去。行過岔口時，垂花門後倏然伸出一隻手，抓著她的手用力一扯，將她整個人拉到垂花門後頭。

季雲流背抵牆面，在玉珩的臂彎中，抬首看著近在咫尺的臉龐。

日光爛漫，濃膩的桂花甜味從牆外溢進來，玉珩恍然憶起，有日午後，他也是這般拉著人入了廂房，把她抵在臂彎中，她也是用著這樣的桃花眼瞧自己……

「在想什麼？」玉珩見她癡癡而望，不由問道，心中卻偷偷尋思，他在江夏兩個多月，每日在烈陽底下站著，整個人黑了不少。女兒家愛俊，也不知季六會不會嫌棄一番？

季雲流仰著頭，臉上顯出鬱色。「我在想……」

他凝神靜聽。

「咱們什麼時候才能成親啊……」她深吸一口沉水香，哭喪著臉。「七爺，我也好想要成親。」

玉珩俯下身，抓住季雲流的手，一面摩挲著她手上的戒指，一面附在她耳邊，柔柔地笑了。「妳再多養養。成親之後，咱們情事徹夜連綿時，妳屆時不一定能受得住。」

季雲流眨了兩眼，才悟了他這話的意思。

我去，太恐怖了！

在季府中卿卿我我乃為不明智之舉，兩人拉了個小手，訴了個相思苦，便分道揚鑣。

玉珩今日一早從江夏郡回京，一回來就到季府見心上人，順帶賀喜，連宮中都未去，此刻出了季府便直奔皇宮。

皇帝坐在案桌後頭，聽著兒子的稟告，再見他黑了不止一點的臉龐，心中父愛翻湧。

「在江夏可辛苦？」

玉珩自然跪地直說謝父皇關心，兒臣為國鞠躬盡瘁怎會辛苦之類的討好話語。

江夏郡的疫疾已經得到控制，秦羽人作了兩場道法祈雨，整個中原天災也已得到緩解，中原巡按蘇海城如今被革職帶到京中，等候問審。

皇帝滿意他的辦事效率，手一揮，讓他回府好生歇息，明日再上朝。

待玉珩一走，皇帝看著秦羽人寫來要閉關一年、明年春季要取消道法大會的信，問一旁的總管太監道：「寧慕畫與秦二娘子的親事是否近了？」

延福道：「回皇上，正是本月的二十六。」

「嗯，」皇帝翻了翻冊子。「把朕庫房中的物品挑兩樣過去，作為朕賞賜的賀禮吧。」

延福恭敬地應一聲，心中卻想著，只怕寧伯府日後也是步步高升，在京中成為人人手捧的新貴了。

三日後，季雲薇與君子念回門那日，季雲流從她臉上知曉了什麼叫甜如蜜糖一樣的幸福。

見女兒臉色極好，王氏同樣放下心頭大石。

季雲流正與季雲薇在房中講女兒家的體己話，那頭，二門的人匆匆來人稟告，說沈詹事家的沈夫人來了。

沈家正是季雲流的嫡親舅舅家裡，平日沈夫人也常來，季雲流也沒有多想，讓人將她請進來。

可沈夫人剛由丫鬟帶著入了西花廳，便撲向季雲流，淒慘哭道：「六姊兒，妳趕緊去救救妳舅舅呀！」

沈夫人這樣慌亂奔進來，一張嘴便求救，讓季雲流與季雲薇紛紛一愣。

「六姊兒……」沈夫人顧不得其他，整個人抖得如同得了頑疾一樣，魂魄都飛到九霄雲外去了。「六姊兒，妳舅舅、妳舅舅又吐血了……」

「舅母，」季雲流拉住她。「妳慢些，仔細跟我說一說。」

「咱們馬車上說，咱們上馬車再說！」沈夫人拉起季雲流就往外頭走。

「舅母，妳得先告訴我舅舅到底發生了何事……」
沈夫人這才把所有事情前後顛倒地說了一遍。
沈漠威昨日下值時，本來還好好的，到了府中吃了晚膳，突然全數都吐了。沈夫人以為他腸胃不適，便去請大夫，而後開了些藥，喝了便入睡。哪裡知曉睡下不久，沈漠威就夢魘了，口中一直喚著：「阿依，我對不起妳……阿依，妳放過我……」
「舅母莫急，舅舅有危，我自然不會袖手旁觀，咱們現在就去沈府。」季雲流扶起沈夫人，吩咐了一趟院中各人的事情，便同季雲薇暫別。
季雲薇不放心，便讓芃芃把這事知會玉珩。
芃芃自從經過季雲薇在長公主府外被刺殺的事，越發有條理，親自去尋了小廝顧賀，讓他趕緊去尋玉珩說明緣由。
馬車一路奔到沈府，但見沈漠威躺在床上不省人事，季雲流也不敢耽誤，請了沈夫人出屋，抓出道符燃掉一張放在水中，讓九娘扶著沈漠威喝下去。
一口符水灌下去，沈漠威悠悠地轉醒過來。
「六姊兒！」沈漠威見她如見救星。「六姊兒，妳快些救救我！自上次我被妳解了情蠱之後，如今似乎又中了蠱。我作了一個夢，一個好長的夢，夢中阿依告訴我，要讓我親眼看著我的兒子一個又一個死去……」沈漠威想到昨夜的夢，面容慘澹，整個人簌簌而抖。
「九娘，妳去端水來。」季雲流抓住沈漠威的手。沈漠威看著自己的手像上次一樣被她開了道口子，心中平靜了。「六姊兒，要不要把口子開大點？」

「不用，先讓我瞧瞧這到底是何蠱？」

沈漠威了悟。「到時口子若不夠大，六姊兒，妳再劃開大一點，不要怕舅舅撐不住。」

端水過來的九娘不動聲色地抽了兩下嘴角。

沈漠威的血水滴到碗中，季雲流燃掉道符，隨之扔進其中，卻見裡頭依舊一片血水，沒有任何變化。

「咦……」季雲流見狀有些驚奇。這蠱看來有點高級啊！

隨即，她把道符摺了摺，口中唸咒，直接從沈漠威傷口塞進去。「十方世界，上下虛空，符至則行……借我天眼，急急如律令！」

季雲流用道符指引，順著沈漠威的經脈一直往上，一路過了五臟六腑。到達腹部時，裡頭的道符失去指引，倏然間就消失不見了。

「怎麼了，六姊兒？」沈漠威見她神色不對勁，連忙發問：「可是有不妥？」

她被消失的道符弄得愣神片刻，道：「這隻蟲有點大，有點厲害……竟一口把我的道符給吞下去。」

按這個看來，應該是蠱中之王，金蠶蠱。金蠶蠱會使人胸腹絞痛，七日流血而死，這蠱下得確實狠。

「九娘，妳且讓舅母去尋雄黃、蒜子、菖蒲這三樣東西過來，先讓舅舅吞服。」

沈漠威被這話嚇得陡然變了臉色。「六姊兒，這是什麼蠱？我近日都在府中用膳，就連送到詹事府的午膳都不假手於人，我怎麼會中了這種蠱？」

季雲流看他額上直冒汗，於是道：「舅舅，您莫要擔心，那三樣東西可以去去惡毒。您服下後，我們再瞧一瞧那個阿依到底在哪兒吧！」最近京中連續出蠱，若能尋出這個阿依，也許景王府那兒也能有些線索。

沈漠威頓時大喜。「六姊兒，妳能尋到阿依——」若能尋到這個毒婦，他定不會放過她！

話未問完，沈漠威後頭的話全數卡在喉嚨，只因那頭的季雲流已經撩了裙子跪在窗前，手中拿著三炷清香，在向天道祈告。沈漠威看得清楚，她手中的三炷清香是從她的靴子筒裡抽出來的！

沈漠威目瞪口呆地看著季雲流祈禱，摸上胸口，忽然對自己的性命更加憂心了。

總覺得，蠱還沒要他命時，天道已經把他和那個從靴子筒裡抽香的外甥女一道弄死了！

京城城西的一戶尋常四合院中，阿依見另一隻金蠶體型陡然縮小，陰惻惻地笑了一聲。

「他果然又去求救了，竟然是這般貪生怕死……這次我便要看看，到底是誰破了我情蠱，放了那負心漢一馬！」

一旁看著金蠶的男人聞言，立刻道：「京中有能解妳蠱的道人？」

可是自從霧亭之事後不久，京中的道人不是都被太子給驅散了？剩下那些在東仁街躲躲藏藏的，不是騙子就是半吊子，竟然還有能解阿依這種蟲蠱的？

「那人已經出手了，你可以派人去沈府門前看看，誰今日進了沈府，那人便是京中那個懂道法之人。」

男人立即揮手示意。屬下看到指示，立即頷首去辦這事。

見侍衛走了，男人又道：「這人既能解妳的情蠱，那麼景王府宋姨娘的那個蠱，是否也會被發現？」頓了下，他大聲道：「我主子說了，景王府的宋姨娘懷有子嗣的事情，他賭上了許多朝中人脈，不能出半點差錯！」

阿依從瓦甕中抓出一隻蠍子，扔進了放有金蠶的瓦盆中，見金蠶一口一口吞下蠍子，猶如吞食世間美食，阿依淡淡地笑開了。「只要你們幫我殺了那解蠱者，我一定會把那女人的肚子裝得很像很像的，必定不會出半點差錯。你們主子要什麼、想什麼，我都不管，我只想要讓那男人跪地來求我，讓他痛不欲生！」

「妳放心，」男人道：「這能人能幫沈漠威解蠱，我家主子必定留不得他的。至於沈漠威，只要我家主子大事所成，就算讓他裝狗，他也不敢去扮貓！」

說著，男人施施地走出了門，臨上馬車之際，又吩咐一旁的侍衛道：「你去請示一下王爺，就說京中有懂道法的高人，問王爺是殺還是留？」

季雲流向天道點香，告了罪，說了「人命關天，不能見死不救之類的廢話」，然後就打了一盆水放在沈漠威面前的桌上。

她把那碗血水全數倒在水盆中，再抓起沈漠威的手腕，一刀割下去，那血流如注、如潮水般翻湧而出的模樣，看得適才還說口子太小的沈漠威都嚇傻了。

他癡愣半晌，只好用另一隻手拍著胸口，默默安慰自己。六姊兒道法厲害，上次很快就幫他解了情蠱，這次定不會讓他失血過多而死的……

鮮血染紅了整個水盆，就在沈漠威覺得自己頭暈目眩時，季雲流終於手一揮，把他的手交給九娘包紮。

九娘餵沈漠威吃了適才說的三樣東西，兩人一道站在那兒看她施法。

「天門開、地門開，千里童子尋人來……」季雲流抓了道符，燃燒後塞入水盆中。燃著的道符入水之後，整個血水的盆中就燃起大火，彷彿九娘端來的不是一盆水，而是一盆油。

「六姊兒……」包紮好的沈漠威被滿盆詭異的大火逼得後退幾步，生怕這場火燒掉了桌子，燒掉了整個院落。

然而熊熊大火似乎燒不到季雲流，直到朱砂畫好符，繞在水盆周圍，那團大火須臾間又滅了下去。

慢慢地，水盆中的那團紅色也不見了，只剩下原先的清澈水面。

「金蠶之主阿依，金蠶之主阿依……速速顯出……」季雲流伸出食指，點畫在清澈的水面上。平靜的水面被這一指點撥得泛出了一圈圈的漣漪，似乎下頭有鬼魅之物在攪動一樣。

沈漠威與九娘看著她不知曉在水面上寫了個什麼字，盆中便倒映出一個女子的身影。

「就是她！」沈漠威厲聲道。

眾人由水盆中瞧見阿依那頭的景象。

阿依似乎已經知曉有人動了自己的金蠶蠱，只坐在那兒，對著金蠶自言自語。「沈郎，當日你待我溫柔刻骨，如今，你是不是對我恨之入骨？」

「賤人！」沈漠威接連中蠱，與她相愛變相殺。「我哪兒對不起妳？當初我說給妳名分，把妳抬入家中，妳不願；我走了，也留了能讓妳衣食無憂的錢財，讓妳再嫁他人，妳卻對我下情蠱，讓我痛苦不堪。如今妳一蠱不成功，又下一蠱，可謂陰毒無比！」

「舅舅，我這只是尋常的追蹤法，那頭的阿依聽不到你說話的。」季雲流道：「舅舅還是趕緊瞧一瞧阿依四周的景物，看一看這是哪兒，咱們再去尋阿依，讓她替你解蠱。」

「六姊兒，」沈漠威聞言，聲音都吊了起來。「這蠱，妳、妳解不掉嗎？」

「這是金蠶蠱，是百蟲之王，這蠱被養了甚久，我不精通解蠱之法。」季雲流不裝大俠，實話實說。「這蠱若想徹底解除，還得找下蠱者才行。」

沈漠威的手都抖了。讓他去尋阿依，不是同樣死路一條？

水盆中的阿依還在那兒自語。「沈郎，你尋來的那個道士能解你身上的蠱嗎？他不能解的話，你來求我啊，不然你就只有七日的性命了。七日呀，我都不能見你最後一面了……」

她一邊說著，一邊又從瓦甕中抓出一隻蠍子，給金蠶吞下了肚。

金蠶吞了兩隻蠍子，那身體一伸縮，陡然暴脹起來。

這時，沈漠威瞬間一口血噴出喉嚨，腹痛得在地上打滾呻吟。「啊、啊……六姊兒，救救我……六姊兒，阿依是不會救我的……」

——未完，待續，請看文創風667《老婆急急如律令》4（完結篇）

# 為流浪貓狗加油 和貓寶貝 狗寶貝

## 廝守終生(一定要終生喔！)的幸福機會

對人來說，貓寶貝狗寶貝只是生活的一部分，但妳（你）對牠們來說，卻是生活的全部，領養前請一定要考慮清楚——

▲ 古錐又愛乾淨的乖寶寶　元旦

性　　別：男生
品　　種：米克斯
年　　紀：約3～4歲（預估2015年生）
個　　性：乖巧穩重、生活習慣良好
健康狀況：已結紮，愛滋陽性，有定期施打預防針
目前住所：新北市蘆洲區

## 『元旦』的故事：

中途是在今年一月一日的大半夜，在住家附近發現元旦的，那時的牠正因為肚子餓，在路邊輕聲地喵喵叫著。中途以往沒有見過元旦，是張新面孔，她擔心元旦是走失，或是被人遺棄的貓咪，就將牠帶去動物醫院做檢查，這才知道元旦有愛滋。但是由於元旦很親人，所以中途沒有原放，而是希望可以為牠尋找新的避風港；也因是一月一日撿到，中途便將牠命名為「元旦」。

中途表示，元旦健康狀況良好，個性相當穩重、乖巧，不會調皮搗蛋，也不挑食；而且生活習慣良好，很愛乾淨，上完廁所都會記得要把貓砂撥一撥。另外，不論是洗澡、刷牙、剪指甲等，元旦也都會好好配合，沒有問題，適合新手、單貓家庭，或是家中已有愛滋貓的認養人。想為家中添一個乖寶寶同伴嗎？請趕快來信找元旦吧！dogpig1010@hotmail.com（林小姐）。

**認養資格：**

1. 認養者須年滿23歲，有獨立經濟能力。
2. 須同意簽認養寵物切結書，
   並能讓中途瞭解元旦以後的生活環境。
3. 同意送養人日後之追蹤探訪，對待元旦不離不棄。
4. 同意做門窗防護措施，以防元旦跑掉、走失。
5. 以雙北地區優先認養，第一次看貓不須攜帶外出籠，
   確認領養會親自送達。

**來信請說明：**

a. 個人基本資料：姓名、性別、年齡、居住地、
   同住者、職業與經濟來源等。
b. 預定如何照顧元旦，以及所能提供之環境和承諾
   （如：食物、飼養方式）。
c. 請簡述過去養貓的經驗、所知的養貓知識，
   及簡介一下您的飼養環境。
d. 若未來有結婚、懷孕、出國或搬家等計劃，
   將如何安置元旦？
e. 是否同意中途作日後追蹤（家訪、以臉書提供照片）？

文創風 666

# 老婆急急如律令 3

國家圖書館出版品預行編目資料

老婆急急如律令 / 白糖著. --
初版. -- 臺北市 : 狗屋, 2018.08-
冊 ; 公分. --（文創風）
ISBN 978-986-328-903-6（第3冊：平裝）. --

857.7　　107009609

| | |
|---|---|
| 著作者 | 白糖 |
| 編輯 | 張蕙芸 |
| 校對 | 黃薇霓　簡郁珊 |
| 發行所 | 狗屋出版社有限公司 |
| 地址 | 台北市104中山區龍江路71巷15號1樓 |
| 電話 | 02-2776-5889～0 |
| 發行字號 | 局版台業字845號 |
| 法律顧問 | 蕭雄淋律師 |
| 總經銷 | 知遠文化事業有限公司 |
| 電話 | 02-2664-8800 |
| 初版 | 2018年9月 |
| 國際書碼 | ISBN-13　978-986-328-903-6 |

本著作物由起點中文網（www.qidian.com）授權出版

定價250元

狗屋劃撥帳號：19001626

網址：love.doghouse.com.tw　E-mail：love@doghouse.com.tw